すばやい澄んだ叫び

シヴォーン・ダウド
Siobhan Dowd
宮坂宏美［訳］

A Swift Pure Cry

東京創元社

すばやい澄んだ叫び

Gへ、愛をこめて

舞いあがった、一羽の鳥、飛びつづけた、すばやい澄んだ叫び（アスウィフトピュアクライ）、
舞いあがれ銀の球（たま）よ、おだやかに跳ね、速度をあげ、そのままに……

ジェイムズ・ジョイス作『ユリシーズ』より

アイルランド南部
1984年

第一部

春

1

この場所は、沈みゆく船を思い起こさせる。床からも、信徒席からも、二階席からも木のきしむ音がする。壁の外でも、三月の荒々しい風が渦巻いていた。

会衆がいっせいに「われらの父よ」と祈りはじめる。ひとり残らず沈みかけてでもいるようだ。「天」「糧」「罪」「誘惑」といった言葉が、巣穴に飛びこむウサギのようにシェルの耳をかすめた。シェルは思わず鼻をひくつかせ、この動きで鼻が細くなればいいのにと思った。「悪」すぐ目の前でミセス・マグラーの帽子がぐらつき、羽根飾りが酔っ払いに見えはじめた。帽子が落ちる確率は四分の三といったところだろう。きょうの侍者（ミサのときに司祭を手伝う少年）、デクラン・ローナンは、聖櫃をながめながら目を半分閉じてくちびるをなめている。なにを考えているにせよ、神聖なことではないのはたしかだ。

トリックスとジミーは、シェルの両わきにすわって靴下のずり落ちた脚をぶらぶらさせ、どちらがより高く、速く動かせるかを競っていた。

「しーっ」シェルはジミーのわき腹をつついた。

「そっちこそ、しーっ」ジミーがはっきり声に出して言った。

さいわい、父さんには聞かれていない。父さんはいま、マイクの前に立って、イカれた預言者のごとく聖書を朗読している。ちらちら光る白髪交じりのもみあげ。はげあがった額で上下するしわ。この一年、父さんは教会に入れこんできた。ミサで聖歌集を配り、奉納の歌のときにいつも献金箱を持ってまわる、とりわけ熱心な信徒になっていた。毎日のように近くのキャッスルロック町まで足を運び、通りを歩きながら教会のために寄付金をつのった。日曜の朝、シェルは父さんが自分の寝室で朗読の練習をしているのをよく見かけた。父さんは、母さんが使っていた古い化粧台の三面鏡の前にすわって背筋を伸ばし、腐ったブドウを吐き出すように言葉を発していた。

一方、シェルは教会に尽くすなんてまっぴらだった。そう思うようになったのは、一年ちょっと前に母さんが死んでからだ。シェルは覚えている。小さいころ、母さんがシェルとジミーとトリックスにきちんとしたかっこうをさせ、ミサのあいだじゅう色鉛筆と紙で三人をなだめていたことを。「天使を描いてちょうだい、シェル。雨のなかでハーリング（ホッケーの元祖とも言われるアイルランドの国技）をしているところがいいわ」「猫をお願い、ジミー。パラシュートで飛行機から飛びおりるところ」母さんは、神父さまやろうそく、ロザリオ（カトリックの信者が用いる数珠状の祈りの道具）が好きだった。なかでも聖母マリアが大好きで、朝から晩までなにかにつけ「マリアさま」と言っていた。ジャガイモをゆでている鍋が吹きこぼれたら、マリアさま。犬がカラスをつかまえたら、マリアさま。スコーンがふかふかにできあがったら、マリアさま。

そして、死んでしまった。

シェルは、母さんのベッドのそばに立っていたときに母さんが旅立ったことを覚えている。ファロン医師と、ミセス・ダガン、ミセス・マグラーもいて、キャロル神父に導かれながらロザリオの祈り（ロザリオの珠を繰りながら唱える一連の祈りで、五連唱えると一環になる）を一環、みんなで唱えているところだった。父さんは映画の端役のようにすみに立ち、祈りを唱えるというより、ただ口を動かしていた。「いまも、死を迎えるときも……」死という言葉が出たとたん、シェルは凍りついた。死。口臭みたいな言葉だ。近づけば近づくほど離れてほしくなる。そのとき、もう自分が天国を信じていないことに気づいた。母さんはどこにも行かない。行くところなんかなくて、消えるだけだ。母さんの顔は落ちくぼみ、しわが寄って、灰みたいに白かった。やせた指が、シーツを揉むような動きを規則的に繰り返した。シェルの頭のなかでイエスが十字架からおりて、いちばん近い酒場へ向かった。母さんの顔がゆがみ、泣きだしそうな赤ん坊みたいになった。つぎの瞬間、母さんは死んだ。イエスはビールのグラスをあけて、シェルの生活からきれいさっぱりいなくなった。ミセス・マグラーが、母さんが眉毛を整えるのに使っていた鏡を母さんの口もとに近づけ、「お亡くなりになりました」と言った。しんとした。父さんは動かず、水から出た魚みたいにただ口をぱくぱくさせて祈りつづけていた。

　通夜は家で三日間おこなわれた。母さんの顔はろうのようになった。指は青みがかって固まり、そのあと黄色に変わって、またゆるんだ。その指に、乳白色の珠が連なった母さんのロザリオが通された。それから、母さんを埋葬した。芝居の場面のように、村じゅうの人が頭をたれ、男たちは帽子も脱いだ。そして行列、ろうそく、重々しい視線、祈り、昼も夜もやってくる弔問客とつづいた。お悔やみ申しあげますとみんなが言い、お酒がたっぷり飲まれた。シェルは泣かなかった。最初は。泣いたのは丸一年たってからだ。シェルはそのとき、激しく泣きつづけた。お墓にラッパスイセンを植えた十一月のその日は、母さんの一年目の命日だった。

　シェルが信仰心をなくすにつれ、父さんは逆に信心深くなった。母さんが亡くなる前は形式的に教会へ行くだけで、いつも裏口に立っては、ほかの男たちと最近の牛の相場やハーリングの試合についてぶつぶつ言い合っていた。母さんは気にせず、男は二種類に分かれると冗談を言った。神に熱心で女に無関心な男と、女に熱心で神に無関心な男だ。もし母さんがいま生き返ったら、きっと父さんだとわからないだろう。いまの父さんは敬虔そのものだった。テレビを悪魔の媒体だと言って売り払い、以前の母さんの役割を引き受け、シェルとジミーとトリックスを先導しながらロザリオの祈りを一連、毎晩唱えた。ただし水曜と土曜は別で、寄付金集めの日課が終わるとまっすぐ〈スタックのパブ〉へ行った。ダガン農場で働くのはやめてしまっていた。人生を神にささげるとのことだった。

　きょうの父さんの朗読は叫んでいるようだ。報復の天使、崩れる神殿、偽りの神々といった言葉が、小さな教会内に耳が痛くなるほど響いている。ミセス・マグラーの帽子がすべり落ちたのは、「雷鳴」と言った声の衝撃でマイクが甲高（かんだか）い音を鳴らしたときだった。父さんは視線を泳がせ、そのまま少しぼうぜんとした。会衆のほうに顔を向けて空中を見つめ、だれとも目を合わせることなく、ただ朗読台のふちをつかんでいる。シェルは息をのんだ。まさか、どこまで読んだか忘れた？いや、つづきがはじまった。ただ、さっきまでの熱はもう感じられない。ジミーが席の長椅子をこぶしでゴンと叩（たた）くと同時に、父さんがたどたどしく朗読を終えた。

「これが―主（しゅ）の―御言葉（みことば）―です」間延びしたような声だった。

「神に感謝」と会衆が応じた。シェルは本気で感謝した。父さんの出番が終わったからだ。ジミーはにやりと笑うと、聖歌の楽譜を望遠鏡がわりに丸めて、二階席の人たちを見ようと体をひねった。トリックスは床にうずくまって、ひざつき台に頭をのせた。父さんが祭壇からおりて、みんなが立ちあがった。のろのろ近づいてくる父さんからシェルが視線をそらすと、学校の友だちのブライディ・クインと目が合った。ブライディは指を二本、こめかみのそばでくるくるまわしている。あんたの父さん、イカれてるね、とでも言いたいのだろう。シェルは、あたしと関係ないし、と答えるかわりに肩をすくめた。みんなはキャロル神父が福音書の朗読をはじめるのを待った。キャロル神父は腰の曲がった老人で、子守歌をうたうように話す。おかげで神父が祈りの言葉を唱えると、だれもが心地よくておだやかな夢のなかへ入っていける。

長い間があった。

外の風がやみ、カラスが鳴いた。

マイクに近づいたのはキャロル神父ではなく、助任司祭として新しくやってきたローズ神父だった。ローズ神父はミッドランズ地方の神学校を出たばかりと噂（うわさ）されていた。まだおおやけの場で話したことがなく、シェルも、キャロル神父のそばで黙って典礼をおこなうローズ神父の姿を見たことがあるだけだった。みんなの関心が一気に高まった。

ローズ神父は朗読台に立って目をふせ、集中して少し眉をひそめながら聖書のページをめくった。若いだけあって、頭全体をおおう髪がシダの茂みのごとくふさふさしていた。それから首をかしげ、神学の微妙な問題でも考えているようなしぐさをした。読む場所が見つかると、背筋を伸ばしてほほえんだ。明るく広がるその笑みは、一瞬にしてひとりひとりに、すみずみまで届くようだった。シェルは、自分だけに笑いかけてくれたと感じた。ローズ神父が息を吸う音が聞こえた。

「翌日、一行がベタニアを出る途中で……」朗読がはじまった。

ローズ神父の声には落ち着きと表情があった。語られる言葉には新しい調べがあり、どこか別の場所、ここより裕福な地域の響きが感じられた。ローズ神父は、まるで自分で書いたものを読むように、イエスが神殿の境内（けいだい）で両替人の台をひっくり返す話をした。イエスが憤（いきどお）ると、同時にローズ神父の口調も厳（おごそ）かになった。ローズ神父のまわりの空気が、輝く泡のような映像でゆれだす。シェルの耳に、丸天井の下にいる籠（かご）の鳥のさえずりや、ローマの硬貨の鳴る音が聞こえる。シェルの目に、イスラエルの人々の衣（ころも）の華やかな色や、神殿の柱のあいだから差しこむ光が見える。映像や音が朗読台から流れ出し、空中を漂って、春の日差しにたわむれる天使のようにまわっている。

「ご着席ください」朗読を終えたローズ神父が言い、会衆が席にすわった。シェルだけが口を開けたまま立っていた。両替人の台が、シューシューと音を立てる蛇に変わる。群衆が静まり返る。イエスが悲しみをたたえた現実の人となり、ぼうぜんと立ちつくすシェルにほほえみかける。

「ご着席を」ローズ神父がやさしく繰り返した。

まわりでガサガサと音がして、シェルは自分がどこにいるかを思い出した。うわ、みんながあたしを見てる。あわてて腰かけると、トリックスがくすくす笑い、ジミーが自作の望遠鏡でシェルのわき腹をつついた。

ローズ神父が祭壇の階段をおり、会衆の目の前に立った。にこやかな顔で腕をゆるやかに組むその姿は、お客を夕食にでも迎えるようだ。いままでとはちがうこの流れに、小さなざわめきが起きた。キャロル神父ならいつも、説教台に行って説教をする。ローズ神父が話しはじめた。

「さて、きょうの話はまさにお先真っ暗といった感じでしたね。腐敗した神殿、怒れる神。しかし――」神父は両方の手のひらを上に向け、会衆の心を見抜くような鋭い目をした。「――怒りのないところには愛もない、そう思ったことはありませんか?」

ネックレスの高価な宝石のように、言葉がぴたりとはまってきらめく。身振り手振りを交えるたびに祭服も輝き、金色と茶色が交ざった豊かな髪もきらきら光る。ローズ神父は選択と誘惑について話し、新たなはじまりについて話し、自分は煙草をやめたばかりだと語った。煙草の箱を踏みつけて押しつぶし、ニコチンの呪いを骨の髄から取り除いたんです、と言った。それは福音書のなかで台がひっくり返るようなものだったのかもしれない。ローズ神父は天使と復活についても話した。シェルは身を乗り出し、両手をきつく握りしめた。奇跡だ。イエスが酒場から出てきて、まっすぐケルト十字架にもどった。母さんが天国にいる霊たちとワルツを踊った。

ローズ神父の説教が終わると、みんなは立ちあがって『たたえよ、天の王たるわが神を』をうたった。曲のあいまに噂話がささやかれた。ノラ・カンタヴィルが顔をしかめ、ファロン医師の奥さんをつつく。ミセス・マグラーが、悪魔が通ったとでもいうように帽子で顔を扇ぐ。父さんが、カブトムシのように黒い眉をひそめる。

「救われ、癒やされ、もどされ、赦され……」シェルは声を張りあげてうたった。母さんほどではないけれど、歌はうまいほうだ。デクラン・ローナンがシェルを真似して、魚があえぐように口をぱくぱくさせた。「とこしえの王をたたえよ」シェルは、デクランに向かって鼻にしわを寄せてからそっぽを向いた。帰ったら羊肉の夕食をつくらなければいけないし、トリックスとジミーはハエみたいに台所仕事のじゃまをする。やるつもりのない学校の勉強のこともあるし、未来は暗くて重苦しい。それでも、もうなんの心配もない。イエス・キリストがローズ神父の姿になって地上にもどってきたのだから。イエスはいま、シェルたちのあいだ、コーク県クールバー村の教会の会衆のあいだを歩いていた。

2

シェルは、帰宅後も浮き立つような気持ちでローズ神父のことを考えていた。ローズ神父の——ううん、イエスさまの？——顔が、洗い桶にたまるジャガイモの皮のなかに浮かんだ。日が暮れるときには鏡のなかでちらつき、眠りに落ちるときには暗闇のなかに現れた。

翌日は裏の野原で石を拾うために早起きした。冬以来、シェルとジミーとトリックスは、父さんから石拾いを言いつけられている。理由は一切、聞かされていない。野原を耕すつもりというわけでもなさそうだ。三人で北東のすみに集めた石が、いまでは大きな石塚になっていた。ほぼ毎朝、三人は薄暗いうちから歩哨のように黙々と野原の坂をのぼり、身をかがめながら石を運んだ。

シェルはきょうも、石運びに使っている古い手さげかばんをつかんだ。肌寒く、お腹もすいている。外では小雨も降っている。

「父さん」シェルは呼びかけた。父さんは火かき棒を手にゆるく持ち、暖炉のそばのいつもの椅子にすわって、人生の謎の答えがそこにあるとでもいうように炎をじっと見つめていた。「なんで石を拾わなきゃいけないの？」

父さんが視線をあげた。「なんだって？」

「なんで石を拾わなきゃいけないの、父さん？」

父さんは顔をしかめた。「おれがそう言いつけたからだ。それでじゅうぶんだろ」

「きょうは雨だよ。ずっとぬれたまま学校にいることになっちゃう」

「とっとと行け、シェル。ほら、急ぐんだ」

「だって——」

　父さんが火かき棒を落としてシェルに近づいてきた。叩(たた)くつもりなのか、片手をあげている。

「失(う)せろ」

「行くよ」シェルはあわてて外へ出た。

　トリックスとジミーはもう土の上にしゃがんでいた。シェルはふたりといっしょに重い足取りで坂をのぼった。石はいつも夜のうちに増えているように思える。いくら拾っても、まったく減る気配がない。半分のぼったところでシェルは体を折り曲げ、白くて細い脚がつくる三角形のあいだから世界を逆さまにながめた。ローズ神父が言ったように、もしほんとうに怒りと愛は切り離せないのなら、シェルは父さんを愛していることになる。たしかに以前は愛していた。ずっと昔、父さんがシェルを抱きかかえてゆらしたり、体を木のようにのぼらせてくれたりしたころの話だ。そのときのことは、ぼんやり覚えている。シェルは、怒りや憤(いきどお)りがみんな頭のなかから流れ出し、耳からしたたり落ちるところを想像した。それが効いたのか、またまっすぐ立ったときには気持ちが軽くなっていた。シェルは、野原の外れにある錆(さ)びた門を、その向こうの道路を、その上の斜面を、そしてスープのように黄色い空を見渡した。

「イエスさま、石をありがとうございます」シェルは言った。

　ジミーがシェルに石を投げた。「石なんてきらいだ。イエスもきらいだ。シェルもきらいだ」

　石はシェルのお腹に命中した。シェルは石のあたった場所をさすり、ジミーをまっすぐ見た。弟の顔はゆがみ、そばかすのまわりで肌の白さが際立っている。シェルは、このところジミーにきつくあたっていたことに自分でも気づいていた。つい先日、焼き立てのスコーンを金網の上で冷ましていたときも、ひとつくすねたジミーをひっぱたいた。おとといの土曜、移動遊園地に行きたいとジミーに言われたときも、だめだとはねのけた。シェルも行きたいのは山々だったが、お金がなかったのだ。お金がなきゃ楽しめないでしょ、とシェルは言った。それ以来、ジミーはシェルに話しかけなくなっていた。

シェルは両腕を広げた。「もっと投げて」

ジミーがトリックスを見て、トリックスもジミーを見た。「ほら、ふたりとも。お願いだから」とシェルは言った。

ふたりは石を拾って投げた。ひとつは外れ、もうひとつはシェルの頬(ほお)をかすめた。

「つづけて。遠慮しなくていいから」これは石(ストーン)じゃなくてスコーンだ、と思ったら笑えてきた。やわらかくて軽いスコーンだと思えばいい。

ふたりはまた石を投げた。道路のほうから、丘を重そうにのぼってくる車の音がした。三回目の石があたると、シェルは思わず悲鳴をあげた。

「つづけて」金切り声になった。

「やだ。つまんないもん」トリックスが言い、うたいながら野原を駆けおりた。一方のジミーは、スコーン三つ分はありそうな大きな石を拾いあげてシェルをにらんだ。その目のなかから悪魔がのぞき見しているようだ。

「これは痛いぞ」

「そうだね、ジミー。やるじゃない。さあ、投げて」

ジミーは両手で石を肩の上に持ちあげた。まるで小さなスーパーマンだ。それから低くうなった。

「いいよ。やって」シェルは言った。

「やめなさい」暗くて深い声がふたりに呼びかけた。地下から響いてくるような声だった。

シェルは目を閉じ、「やって」と小声で繰り返した。そよ風が前髪をなびかせ、まぶたの裏で黄色がロケットの噴射のようにはじけた。

「それをおろすんだ」命令口調のその声には、差し迫った様子はあったものの、とげとげしさはなかった。

シェルは目を開けた。ジミーのなかにいた悪魔が一瞬にして飛び去った。振り返ると、ローズ神父が門のそばに車を停めていた。厚い雲のあいだから差しこむまぶしい朝日のせいで、ローズ神父も車もよく見えない。ローズ神父が手回しの窓をさげた。

「ふざけてただけだよ」ジミーは大声で言いながら石をおろし、駆け足で坂をくだった。

ローズ神父はシェルのほうを見た。「なんの真似だい？」

シェルは肩をすくめた。

「きみはタレント家の子だね？」

シェルはうなずいた。

「名前は？」

「ミシェル。でも、みんな、シェルって呼びます」

ローズ神父はうなずいて車のエンジンをかけた。「じゃあね、シェル」もっとなにか言うかと思ったら、ただほっと息をつき、サイドブレーキをさげて、また丘をのぼりだした。シェルは目をしばたたいた。カーブを曲がるとき、車が紫色に光った。

シェルは湿った地面にしゃがみ、息を強く吐いた。そして、ファリサイ派（罪を犯した女を石打ちにせよとイエスに迫ったユダヤ教の一派）の人たちが投げそうなごつごつした石をなでた。さっき自分という人間の体をかすめた石だ。

「罪を犯したことのない者が、最初の石を投げなさい」とシェルはつぶやいた。最後の石、ジミーが投げなかった石を持ちあげ、それで頬を冷ました。地面に仰向け（あおむ）けになって、そのままじっとしていると、春の朝の冷たさが骨の奥にまでしみこんだ。

3

それから少しして、シェルはまたローズ神父に会った。

父さんは近ごろ、飢餓に苦しむアフリカの国々のために寄付金を集めている。寄付する先は、ある週はどこかの亜大陸で起きた洪水の被災者、つぎの週はあまり知られていない戦地からの避難民と変わる。そして各週の終わりに、父さんは集まった寄付金を封筒に入れ、封をして、シェルに司祭館まで持っていくよう言いつける。シェルはこの仕事が好きだった。理由のひとつは、封筒から数ペンスくすねて〈マグラーの店〉でガムを買えるから。もうひとつは、司祭館の家政婦のノラ・カンタヴィルが応対してくれれば、ひと切れのクルミ入りコーヒーケーキにありつけるからだ。

出かけようとすると、父さんに腕をつかまれた。「もし金をくすねたら、一ペニーだろうとわかるからな。キャロル神父が知らせてくる。ただじゃすまないぞ」

「うん、父さん。わかってる」

実際、シェルはよくわかっていた。父さんが集めたお金はいつも、司祭館へ持たせる額よりも多い。シェルが泥棒なら、父さんは大泥棒だった。父さんが額の大きい硬貨やお札までくすねてポケットにほうりこむのをシェルは見たことがある。父さんは、血を吸う虫けらなみにあさましいのだ。週に一度、買い物のお金をくれるときも、シェルの手首をつかんでこう言う。釣り銭は一ペニーたりとも、レシートは一枚たりともごまかさずに持ち帰れ。だからこの家には、お小遣いなんてものはなかった。しかも母さんが死んだあと、父さんはシェルとジミーとトリックスにサイズが三つも大きい制服を着させた。体が大きくなっても新しく制服を買い替えずに済むからだ。ぶかぶかの制服を着たかかしのような三人は地元の笑いものだった。デクラン・ローナンのおかげで、学校ではシェルの歌までうたわれた。クールバー村の神聖ならざる侍者(じしゃ)、デクランは、セカンダリースクール（日本の中学と高校に相当する学校）の最終学年でいちばん頭の切れる男子でもあった。

シェルはイタいよ　マジ　すこぶる
ぎざぎざ空き缶　それ　キャンベル
においは　卵の　スクランブル
髪は　脂(あぶら)で　めちゃすべる

寄付金集めがどうあれ、父さんの心は黒く干からびたクルミみたいなものだった。

シェルが父さんを見てきたなかでいちばんあさましかったのは、母さんの遺体から指輪をくすねたときだ。母さんは、たったひとつの指輪、父さんの妻であることを示すゴールドの指輪を左手につけていた。既婚女性が亡くなると、ふつうは結婚指輪もいっしょに埋葬(まいそう)し、それまでの愛情も貞節も墓場へ持っていけるようにする。指輪はいつまでもその場にとどまり、肉や骨よりも長く残ることになる。

ところが父さんは、せっかくのイエローゴールドがむだになるのを見ていられなかった。しかも母さんが病気でやせたせいで、指輪は都合よくゆるんでいた。棺(ひつぎ)のふたが閉まる前に、父さんは言った。「頼む。最後の祈り、最後のお別れを、ひとりでやらせてくれ」みんなは父さんをそっとしておいた。シェル以外のみんなは。シェルは部屋を出たところで立ち止まり、少し開けておいたドアのすきまからなかをのぞいた。すると、父さんが母さんの手から乳白色のロザリオの一部をほどくのが見えた。黄色に光るものがベストの上ポケットに落ちたのもかろうじてわかった。そのあと父さんはロザリオをかけ直した。

「もう閉めてくれていい」父さんは葬儀屋に言った。「済んだよ」

その指輪がどうなったのか、シェルは知らない。父さんの靴下といっしょにしまわれていないことはたしかめた。おそらく、つぎに町へ行ったときに売ったのだろう。

父さんとイカれた朗読。父さんと裏の野原の石。父さんとガラガラ鳴る寄付金用の缶。シェルは、小銭ばかりが入った封筒をわきの下に抱え、重い足取りで裏の野原をのぼった。太陽は空にあり、強く、青白く輝いていた。羊の群れは到着していた。一頭が跳ねながらシェルに近づき、メーと鳴いて、ばねのように軽やかな足取りでまた駆けていった。これぞ、世の罪を取り除く神の小羊だ（聖書にある言い回し）。頭のなかの父さんが薄れ、坂のてっぺんに着いた。羊のいとこかと思うほどふわふわの雲。白い花でいっぱいの木々。その下を通ったら、花嫁の気分になった。畑をふたつ進むと、目の前の谷間にクールバー村の集落が見えてきた。シェルは斜面の草むらにすわり、堂々と封筒のふたをはがしにかかった。引っ張る動きに合わせてゴム糊（のり）の細い束が伸び縮みするのを見つめた。銀色の硬貨を五枚取り出し、教区内の貧しい人が必要なときに見つけてくれればと、空に向かって思い切りほうり投げた。

「これならいいでしょ、父さん！」シェルは叫んだ。

硬貨がきらめいて地面に散らばった。シェルは笑い声をあげ、封筒のふたをまたくっつけると、最後の牧草地を通り抜けて住宅地に出た。

シェルは村の歩道に沿ってぶらぶら歩いた。〈マグラーの店〉まで来ると、新聞や煙草（たばこ）の甘いにおいにつられて足を止めた。ここでは絵葉書や、一年じゅう置いてあるビーチボール、リコリス菓子、コーンに入ったアイスクリーム、プラスチックのバケツやシャベルが売られている。封筒のなかからお金が呼んでいるような気がして、さっきほうり投げた硬貨を取っておけばよかったと思った。これ以上はとてもくすねる勇気がない。なにかほしくてたまらない気持ちが塊になってこみあげ、お腹がうずいた。朝から卵ひとつしか食べていなかった。

　ミスター・マグラーが店のなかからシェルを見つけて手招きした。真っ赤な頬と広い額がおもちゃの犬のようにゆれ動いている。シェルは、お金さえあればと言わんばかりに肩をすくめた。するとミスター・マグラーは、ガムをひと握り持って店を出てきた。人差し指を口にあてながら、そのガムをシェルによこした。

「ないしょだぞ、シェル。言いふらさないでくれよ。じゃないと、村じゅうの人間におごれと言われちまうからな」

「言いません、おじさん。ぜったいに。約束します」シェルはガムの包み紙と同じくらい顔をピンク色に染め、うきうきしながら通りを進んだ。さっき教区内の貧しい人のためにお金をまいたから、きっとイエスさまがごほうびをくださったんだ、と思った。

　司祭館は、通りを少しのぼって教会を過ぎたところにある。キャロル神父は、シェルが物心ついたときからずっと家政婦のノラ・カンタヴィルといっしょにそこに住んでいる。助任司祭は入れかわりがあったが、ふたりはとどまりつづけていた。ノラは、コーク県一の料理上手と名高く、生まれたての赤ん坊の魂のように澄んだコンソメスープをつくると評判だ。父さんはいつも、ノラに食事に招かれたら、来たときより三キロは重くなって帰る、と言っていた。

　シェルは、ローズ神父に会うとは思っていなかった。てっきり外出して教区内をまわっているか、地域の病院に行っているか、近くの半島のゴートアイランドまで出かけて平日のミサをおこなっていると思っていた。ベルを鳴らしたときも、考えたのはコーヒーケーキのことで、ローズ神父のことではなかった。

　しばらく待っても、だれも応えなかった。帰ろうとすると、だれかが階段をおりる音、つぎに一歩ずつ近づいてくる音が聞こえた。しっかりとした規則的な足取りで、ノラにしては力強いし、キャロル神父にしては速すぎる。シェルは息をのんだ。お腹のあたりがそわそわしてきた。

　ドアが開き、ローズ神父がシェルを見た。片方の眉をあげたものの、なにも言わない。

「父さんが」シェルは封筒を差し出した。「これを届けてこいって」

　ローズ神父が封筒のてっぺんを持ったせいで、なかのお金が底に落ちた。小銭が鳴る品のない音に、シェルの頬がかっと熱くなった。お金と主の御言葉はなかなか相容れないものです、とローズ神父はこのあいだの日曜に言っていた。きっといまはあの両替人の台のことを思い浮かべているだろう。

「寄付のお金です。アフリカの飢餓のための」

「その募金活動なら先月終わったよ。もしかしたら聖ヴァンサン・ド・ポールへの寄付じゃないかな？　いま集めているのはそれだから」

　シェルは、わかりませんというように首を振った。

「きみのお父さんって、暇があるときに寄付金を集めてくれてるんだよね？」

　小銭がジャラジャラと鳴りつづけている。シェルはいたたまれなくなって、ローズ神父の足もとを見つめた。すると驚いたことに、裸足だとわかった。司祭用の黒いズボンの裾から、白くて長い足の指が見えている。

「父さんなら、いつでも暇です、神父さま」シェルは口ごもりながら答えた。「仕事がありませんから」

「仕事がない？」

「母さんが死んでからはありません。ダガン農場の仕事をやめたんです。腰痛がひどいからって」

少なくともそれが父さんの言い分だった。

「でも、家事をやって、きみと弟と妹の母親と父親を務めるっていう仕事があるよね？」

「そうですね」その仕事をやっているのはほとんどあたしです、と言うこともできたはずだった。

「信心深いよね、きみのお父さん。キャロル神父がそう教えてくれたよ」

シェルは肩をすくめた。「そうですね」

「なかに入って、なにか飲んでいくかい？　ノラは町に買い物に行ってるんだけど、なにか適当に用意するよ」

シェルはうなずいた。ローズ神父はわきによけなかった。かわりに片方の腕で高い橋をつくってドアを押さえ、シェルがその下を歩いて、開いたままの玄関を抜けられるようにした。シェルは腕の下を通るとき、うっかり裸足の足を踏まないように気をつけた。毛織の絨毯のにおいと、大きな壁かけ時計が刻む重厚な音で、自分が幼い子どもなみに小さくなったように感じた。

「こちらへ、シェル」

名前の呼び方が、祝福を授けているようだった。

ローズ神父は、シェルが一度も入ったことのない、表側のいちばんいい部屋のドアを開けた。くぼみのある革製の大きな椅子にシェルを手招きすると、戸棚からカットグラスを出し、飲み物用のワゴンからビターレモンのジュースの小瓶を取った。

シェルはこのときまでビターレモンが好きではなかった。ところが、ひと口飲むと、鼻とくちびるで炭酸がはじけ、舌をすべり、甘さと酸っぱさを同時に感じた。シェルが飲んでいるあいだに、ローズ神父は椅子とおそろいの革製のソファのひじかけにもたれかかった。腕を組み、シェルを見つめてほほえんだ。ゆったりとしたあたたかさが部屋を満たす。

「ちょうどいいときに訪ねてきてくれてよかった」ローズ神父が言った。

「どういうことですか？」

「闘いの最中だったんだ」

「闘い？」

「自分とのね。煙草が吸いたくてたまらなかったんだよ」

シェルはローズ神父の説教を思い出し、おかしくなって笑った。「まだやめてたんですか？」

「四旬節のあいだはと思ってる。願わくは復活祭まで」

「そのあとはもとにもどる？」

「もどるかもしれないし、もどらないかもしれない」ローズ神父は首を振った。「手ごわい代物だよ、煙草は。相手を支配する力を持ってる。きみはぜったいに手を出さないようにね」

じつはもう吸ったことがあります、とは言いたくなかった。シェルはときどき学校でデクラン・ローナンがくれる一本をブライディ・クインとまわし合っていた。デクランが冗談めかして言うには、その煙草はデクランのハーレムの創設メンバーにあたえられた名誉の印だった。

「こんなことをきいたら失礼かもしれないけど」ローズ神父が、シェルの考えを読んだように切り出した。「学校に行かなくていいのかい？」

シェルはカットグラスを顔まで持ちあげ、ダイヤ型の模様越しに向こう側をのぞいた。「学校？

もうすぐ終わりです。まもなく休みに入るので」

「なるほど」ローズ神父は立ちあがり、部屋を端から端まで歩いた。開き窓の前で止まると、しばらく立ちつくした。

「このあいだの朝」シェルに背中を向けたまま言った。「あの原っぱで、どうしてあんなふうに弟と妹に石を投げさせてたんだい？」

シェルは炭酸のビターレモンであやうくむせそうになった。

「丘をのぼっているとき」ローズ神父がつづけた。「きみが両手を広げて立っているのが見えたんだ」そしてシェルに向き直った。

シェルは、火のない暖炉のなかに置かれた花瓶に飾ってある造花を横目で見て、ビターレモンを飲み干した。

「一瞬、幻を見ているのかと思ったよ。福音書の場面かと」

「ふざけていただけです」

「変わった遊びのようだね、シェル」

その口調にあるなにかが、シェルの目をローズ神父の目に引きつけた。シェルは、やわらかい光をたたえている神父の表情を見て、真実を打ち明けることにした。「祈っていたんです。その祈りを感じられるように、痛みをあたえてもらっていました。実感できるように。強く、激しく」

ローズ神父が近づいてきて、シェルの手からグラスを取った。「もう一杯、飲むかい？」

「いいえ」

「そうか。じゃあ、そろそろお帰り」

「はい」

ローズ神父はドアを示しながらも、シェルが玄関前の通路に足を踏み出すと、その肩に手を置いてシェルを引き止めた。そこには、きっぱりとした、やさしい感触があった。

「シェル、祈りに痛みをともなう必要はないよ。信じて」

シェルは顔をあげた。ローズ神父の目には時代を超えた知恵が宿っていた。

「わかりました、神父さま」

ローズ神父が手を放した。シェルは急いで通路を進み、門を抜け、道を歩きだした。立ち去る自分をローズ神父が見ていることはわかっていた。玄関のドアの閉まる音が背後から聞こえてこなかった。

4

その日の夕食後、いつものように父さんの先導でロザリオの祈りがはじまった。みんなでゲツセマネの園でのイエスの苦しみを思う、〈苦しみの神秘〉の第一の黙想（ロザリオの祈りにともなう黙想のひとつ）に入った。イエスが苦悩しながら自分の逮捕を待っている。ジミーは舌で左の頬を突き、テントのようにふくらませた。古いピアノを物欲しそうに見つめ、指をくねらせて弾く真似をする。トリックスは椅子の上で正座し、さっき父さんが電気の笠からぶらさげたハエ取り紙を見あげた。最初にとらわれた一匹がもがいて死にかけていた。

シェルは目を閉じた。父さんの声が遠ざかり、かわりにイエスが苦悩を抱えてシェルのそばに来る。シェルはイエスといっしょに司祭館の庭園の砂利道を歩く。背の高いシロガネヨシの茂みに近づき、兵士が到着するのを待ちながら、来たるべき十字架と釘を思って共にため息をつく。イエスさま、とシェルが言う。わたしがかわりに釘を打たれればいいのですが。するとイエスが振り向き、シェルの腕を取る。イエスはローズ神父の顔をしているものの、司祭の祭服ではなく、まぶしいほど白くて長い亜麻布のチュニックを着ている。その下の足は裸足だ。ひげは剃られておらず、髪も伸びている。シェル、とミッドランズ地方の心地よい口調でイエスが言う。きみのやさしい愛こそ、この暗い日にわたしが必要とするなぐさめだ。

「シェル！」父さんのいかつい声がした。「祈りが止まってるぞ」

「ううん、止まってないよ」シェルは答えた。「頭のなかでイエスさまと話してたから」

「罰当たりな」父さんが噛みつくように言い、ロザリオを突き出した。「つぎの五珠分はおまえが祈れ。それと、おい、ジミー、指をくねらせるのをやめろ。さもないと、あのピアノに斧をぶちこむぞ」

その夜、明かりが消えたあとのベッドで、シェルは幻想にもどった。自分は小船にいて、イエスは湖の向こう側で水面を歩いている。シェルが小船の側面を乗り越えると、水面がトランポリンさながらにはずむ。シェルは、月にいる宇宙飛行士のように飛び跳ねながら水面を渡る。イエスがシェルの手を取り、ふたりで湖を横切るうち、太陽が沈んで星が現れる。シェルが眠りに落ちていくとき、イエスがこちらを向いて話しかけてくる。シェルがその言葉を聞こうとイエスに身を寄せると、急に湖の水面がゆれ動く。シェルは灰色がかった緑色の深みに落ちていく。あたり一面が重苦しい静けさに包まれる。そのとき、遠くから時計がチクタク鳴るたしかな音が聞こえてきた。

5

水曜日の朝、いつもの石拾いが終わると、もう学校をサボるな、とっとと行ってこい、と父さんが言った。

「最後の週は休んでもいいって言ったよね」ジミーがぼやいた。

「学校に行きたくない、父たん」トリックスは自分の思い通りにしたいときいつも「父たん」と呼びかける。しかし、それもきょうはうまくいかなかった。

「さっさと学校に行かないと、おまえら三人とも、物干しロープでお仕置きだぞ。じゃまくさい電話はもうごめんだ」

シェルの耳がぴくりとした。学校のだれかがまた父さんに連絡してきたのだ。

シェルはトリックスの着替えを手伝い、きのう取っておいたガムで弟と妹を静かにさせた。ふたりを急かしながら野原を越えて村の集落に入り、小学校まで送っていった。それからバスに乗り、キャッスルロック町のセカンダリースクールへ向かった。

学校には時間ぴったりに着いた。ブライディ・クインがぶらぶらとシェルに近づいてきたときにベルが鳴った。シェルとブライディのほかに、クールバー村から同じクラスに来ている女子はいない。ふたりは素行の悪い四年生（日本の高校一年生にあたる）同士、学校をサボっていないときはいつも親友だった。ブライディの父親は何年か前に蒸発している。ブライディと弟たち、妹たち、そして母親は、シェルの家とは反対側、ゴートアイランドに向かう道沿いに立つ、部屋が三つの崩れかけた平屋で暮らしている。テレビとプロパンガスはあるもののバスルームはなく、体を洗う場所は家の外の小屋だ。あんな狭い家にどうやったら全員が入れるのかはだれも知らない。ブライディは、母親と同じベッドで寝なければいけないことに心底うんざりしていた。とげのある話し方をするが、それでもシェルのたったひとりの友だちだった。

「シェル・タレント、なにそのかっこ」ブライディがずけずけと言った。

シェルは自分の薄汚れた制服を見おろし、校庭を見まわした。夏の制服を着ているのは自分ひとりだった。ウジ虫を思わせる緑色のダサいワンピースに、細いベルト、ひじまでの袖(そで)、紺のしま模様が入った平らで広い襟(えり)。天気はよかった。てっきりみんなもう冬服から夏服に替えているものだと思っていた。

「予想が外れた」シェルはうなった。

「制服のことじゃないって」ブライディは手を振った。季節の変わり目の朝に制服の予想ごっこをする危険性は、たしかにわかりきっている。「その下のみっともないこと。ブラをつけてないでしょ」

シェルは身をよじった。「だから?」

「その制服んなかでアレがたれてるのがわかるよ」

「うそ!」

「ほんと。二匹のクラゲみたい」

「やめてよ」

「マジだって」

シェルはため息をついた。「ブラ、持ってない」

「手に入れなきゃ」

「ブラを買うお金なんて、父さんがくれるわけないよ」

「〈ミーハンの店〉からくすねるのは？　気づかれっこないよ。あたしがいいのを選んでやるからさ。レースの青いのとか、アンダーワイヤーのとか。シェルが好きそうなやつ」

シェルはくすくす笑った。「やってくれるの？」

「やるよ。まず、サイズを教えて」

「サイズなんて知らない。測ったことないから」

「なにカップかもわかんない？」

「カップ？」

「わかるでしょ」ブライディは両手を胸の前で丸めた。

「ぜんぜんわかんないや」シェルは正直に答えた。

「あたしの見立てでは、Cでまちがいないね」

「C？」

「C、シェル」

シーシェル。シェルはその音の響きが気に入った。ゴートアイランドの砂浜にある丸いクリーム色の貝殻（シーシェル）が思い浮かび、「シーシェル」と呪文のようにつぶやいた。「それって、大きいの？　小さいの？」

ブライディは、あなたは「ミス・無知」のアイルランド代表ですか、とでも言いたげに目をぱちぱちさせた。

「ブラが必要なくらいはおっきいよ」声がやわらかくなった。ブライディは、シェルと腕を組むという、めったにしないことをして、「おっきくなるの、あたしはいやだった」と打ち明けた。「けど、もう慣れた。ブラをすると、ぐっと突き出るから、みんな気づくよ。あたしは三十四のDだけど、だれにも言わないでね」

「言わないよ」シェルは約束した。

「放課後、ついてきて。〈ミーハンの店〉にふらっと入ろ。そしたら、ボックスから抜き取って、通学かばんに入れて、ふたりでずらかればいいから」

「ほんとにつかまんない？」

「だいじょうぶ。前にもやったことあるんだ。何度もね」

ベルが鳴った。

休み時間になると、またつづきを話した。

「ねえ、ブラって昔もあったのかな？」シェルはきいた。

ブライディはじっくり考えてから「あったでしょ」と結論づけた。「じゃなかったら、女たちがそこらじゅうでぶらぶらさせてたことになるじゃん。あんたみたいに」

「じゃあさ」シェルは声を落とした。「聖母マリアはブラをつけてたと思う？」

ブライディはヒューとはやし立てた。「デクランにきいといてあげるよ。あいつなら、それをネタにジョークを思いつくかも」

「あたし、まじめにきいてるんだけど」

「あのだらっとした青いローブとかマントの下でしょ？　つけてたんじゃない？　子どもができたら、四倍おっきくなるから。母さんから聞いて、知ってんだ。母乳を持ち歩くわけだしね」

シェルは、ダガン農場の搾乳室で見た、乳房に器具をつけている雌牛を思い浮かべた。「母乳って、どのくらいあるのかな？」
「けっこうな量だろうね。あ、デクランだ。行ってくる」ブライディは、遠くに見えるデクランの姿を追いかけた。デクランは煙草（たばこ）を吸いに体育倉庫へ向かうところだった。シェルは肩をすくめてふたりに背中を向け、授乳中のいろいろな哺乳類（ほにゅうるい）のミルクの謎に思いをめぐらせた。

　昼食のとき、デクランがやってきて、倉庫の裏で煙草を吸おうとシェルを誘った。ブライディは教室で居残り授業を受けなければならなかった。

「傑作を思いついたぜ。泌乳（ひつにゅう）のあいだ聖母マリアはどんなブラをしていたか？」デクランがきいた。

　シェルは考えた。「泌乳」という言葉にとまどったが、それを認めたくはなかった。「わかんないよ。ギブアップ」

「三十三のJのワンダーブラ。なんでだ？」

「さあ」

「三位一体の父と子と聖霊のうち、父の三と聖霊の三で三十三、それから、子のJesus（イエス）のJでJカップ。だからイエスは永遠の命をたっぷり吸うことができた」

「そして、驚異（ワンダー）に満ちた成長をとげた？」

「そのとおり」デクランがシェルに煙草を渡しながら言った。

　シェルは深く吸いこんでから返した。ふたりは日の当たる場所にいっしょにすわっていた。テリーサ・シーヒーが仲間に入りたそうに倉庫の角から顔を出したが、デクランがしっしっと追い払った。

「なんで仲間に入れてあげないの？」シェルは、テリーサがいなくなってからきいた。

「脚が太すぎる」

シェルはデクランを叩いた。デクランはまた煙草をよこしてから、片手でシェルのふくらはぎをつかんだ。「おまえのとはちがう」そのまま手をひざの裏まですべらせてくすぐった。

「やめてよ」

「細いねえ」デクランは手を放して、にやりとした。「イタい子ちゃん」

「デクランとブライディとあたし」シェルは煙を吐きながら笑みを浮かべた。「クールバー・クラブの仲間だもんね」考えてみれば、デクランは昔から困ったやつだった。小学生のときには、校庭で女子をしつこく追いかけまわしてスカートめくりをしていた。セカンダリースクールにあがってからは、帰りにときどきシェルとブライディといっしょにバスに乗り、どちらかの隣に交代ですわった。

　デクランはシェルから煙草を受け取り、ふんと鼻を鳴らした。「クールバーは、地上における無用の長物だ」

「だよね」シェルは、わけ知り顔でうなずいた。「無用の長物」がどういう意味かはわからなかった。

6

〈ミーハンの店〉からブラを盗むことは、ほんとうは罪なのに、そんなふうには感じなかった。ブライディはシェルのかわりに盗んでくれた。だれも見ていないときにボックスから抜き取ったブラは、白で、ひもが背中側で十字に交差していた。ブライディはブラを宿題の問題集のあいだにすべりこませ、つぎにネグリジェを物色しはじめた。露出度の高いピンクのローブを盗もうとしたのをシェルがやめさせた。それからふたりで逃亡した。死ぬほど笑いながら通りを歩いて町の時計台まで来ると、道の反対側の警察署の近くに、ひとりで缶を振りながら立っている父さんがいた。そんな父さんのわきを通るのを避けようとわざわざ道を渡る買い物客の姿が見えた。

「こっちはだめ」シェルはあわてて言いながら、父さんに見つかる前にあとずさった。

「あんな父さんなら、いないほうがましだね」ブライディがあきれて天をあおいだ。

「ほんとだよ」シェルは答え、ふたりでわき道を抜けて波止場に出てから、裏道を通ってバス停へ向かった。

　ブライディがシェルにブラを渡した。「あたし、まだ帰んないから」

「なんで？」

「デートなの。町でね」ブライディの言い方は、自分でいつも話題にしているアメリカのメロドラマの登場人物にそっくりだった。

「デート？　だれと？」

ブライディは、あごをくいっと横に向けて髪を振り払った。「秘密」そしてバイバイと手を振り、桟橋のほうへもどっていった。

シェルはブラをつけるのが待ちきれなかった。バスが来る気配がなかったので、近くの公衆トイレに飛びこんだ。ホックや留め金をどうすればいいのかがわかるころには、すっかり汗ばんでいらいらしていた。トイレから出ると、バスがシェルを置いて停留所から走りだしていた。シェルは、つぎのバスが来るまで長く待つはめになった。

バスが来ると、背筋を伸ばし、あごをあげて乗車した。運転手が、運賃をゆっくり受け取りながら、露骨にシェルの胸を見た。シェルは堂々と笑みを浮かべて席にすわった。これでもう一人前だ。めりはりのないだらっとした見た目から完全におさらばできる。

小学校にジミーとトリックスを迎えにいくのが一時間近く遅れた。校長のミス・ドノヒューが、校長室にある大人用の固い椅子にふたりをすわらせていた。ドノヒュー校長はずっと前からクールバー村にいて、シェルやもっと古い村の子たちをたくさん教えてきている。いつ見ても定年間近という感じなのに、いっこうにそのときがやってこない。灰色の靴下をはいたトリックスの足が、長い鉄の脚のあいだでぶらぶらゆれていた。ジミーは、シェルが校長室に入るなり、しかめっ面を向けてきた。

「やーっと来た」ジミーが言って、シェルの頭上に目をそらし、退屈そうに口笛を吹く真似をした。

「シェル!」トリックスが椅子から飛びおり、抱きつこうと駆け寄ってきた。「あたしたちのこと、忘れちゃったのかと思った。このあいだみたいに」

「忘れてなんかないよ。町で買い物してたの」深い愛情が胸にこみあげた。シェルはかがんでトリックスにキスをした。

ドノヒュー校長が、なにか言おうとして開きかけた口を閉じた。ため息をついて、「タレント家の子どもたち」と言った。「まったく困ったものね」それから笑みを浮かべ、机の前から立ちあがって、ひじでジミーを軽く押した。

「行きなさい」ドノヒュー校長はドアを開けておいてくれた。といっても、ローズ神父のようなやり方ではなかった。シェルたちは、腕の橋の下をくぐるのではなく、校長の前をただ通り過ぎた。

シェルは、そそくさと歩きながら、自分がまだ七歳くらいでいるように感じた。

「さようなら、校長先生」シェルはつぶやいた。

「さようなら、シェル」ドノヒュー校長はそう言ったとたん、シェルの肩に手を置いた。「それにしても、お父さんはどこにいるの？」

シェルは考えた。「まだ町で寄付金を集めてると思います。教会のために」

ドノヒュー校長は、チッチッと小さく舌打ちしてからシェルを行かせた。

家に着いたら、父さんはいなかった。夕飯の支度ができても、まだ帰ってこない。そういえばきょうは水曜、父さんが夜に飲みにいく日だ。つまり、ジミーとトリックスとシェルには、家で自由に遊べる時間があるということになる。三人で食事を終えると、シェルは父さんのために残しておいたハムとチーズの三角パイの上に鍋のふたをかぶせた。ジミーは母さんのピアノのふたを開けた。母さんが亡くなったあと、父さんはピアノを売ろうとしたけれど、こんなおんぼろなら引取料をもらわないと、と町から来た男に言われてしまった。調律はすっかりおかしくなっていた。母さんを悼むミサが開かれることを知らせるカードがピアノの上に置きっぱなしになっていた。

ジミーはピアノの前に立ったまま右のペダルに片足をのせ、あやしげな不協和音をごちゃまぜに弾いた。霊界からおりてきたため息が家のなかに漂っているようだった。シェルはジミーの演奏を聞きながら目を閉じた。地下の洞窟で泳ぐ色とりどりの魚や、浮かびあがる泡、ゆれ動く奇妙な水草が見えた。ジミーはペダルから足をあげ、今度は高い音をポンポン鳴らした。スズメが雪の上を跳びはねたかと思うと、雪が車の屋根に降ってきた。コンサートの締めくくりは、大音量で鳴らす低い和音だった。大木が地面をゆっくり歩いてくるような不吉な音がシェルの体に響き渡った。シェルとトリックスは笑い声をあげて拍手をした。

つぎは外に出て、裏の野原で〈かかし鬼ごっこ〉をした。何年か前にシェルが考えて、ふたりに教えた遊びだ。だれも勝つことはなく、敗者だけが決まる。洗濯ばさみを六個ずつ持ってスタートし、それを相手につけて、自分はつけられないように逃げまわる。六個ぜんぶなくなったら上がりで、最後に洗濯ばさみだらけになった者が〈負けかかし〉になる。けれど、シェルはもうこんな遊びをする年ではなかった。ジミーとトリックスに好きなだけつけさせると、洗濯ばさみをまとめて手渡し、ひとりで家にもどってバスルームへ行った。

洗面台の鏡の前で制服を脱ぎ、ブラをしげしげとながめ、首を後ろにまわして肩越しに背中の十字を見た。鏡の位置が高すぎたため、こっそり父さんの寝室に入り、今度は〈無限ごっこ〉をした。化粧台の魔法の鏡を使う遊びだ。化粧台は、幅の広い木製の台の上に三面の鏡がのったもので、大きな一面は真ん中に固定、それより小さな二面は両側に蝶番でとめられている。その二面を前後に動かして角度を調整すると、自分と同じ姿が連続して無限に映る。昔はこの遊びをしながら、鏡に映る相手にいつも話しかけたり、鏡のなかでどんな暮らしをしているのかきいたりしていた。けれどみんな、顔をしかめることはあっても、決して多くを明かそうとはしなかった。きょうは、そんなみんなを無視して、鏡の角度をぎりぎりまで狭め、後ろからどんなふうにブラが見えるかたしかめた。

シェルは、ブラを盗んだ自分とブライディを赦(ゆる)してくれるようイエスに祈った。そして、答えを聞こうと懸命に耳を澄ました。部屋は静かで、蛇(へび)がシューシューと音を立てる気配も、雷が落ちる様子もなかった。きっと自分は赦されたのだ。

そのときふと思いつき、洋服だんすのドアを開けた。父さんのいちばんいいスーツをおおっていたポリ袋のカバーがため息をもらした。母さんのお葬式のあとにクリーニングから返ってきて、それ以来一度も着られていないスーツだ。シェルは、ほかの服をつぎつぎ押しのけながら、たんすの中身に目を通した。父さんが自分でアイロンをかけている教会用のシャツ、ズボンとズボン吊(つ)り、靴が十一足、かぞえきれないほどのネクタイ、そのうち黒が三本。

母さんのものは、父さんがずっと前に捨ててしまっていた。ところが、奥のフックにかけてしまいこむ形で、母さんの服が一着だけ残っていた。父さんが取っておいたのだ。どうして？　シェルには理由がわからなかった。ピンクのサテンでできたノースリーブのドレスで、スカートはひざ丈、ウエスト部分はスリムになっていた。

手を伸ばし、ハンガーからドレスを取る。

着てみようか？

そうしよう。シェルはドレスを試した。

ひざ頭がほんの少しだけ隠れた。

上半身はぴったりだ。

頬(ほお)がドレスと同じ色に染まった。

シェルは鏡の前でワルツを踊り、ベルベットの椅子にすわった。母さんは毎朝この椅子に腰かけ、化粧をしたり、三面鏡に映る自分をのぞきこんだりしていた。シェルは、母さんがよくしていたように片手にあごをのせた。その顔はほっそりしていて、そばかすだらけだった。ポニーテールをほどいて赤茶色の髪を振りおろし、ぱちぱちとまばたきをした。母さんが好きだった聖歌、「来たりませ　聖なる愛よ　さがしませ　わが魂を」のメロディをハミングした。

春の夕闇が迫るなか、母さんの霊がこの世にもどってきた。シェルの目と鏡に映る目のあいだに浮かんでいる。

「母さん？」シェルは息をのんだ。

どこかから手が伸びてきてシェルの肩にふれたようだった。鏡のずっと奥に映っている像のひとつがほほえんだ。それはシェルではなかった。ほかのシェルの像はにこりともしていなかったからだ。

「母さん！」シェルは呼びかけた。「行かないで！」

母さんを引き止めようと、さっきより強くハミングした。

後ろで寝室のドアが開いたことには気づかなかった。

「なんてこった！」耳ざわりな、苦しそうな声がした。鏡に映る視界のすみに暗い人影が浮かんだ。シェルは凍りついた。母さんの霊は鏡の世界の奥深くにもどっていった。シェルが振り向くと、父さんが別人を見るような目でシェルを見つめていた。いつのまにかだいぶ遅い時間になっていた。

「まさか、ほんとにおまえなのか？」

父さんが部屋に足を踏み入れた。右手をあげ、小刻みにゆれる手のひらをシェルの左の頬に向けた。シェルは叩(たた)かれるのを覚悟した。

ところが、叩かれなかった。

大きな手が震えながら近づいてきた。その手の指紋がシェルの目の片すみに見えた。手がシェルの顔にふれ、風に吹かれる木の葉のようにゆれながら頬骨をなでた。「モイラ」父さんがささやいた。「ああ、モイラ」

ウイスキーと汗のにおいがした。胃がひっくり返りそうになった。父さんがげっぷをした。

「あたし、シェルだよ」悲鳴に近い声で言った。

シェルは父さんのわきをすり抜けてドアへ走り、部屋を出るときに振り返った。父さんは置き去りにされた場所で片手を伸ばしたまま立っていた。自分が見たモイラがまだそこにいて、顔をなでさせてくれているとでもいうように。三面鏡のなかでは、立ちつくす父さんがつぎつぎと無限に映り、ひとりさみしく別世界に手を伸ばしていた。そこは母さんが行った世界、生きている人間は追うことのできない世界だった。

7

シェルは、台所をはさんで反対側にある自分の部屋、ジミーとトリックスといっしょに使っている部屋へ逃げた。閉めたドアに背中を向けて立ち、あえぎ、息を整えた。父さんは追ってこない。なんの物音もしない。しばらくして、ピンクのドレスをはぎ取るように脱ぎ、自分のベッドの下に隠した。それから、着古したオーバーオールとTシャツに着替えた。

こっそり台所を通り抜け、廊下に入る。父さんの部屋のドアは閉まっている。ああ、どうか父さんがもう寝ていますように。

シェルは、トリックスとジミーを連れもどそうと薄暗い外に出た。そろそろクロウタドリが鳴くのをやめてコウモリが現れる時間だ。

「早くもどって」シェルは、隠れているトリックスに呼びかけた。「じゃないと、コウモリがおりてきて髪に絡(から)まっちゃうよ。髪をばっさり切ってコウモリを追い出さなきゃいけなくなるんだから」

トリックスは悲鳴をあげ、壊れかけた薪(まき)小屋の裏から飛び出してきた。ジミーは朝に取っておいたガムをふくらませた。風船がパチンと割れた。

「コウモリはそんなことしないよ。超音波で物を見てるんだから」ジミーが落ち着き払って言った。

「そんなことはいいから、さっさと寝なさい。まだ起きてることが父さんにばれたら、物干しロープでお仕置きだよ」シェルはせかした。

ふたりは言われたとおりにベッドへ向かった。

家が静かになった。父さんの部屋からもなんの音もしない。裏の野原に出ると、コウモリが近くをかすめ飛んだ。シェルは両手を広げて指先まで伸ばし、甲高い声で鳴き真似をした。コウモリが手に止まってくれたらと思ったが、超音波でよく見えているのか、一匹もおりてこようとしなかった。やわらかくてなめらかに感じられる空気。山の後ろからのぼった銀貨の半分のような月。シェルは門を乗り越え、耕されたばかりのダガン農場の畑をこっそりまわり、その上の雑木林へ向かった。有刺鉄線で囲んであったが、ひっかかることなく上下の鉄線のあいだを通り抜けた。

　雑木林では、夜行性の野生動物たちが活動をはじめていた。なにかがガサゴソ動きまわる音に、パタパタはためく音。グーグー、カサカサ、コツコツという音もする。木の一本が錆びた蝶番のようにうなった。シェルは声に出して祈った。

「イエスさま、わたしは天使のような人間ではありません。でも、どうかお願いです。頭のおかしな父さんをあなたさまの御胸にお連れください。わたしの愛する母さんをお連れになったくらいなのですから。父さんの人生は、本人にとっても、わたしたちにとっても、苦しみでしかありません」

　フクロウがホーと鳴いた。シェルは耳を澄ました。フクロウがさっきよりも近くで鳴き、遠ざかってまた鳴いた。シェルは眉間にしわを寄せ、その意味をとらえようとした。フクロウが少し近づいてまた鳴いた。けれど、どんなに耳を澄ましても、お告げの意味がわからなかった。木々のあいだに静けさが広がるなか、五回目の鳴き声がほぼ真上から聞こえた。シェルはびくっとした。そのとたん、気づいた。

「待ーて」フクロウはそう言っていたのだ。

　イエスが待てと言っている。だから、シェルは待つことにした。

8

翌日、太陽が照っていたにもかかわらず、シェルは冬用の制服を着た。学校へ行くと、ウジ虫でいっぱいだった。女子がみんな緑色のダサいワンピース姿で登校していたのだ。本人はもとにもどしたというのに、みんなはきのうのシェルに影響されていた。シェルはまたひとりだけ目立ってしまった。

ブライディは校庭のどこにも見あたらない。シェルはフェンス沿いをひとまわりしながら、目を半分閉じて空想した。自分はいま、イエスと使徒たちと共にエルサレムへ向かっている。しだいに群衆が集まり、ヤシの葉が見えてくる。周囲がざわめき、期待が高まる。イエスがこちらを向いて手招きし、「シェル」とほほえみながら言う。「先に走って、ロバを連れてきてくれないか？」

倉庫の裏の喫煙場所を通ると、デクランに足首をつかまれた。大地の精のノームのように地面にしゃがみこんでいたデクランは、シェルに新しい詩を披露（ひろう）した。

におうシェル
汚れる土間に
たまるノミ

デクランはうたうように言った。

シェルは笑顔を向けながら思った。主よ、ここにあなたさまのロバを見つけました。

デクランは足首を放そうとしなかった。エルサレムへの道が頭のなかから消えていった。

「すわれよ、シェル」なだめるような声だった。「ここにすわって一服やれって」

シェルはすわった。デクランが近寄ってきて煙草をよこした。シェルは吸いこみ、すぐにむせた。

「これ、めちゃくちゃ強い」

「ばあちゃんのなんだ。きのうの夜、ばあちゃんがうちに来たときに何本かくすねた。高タール、フィルターなし。箱に水兵の顔が描いてあるやつだ」

シェルはもう一度吸い、「きっつ！」と言って煙草を返した。デクランはそれを三回、深々と吸いこんだ。

「おふくろが言うには、この煙草は最悪もいいところなんだと。水兵と娼婦しか吸わないらしい」

「娼婦？」

「ほら、夜の女だよ」

「夜の女？」

「体を売る女」

「売る？」

「シェル・タレント、おれをからかってるな。娼婦くらい、おまえもよく知ってるだろ」

シェルはいまひとつわからなかったものの、ふと思いついて言った。「つまり、マグダラのマリアみたいな女ってこと？」

「そりゃ、最高級の娼婦だな」デクランが煙の輪を吐き出した。ふたりはそれが青空に流れていくのをいっしょに見つめた。「そういえば」とデクランは考えこみながら言った。「ロンドンから来たいとこがくれた本を読んだところなんだ。えらい分厚い、『聖血と聖杯』って本。学者がひとりどころか、ふたりでもなく、三人で書いてる。そいつらがなんて言ってたと思う?」

「なんて言ってたの?」

「イエスはあのマグダラのマリアと結婚していた」

シェルは目を大きく見開いた。「ありえない!」

「だよな。しかも、子どもがいたんだと」

「子ども?」

「ああ。娘だ。どうやら当のイエスがくたばったあと、マグダラのマリアは娘と逃げて海を渡ったらしい。フランスに上陸したそうだ」

「フランス?」

「フランス」

シェルは、なにもない広大な砂浜に小船がたどり着くところを想像した。マグダラのマリアとよちよち歩きの娘が小船の側面を乗り越え、おだやかな潮の流れのなかを黙って進み、風が吹きすさぶ砂丘へ、そして新たな国へ向かっていく。

「北へ向かってロスコフの港に着いたのかもな。で、ブルターニュの航路をたどって、このコーク県まで来た」

シェルはデクランを叩(たた)いた。「話をつくってる」

「いや、ほんとさ」デクランが煙草を差し出した。シェルは今度は断った。ローズ神父が四旬節のあいだ禁煙していることを思い出したのだ。デクランはまた煙草を吹かした。「まあ、アイルランドに来たってのはちょっとつくったけど、ほかは本に書いてあったんだ。連中は、カトリック教会がもみ消したって主張してる。フリーメイソンと共謀したってな」

ふたりはいっしょにすわったまま、気心が知れた者同士らしく沈黙した。デクランは煙草を吸い、シェルはイエスの知られざる暮らしを考えた。裸足で大工仕事をするイエスの姿が見える。そばには小さなわが子、父親の衣を引っ張る娘がいる。マグダラのマリアはふたりのかたわらで夕食用のパン生地をこねている。イエスの鋭く青い目がマリアを見る。イエスが甘い愛の言葉をささやきながら、材木の表面の仕上げに取りかかろうとかんなを持ちあげる。

「シェル・タレント、おまえはするか？　それとも、しないか？」デクランが出し抜けに言った。

「は？」

「おれがこのところ自分に問いかけてる疑問だ」

シェルは顔をしかめた。「あたしがなにをするの？」

「わかるだろ」デクランの片手が空中でくるくるまわった。「あれだよ」

「なによ？」

「こいつ、きのう生まれた赤ん坊かよ。畑に行こうぜ、シェル。おれといっしょに。マグダラのマリアになれ。服を脱げよ」

「デクラン・ローナン、なんであたしがそんなことするわけ？」

デクランは歯のすきまから音を出して口笛を吹き、「おれに二度とくさいって言われなくなるからさ、シェリー」とからかった。

「この、ばか」シェルは立ちあがり、デクランの太ももを蹴った。デクランはまたシェルの足首をつかんだ。シェルはデクランを、ひょろっとした体と褐色の肌を、巻き毛の髪と青い目の輝きを見おろした。丸裸のふたりが両手と両ひざをついて、ダガン農場の大麦畑のなかを走りまわる姿を想像し、「ほんとにばか」と吐き捨てて足首をよじった。

「それはイエスか?」デクランの手がふくらはぎをじわじわのぼってくる。

「ノー!」

「いやってことか?」

「ノー」シェルはデクランの手を脚から叩き落とした。

「じゃあ、いいんだな?」

「ノーって言ったら、ノーだってば!」

デクランはシェルを見あげてにやりとした。「ふざけただけだよ。マグダラのマリアになったとしても、おまえとなんか行くもんか」そして、吸いかけの煙草を石で押しつぶした。

「じゃあ、バイバイ」シェルは言った。

「バイバイズ、シェリーズ」デクランはまたうたいはじめた。

シェルのにおいはまるで――

ところが、そこで止まった。デクランは、くちびるをとがらせて肩をすくめ、吸い殻を捨てると、

「ああ、行くな、シェル。キスしてくれよ」とせがんだ。「ほら、キスして仲直りだ。さっき言ったことは本気じゃなかった」

キスくらいならどうってことない、とシェルは思った。デクランのそばにひざをつき、くちびるを突き出して目を閉じた。

デクランはシェルに両腕をまわし、片方の手を首の後ろに、もう片方の手を腰のくぼみにあてた。

くちびるが迫ってくると、シェルは少しふれる程度だろうと予想した。シェル自身、大きくなったジミーにはもうできないにしても、夜にはトリックスにそんなキスをしている。だから、予想とはちがうとわかったときも、ただデクランに軽いキスを返した。ところが、デクランの両手に力が入り、くちびるが強く押しあてられ、やわらかくて細長いものが口のすきまから忍びこんできた。シェルがびくっとしてもデクランは放さない。舌をもっと奥に入れ、歯茎の腫れ物や痛む歯でもさすようになでまわす。お互いの舌の先が出会い、指先のふれ合いを通じてアダムに命をもたらす神の絵がシェルの頭をよぎった。稲妻が喉もとで枝分かれして両足のつま先まで走った。デクランがようやくシェルを放した。

シェルは、力の抜けた体をあわてて引いた。

「悪くない」デクランが言った。「手はじめとしてはな」

シェルはデクランの頭を叩いて駆けだした。

「まあ、いいさ」デクランが後ろから呼びかけた。「ブライディはいつでもいる」

ヒッコリー　ディッコリー
ブライディ・クイン
ベルを鳴らして
おのれをイン

デクランがうたった。いったいなんのことか、シェルにはわからなかった。倉庫の表にまわると、当のブライディがいた。ブライディは、ミルクを腐らせそうなすっぱい顔で離れたところから見ていたかと思うと、いきなり踵(きびす)を返し、ウジ虫の緑色の海へ足早にもどっていった。シェルは反対側へ走り、校舎の玄関へ向かった。そのまま走りつづけ、無事に教室にたどり着いた。

ほかの生徒たちもあとからぞろぞろやってきた。けれどブライディの姿はなかった。やがて授業がはじまった。稲妻が上へ下へとシェルの体のなかを駆けめぐり、その感覚が一日じゅう強まったり弱まったりした。

9

春学期が終わる日の金曜、ローズ神父が学校へ来て講堂でミサをした。

ひと筋の光が高い窓から落ちるように差しこんでいた。シェルは、姿を変えたイエスが天から聖櫃へまっすぐすべり落ちているのだと想像した。

「主よ、わたしはあなたをお迎えするに値しませんが、お言葉をいただくだけで癒やされます」生徒たちが声をそろえて言った。

シェルは聖体（聖別されてキリストの体となった薄くて丸いパン）を拝領しようと前に出た。伸ばした舌の上にローズ神父が聖体をのせてくれた。クリーム色と緑色が交ざった祭服を着た神父が目の前にそびえ立った。

「キリストの御体」ローズ神父が言った。

シェルは「アーメン」と応じるのをあやうく忘れそうになった。

薄い紙のような聖体がやさしく喉を通ると、汚れた魂のなかに五十個のフルーツキャラメルがまきちらされたように感じた。シェルは目を閉じ、白い侍者服を着たデクラン・ローナンの姿を視界から消し去った。今回もデクランが侍者を務めていたのだ。それでもシェルは、自分といっしょにダガン農場の畑を裸で走りまわるデクランを想像しつづけていた。

目を開けたときには、聖体拝領後の静けさが訪れていた。ローズ神父が、デクランから渡された白い布で聖杯をきれいに拭いた。ふたりは同じくらいの背丈で、肩がふれあいそうになっていた。デクランに少しでも信仰心があったら、ふたりは兄弟の使徒のようになれたかもしれない。デクランが侍者を務めるのは、ひとつの策略だった。デクランの両親は、息子がまだ七歳でなにもわからないうちから侍者にしていた。それをデクランがいまもつづけているのは、本人いわく、香部屋（こうべや）（祭服や祭器具を保管および準備する小部屋）に保管してある聖体拝領用のブドウ酒をだれも見ていないときにいつでもがぶ飲みできるからだ。

「ミサを終わります。平和のうちに行きなさい」ローズ神父が言った。

「神に感謝」生徒たちが応じた。

みんなはぞろぞろと教室へもどった。ほどなくして、復活祭の休暇のため、いつもより早く昼食時間前に下校になった。シェルは荷物を持つと、罪の赦（ゆる）しを得た気分で、廊下と校庭にたむろする騒がしい生徒の群れのなかを軽やかに通り過ぎた。

道路に出ると、ブライディ・クインが待っていた。

ブライディは、両手を振りまわしながら飛びかかってきた。シェルの髪を引っ張り、顔を殴りつける。

「よくも」ブライディが言った。「よくも」

シェルは両手で防ごうとしながら、人間に取りついた悪霊を追い払うイエスを思った。

「ブライディ！　あたしだよ。あたしだって」シェルはブライディの手をつかんだ。すると、ブライディはその手をすぐさま奪い返し、シェルを叩（たた）いて泣きだした。

「いやなことでもあった？」シェルは、ブライディに手を伸ばしながらきいた。

ブライディはシェルを押しのけた。「いやなのはあんただよ、あんた。このうそつき。娼婦（しょうふ）。よくも」

シェルも泣きそうになった。「あたし、そんなんじゃない」

「そんなだよ。だって、見たんだから。きのう。あいつといっしょにいたのを。あいつにさせてた。キスさせてたじゃん。あいつはあたしとつきあってんのに」ブライディはシェルに飛びかかってシャツを引き裂こうとした。「このブラをあげたのに。外してやる」

ブライディはパンチとキックの雨を降らせた。ボタンがひとつはじけ飛んだ。シェルは歩道にひざをついて両手で頭をかばい、やめさせてくださいとイエスに祈った。

イエスはそのとおりにしてくれた。ローズ神父がどこからともなく現れたのだ。

「落ち着いて――」ローズ神父が言った。「これは、どういうことだい？」

ブライディは動きを止めると、最後にシェルをもうひと蹴りして逃げていった。

シェルは、縮めていた体をゆっくり開いた。ローズ神父は、シェルだと気づいて眉をあげた。

「シェル」いつもの考え深げな声だった。シェルは立ちあがり、はだけたシャツの前を合わせた。

「だいじょうぶかい？」

シェルはうなずいた。

「あのけんかの相手は？」

あやうくブライディ・クインと言いそうになった。けれどそのとたん、長年の友情を思い出した。

「ただの女子です」

「あの子によく叩かれるのかい？」

シェルは首を振った。「あたしたち、じつは友だちなんです」

「ほんとに？」

「ほんとに」

ふたりは道路に立っていた。歩道にぶつけたひじがずきずきと痛みはじめ、シェルはくちびるを噛んで泣くのをこらえた。ローズ神父は、ひげが短く伸びたあごをさすりながら、顔にしわを寄せてシェルを見ていた。車が何台か通り過ぎ、雨がぽつぽつ降りはじめた。

「おいで。家まで送るよ」

「ジミーとトリックスを小学校に迎えにいかないと」

「じゃあ、そこまで送ろう」

ローズ神父は黙って縁石沿いを歩きながら、紫色のおんぼろ車が停めてある場所までシェルを案内した。シェルが目を丸くすると、「笑わないでくれよ」とローズ神父が言った。

「車は黒かと思ってました」

「どうして？」

「服が黒だから。それか、白かもって。その襟みたいな」

「格安の掘り出し物だったんだ。最初は色が気に入らなかったんだけど、だんだん好きになってきてね。注目してもらえるし」

「たしかに」

「そんなに華美な色じゃないよね？」

シェルには「華美」の意味がよくわからなかった。それでも眉根を寄せ、真剣に考える顔をして答えた。「だいじょうぶだと思います。流行りの歌の色みたい」

ローズ神父は笑った。雨が強くなってきた。「乗って」神父は助手席のドアを開け、シェルの通学かばんを持ち、あいているほうの腕とドアのあいだにまたあの橋をつくった。シェルはその下をくぐって車に乗りこんだ。

「よし」ローズ神父がドアを閉めた。

席にすわるには、ガムの包み紙、アイルランドの地図、ローズ神父の免許証をよけなければならなかった。シェルがそれらをかき集めてひざにのせているあいだに、ローズ神父は駆け足で反対側にまわり、運転席に乗りこみ、後ろの座席にシェルのかばんを置いた。シェルは、大きなポニーが小さな手押し車に乗ってきたように感じた。神父の髪が車の天井をなで、ひざがハンドルのすぐ下に来ていた。「さて」と神父が言いながらドアを閉めた。雨の音が変わり、雨粒がバタバタと屋根にあたりはじめた。ふたりのあたたかい息で窓が曇った。

　ローズ神父がエンジンをかけた。車がうなりをあげ、すぐに静かになった。

「かんべんしてくれよ、ジェゼベル」

　シェルは首をまわしてローズ神父を見つめた。「ジェゼベル？」

「ふざけた名前をつけてるよね。でも、この車には悪魔が宿ってるから、まさにジェゼベル（旧約聖書に登場する邪悪な王妃イゼベルの英語名）なんだ」

　ローズ神父はもう一度エンジンをかけた。車が息を吹き返し、走りだしそうになったものの、またすぐ静かになった。

「ジェゼベルは湿気がきらいでね」

　三度目にして、ようやく車が走りだした。シェルはひざにのせているものを見て、これをどうしようかと思った。車が車線をはみ出し、別の車とぶつかりそうになる。サイドミラーから水が流れ落ち、前もよく見えない。それでもローズ神父はあわてていなかった。ただ神を信じていた。

「直線道路を行くかい？　それとも、海岸をまわる？」ローズ神父がきいた。

　母さんが死んでから、シェルの家には車がなかった。免許を持っているのが、母さんだけだったからだ。聞くところによると、父さんも以前は持っていたけれど、シェルにはわからない理由で取りあげられたらしい。最近では、五キロ歩いてゴートアイランドの砂浜に行く余裕もなかった。母さんは、夏になると毎日のように子どもたちを乗せてその距離を走った。冬でも、日曜に教会に行ってから走ることがあった。尖塔（せんとう）のように高くそびえる波を見るのが大好きだった。

「海岸沿いの道にしましょう。お願いします」

「海岸だね。雨で景色が見えるかわからないけど」

シェルとローズ神父は町のなかを通った。ファロン医師の奥さんがレジ袋を頭にかぶって道をばたばた進み、銀行の出入り口で雨宿りをしていたミセス・マグラーに加わった。シェルはふたりに手を振った。ふたりは驚いた顔で口を開け、紫色のセダンに乗って大通りをすべるように走るシェルとローズ神父を見送った。

洞窟（どうくつ）まで来ると、車は左に曲がって細道に出た。雨が打ちつけるなか、丘のてっぺんにあがった。羊が一頭、血のような赤いペンキをわき腹につけて、殺してくれとでもいうようにシェルたちの目の前の道路に飛び出した。ローズ神父がよけると、羊は跳ねながら広い野原にもどった。「神のご加護があればこそだね、シェル」ローズ神父が背筋を伸ばして言った。車が道路のくぼみに突っこむと、シェルは天井に頭をぶつけそうになった。ひざの上のものを落としそうにもなり、ぎりぎりのところで免許証をつかんだ。

その拍子に目に入った。免許証にゲイブリエル・ローズと書いてある。

「ゲイブリエル？」声に出して言った。

ローズ神父が目を向け、免許証を見てくすっと笑った。「なんの因果か、母親はぼくたちにマイケルとゲイブリエルという名前（大天使であるミカエルとガブリエルの英語名）をつけて、ふたりとも司祭になることを願っていたんだ」

シェルは、ローズ神父が輝く衣をまとった大天使ガブリエルとなり、子どもを授かったことを聖母に告げにくるところを想像した。「ゲイブリエルっていう名前の人に会ったのは、はじめてです」

シェルは考えながら言った。「マイケルにはたくさん会ったけど」

「そこまでありふれた名前じゃないからね」

「ご兄弟は？　なったんですか？」

「なった？」

「司祭になったんですか？　ローズ神父さまのように」

ローズ神父は、くちびるをまっすぐに結んだ。なにも見えていないような顔で、雨に洗われた景色をフロントガラス越しに見つめた。それからため息をつき、つぎにギアを一段さげた。平屋の前庭からびしょぬれの犬が吠えながら出てきたところだった。

「いや、シェル、ならなかった。子どものころに髄膜炎で死んだんだ」

「ずいまくえん？」聞き覚えはあったものの、よくわからなかった。「それって、なんですか？」

「たちの悪いインフルエンザみたいなものさ。悪いものが脳に入りこむんだ」

どしゃ降りの雨で、ワイパーが効かなくなってきた。

「医者に連れていくのが遅かった」

ふたりは雲が渦巻く高台を走った。

「ここに停めるよ、シェル。この最悪の状態が過ぎるまで」

ローズ神父は道路の待避所に車を停めた。雨はまだ激しさを増していた。シェルは車内にしみこむ湿気のにおいをかいだ。そのせいで、あくびが出た。免許証に目をもどすと、生年月日が見えた。シェルは、自分の年齢と比べてローズ神父の年齢を計算した。

シェルの年齢＝十五歳から十六歳になるところ
ローズ神父の年齢＝二十五歳
シェルの年齢＋ジミーの年齢＝ローズ神父の年齢

「シェル、きみは自分が幸せだと思うかい？」

これまでそんなことをきいた人はいなかった。シェルは答えにつまった。免許証をダッシュボードの上に置き、ガムの包み紙をくしゃっと丸めた。

「幸せ」ただ言葉を繰り返した。

雨が少し弱まった。ふたりはさらに待った。

「つまり、これまでの人生で」ローズ神父がつづけた。「家で――学校では？」

「学校は退屈です」

ローズ神父は考えこんだ。「ぼくも学校では退屈していたよ」

「そうなんですか？」

「ああ、しょっちゅう。特にアイルランド語（アイルランド固有の古典的な言語）の三コマ連続の授業ではね」

シェルはひざを叩いた。「あたしもアイルランド語はきらいです」

「じゃあ、ぼくたちには共通点があるってことかな？」

シェルはうなずいて、ガムの包み紙を差し出した。「共通点はガムもです。あたし、ガムが好きなので。ローズ神父さまと同じように」

「ぼくはガム中毒なんだ。煙草（たばこ）をやめてからね。けど、秘密にしといてくれよ？　クールバー村では、ガム中毒の司祭はまだ受け入れられそうにないから」

シェルはくすくす笑った。雨はもう小降りになっていた。ローズ神父はエンジンをかけて車を車道に出した。霧が薄まり、丘の斜面がまた見えはじめた。

「神父さま」シェルは言った。「ご兄弟のこと、おつらかったですね」

ローズ神父はうなずいた。「兄はぼくのひとつ上だった。ぼくよりいい司祭になっていたと思うよ。生きていたらね」

丘をくだっていると、入江の上に太陽が顔を出した。水気を含んだ空気がゆらめき、ゴートアイランドの岬のほうから青空がゆっくり広がった。つぎに、信じられないことが起きた。聖なるものの訪れか、祈りへの答えか、虹が現れたのだ。半分は海に、半分は陸にかかったその虹は、しだいに色の濃さを増し、脈打つようにひしめき合う光の束になった。

「これは」ローズ神父が声をひそめて言い、道の真ん中で車を停めた。光が強まるなか、白馬たちが競走するように白波がつぎつぎと湾を横切った。ローズ神父の両手が、敬意をささげるようにハンドルから浮きあがった。

「シェル、アイルランドで太陽が輝くとき、地上でこれほど美しい場所がほかにあるだろうか」

10

ローズ神父は小学校の前でシェルを車からおろした。シェルはトリックスとジミーを連れて家に帰った。

　ジミーは珍しく静かだった。昼食にあたためてやった缶詰のスープも飲もうとしない。シェルがジミーの額（ひたい）に手をあてると、冷たい汗の粒が浮かんでいた。

「寝てなさい」シェルは命じた。

「やだよ」ジミーが答えた。「寝ない」

「寝なきゃだめ。いますぐ」

「いやだ」

「あたしが寝なさいって言ったら、寝るの」

　ジミーは舌を突き出し、プフフーとばかにするような音を立てた。

またジミーを叩（たた）きたくなって、シェルの右手がうずうずした。けれど、小さな白い顔で見つめられたとたん、うずうずが消え去った。

「ベッドに行って、ジミー。お願い。母さんが生きてたら、寝なさいって言うはずだよ。わかってるでしょ」

　ジミーの顔がゆがみ、ひび割れた小皿のようになった。「シェルは母さんじゃない」ジミーは泣きそうな声でわめいた。「母さんにいてほしい。シェルじゃなくて」

前にも聞いたことのある言葉だった。シェルはため息をつき、ジミーの服の襟を引っ張って椅子から立たせた。ジミーに腕を殴られたけれど、痛いほどではなかった。そのままジミーを歩かせ、奥の寝室まで行った。三人はそこに狭いベッドを三台並べ、兵士のようにぎゅうぎゅうづめで寝ている。ジミーのベッドはいちばん奥で、ヘッドボード側には、黒とオレンジ色のマーカーで壁にじかに描いた落書きがあった。母さんが死にかけているときにジミーがやったものだ。とはいえ、なにを描いたわけでもなく、ただ渦巻き同士がせわしなく戦っているだけだった。

　ベッドに寝かせると、もう抵抗しようとはしなかった。シェルはジミーに毛布をかけ、頰をなでた。ジミーはその手を押しのけた。トリックスもベッドわきにやってきて、ネリー・クワークをジミーに差し出した。以前はシェルのものだった犬のぬいぐるみで、嚙まれてぼろぼろになっている。

「ほら、お兄さん」シェルが言った。

　ジミーはトリックスからネリー・クワークを受け取ったものの、シェルから離れ、背中を丸めて壁のほうを向いた。そして、「母さんにいてほしい」と、今度はつぶやくように言った。

　シェルとトリックスは台所にもどった。トリックスは、シェルが古新聞を切り抜いてつくってやった紙の人形たちを連れて床にすわった。雨がまた降りだし、長い午後が過ぎていく。シェルは皿を洗い、冷蔵庫のなかを片づけ、ピアノからほこりを払って、そのあと夕食をつくった。ジミーは静かだった。様子を見にいっても、ずっと眠りつづけていた。

　そろそろ父さんが寄付金集めから帰ってくるころだ。おそらくジミーをベッドから引っ張り出して、ロザリオの祈りのつぎの一連を唱えさせるだろう。いまは〈栄えの神秘〉に取りかかっているところで、きょう黙想するのは、炎のような舌が使徒たちの頭上に現れ、いろいろな国の言葉で話をさせる場面だ。

六時をまわった。父さんは帰ってこない。シェルは、缶詰の魚がのった皿に鍋のふたをかぶせた。

「父さん、どこにいるんだろ」トリックスにというより、自分に言った。

トリックスが、四分の一に切られたトマトを皿のふちに寄せ、ビニールのテーブルクロスの上に押し出した。そして、「ここにいるよ」と言い、トマトをはじいてテーブルの端から床に落とした。

「ほら、湿地（ボグ）に落っこちた。死んじゃった」

シェルは声を立てて笑った。

それからトマトを拾い、鍋のふたを持ちあげて父さんの皿にほうりこんだ。「きっと町に行って、遅れてるんだね」

トリックスは片づけを手伝ってくれた。そのあと、もつれた茶色の巻き毛をとかしてもらおうとシェルの足もとにすわった。しばらくぶりだったので、シラミの卵がまたつきはじめていた。

シェルは髪をとかしてやりながら、ふたりでつくりあげた妖精、アンジー・グッディーの新しい話をした。アンジーは豆粒ほどの大きさながら、悪いことが起こるのをいつも食い止める。今夜は、激しい雷雨のなか、教会の尖塔（せんとう）へ飛んで鉄の十字架の上まで行った。杖（つえ）を構えた腕を高くかかげ、教会を落雷から守った。雷が教会ではなく杖に落ちたのだ。アンジーは妖精だったため、死なずに済んだ。それどころか翼をますます輝かせ、嵐のあとに虹が出ると、その虹をすべりおりて自分のあたたかいベッドにもどった。トリックスは子羊のようにすやすや眠った。ジミーは眠りつづけていた。

シェルは玄関へ行き、庭を包む暗闇を見つめた。外に出て、道路まで歩いた。怒り狂うブライディ・クインを思い、ローズ神父を思い、虹と、犬のぬいぐるみのネリー・クワークと、ジミーに噛みつかれているネリーの耳を思った。静まり返った茶色の田舎道で、いいことも悪いこともあったきょう一日をイエスに感謝した。また雨が降りだした。ほかにすることがなかったので、家のなかにもどってスコーンを焼いた。

11

オーブンから出したスコーンが冷めたころ、玄関のドアがいきなり開いた。父さんが、いかにも夜の男といった感じで目の前に立っていた。体のまわりから雨が吹きこんでいる。着古したジャケットがはためき、あごひげが短く伸びている。首にかけた寄付金用の缶はひっくり返り、ひもから水がしたたっている。ネクタイはななめに曲がっている。

父さんがふらふらと入ってきた。

シェルは父さんの前に皿を置いて、ふたを取った。

「夕食はどこだ？」

父さんは寄付金用の缶を荒々しく首から外し、悪態をつきながら床にほうった。それから、黙って食事をした。

シェルは驚いて見ていた。父さんが曜日の決まりを破るなんて。いったいどういうことだろう？いままで金曜日にこんなふうに帰ってきたことはなかった。こうなるのは土曜と水曜と決まっていた。むしゃむしゃと口を動かす父さんの目から涙がひと粒こぼれ、頰(ほお)を伝い、赤くて幅の広い鼻の先から、ニシイワシがのった皿に落ちたように見えた。シェルは寄付金用の缶を拾い、そっと振った。からっぽだ。イエスがシェルの心の糸を少しゆらした。そんなものが自分のなかにあることさえ知らなかった。ローズ神父の言ったとおり、やはり怒りと愛は切り離せないのだ。

「父さん、気分でも悪いの？」シェルはきいた。

父さんは皿を押しのけ、ナイフとフォークをテーブルに落とすと、両手に顔をうずめた。

「シェル、おまえはいい子だ」

うなずくように額(ひたい)が上下に動いた。目はうるんでいた。

「いい子で、ありがたい」

シェルは居心地の悪さを感じた。いつものようにののしられたほうがましだ。父さんもジミーみたいにどこか調子が悪いのかもしれない。

「ああ、シェル、おれは失望したよ」父さんは上体を起こして、シェルを見つめた。「お茶をいれてくれるか?」

シェルはやかんでお湯をわかし、ティーポットをあたためた。

「失望した」

父さんの前にカップを置き、「どうして?」とききながら砂糖を渡した。

父さんは砂糖を三杯入れ、紅茶に息を吹きかけて、げっぷをした。〈スタックのパブ〉の悪臭が父さんを取り巻いた。

「おまえの年ならもう知ってもいいだろうな。今夜は求婚しにいったんだよ、シェル」

シェルは目を見開きながら考えた。求婚? 父さんが? 正気?

「知り合いの女性を散歩に誘った」

だれのことだろう、とシェルは思った。

「その人はいつもほほえんで、あいさつしてくれた。ふたりの関係がこの先どうなるか、お互いわかっていると思っていた」父さんは首を振り、苦笑いをした。「シェル、新しい母さんがほしいだろう? おまえも、トリックスも、ジミーも。だからがんばったんだ。おまえたちのために」

シェルは肩をすくめた。「どうだろう、父さん。別にこのままでいいけど」と言って、金網からスコーンをふたつ取り、母さんのお気に入りの皿、カモと葦（あし）が描いてある上品な陶磁器にのせて父さんの前に置いた。父さんは、ひとつを一気に口につめこんだ。くずがくちびるからこぼれ、ジャケットの下襟（したえり）やネクタイにかかった。

「それで、どうなったの？」シェルは先をうながした。

父さんは口に残っていたスコーンを飲みこみ、ふたつ目を食べはじめた。目はうつろで、手は震えていた。

「父さん、どうなったの？　その人はいっしょに散歩してくれたの？」

「いや、断られた」

「だれに？　だれに断られたの？」

父さんは、ばかかという顔でシェルを見た。「言っただろ。ノラだ。ほかにだれがいる？」

「ノラ？　ノラ・カンタヴィル？　司祭館の家政婦の？」

「ノラはうまいケーキやジャムで何か月ものあいだおれをその気にさせてきた。知ってのとおり、コーク県一の料理上手だからな」父さんは首を振った。「なのにいまは、おれを拒んでる」父さんがテーブルを強く叩（たた）き、皿がはねてカップがガチャンと鳴った。「拒んでやがるんだ」

シェルはあとずさった。

「タレントさん」父さんが、東部の二県でノラが身につけた上品な口調を真似（まね）した。「お誘いいただき光栄ですが、よろしければ、このままなかにいたいと存じます。こんな湿った夜に、居間の暖炉の火で寒さをしのぐことができる。幸せなことです。この家こそ、わが家と呼べる場所です」

このときシェルが思い浮かべたノラ・カンタヴィルは、パーマできつくカールさせた髪を頭にはりつけ、赤紫色のウールの古風なツーピースを着て、厚手の小麦色のストッキングをはいていた。かたや母さんは、つややかなピンクのドレス、ほっそりした長い脚、洗い立ての栗色の髪という姿で、うたいながら朝の仕事をこなしていた。父さんは、どうかしている。

「けど、父さん、ノラは美人でもないよね。母さんとちがって」

父さんはゆらりと席を立ったかと思うと、シェルの腕をさっとつかんだ。あまりに速く、よける暇がなかった。母さんの皿が飛び、床に落ちて割れた。「黙れ、シェル」父さんが脅すように言った。くちびるが大きくゆがみ、スコーンのくずがはさまっている黄色い歯がぎらついた。「だれにも言うなよ」父さんはシェルの手首をつかんで強くねじった。「おれがさっき言ったこと。だれにも、ぜったい、言うんじゃないぞ」ひとつひとつの言葉が熱くて酒くさい息と共に吐き出され、父さんの顔がのしかかるようにじわじわ迫ってきた。

シェルは父さんから自分の手をもぎ取り、ほうきを拾いあげた。「うん、父さん。言わないよ」そして、騒々しい音を立てながら床を掃きはじめ、皿のかけらと父さんの食べこぼしをせっせと集めた。「心配しないで、父さん」父さんはふらつきながら、シェルが床を掃くのを見ていた。そのあと、シェルにうやうやしく敬礼し、右手を小さく振り、よろよろとドアを出て暗い外にもどった。門柱のあたりからヤギが咳きこむような音が聞こえた。それがなにを意味するか、シェルにはわかっていた。

シェルはドアを閉めたものの、鍵はかけなかった。ほうきを片づけ、金網で冷ましていた残りのスコーンにふきんをかぶせ、そのあと寝室に引っこんだ。ジミーとトリックスは眠りつづけていた。シェルはドアの下側のボルトをそっと横に引いて鍵をかけ、ネグリジェに着替えてベッドに入った。体を丸め、暗闇のなかで一本調子の寝息を聞いていると、すぐに頭のなかが虹と落雷でいっぱいになった。ノラ・カンタヴィルが、湯気の立つふたつきの深皿を持って、アンジー・グッディーのかわりに色あざやかな光の束をすべりおりている。ローズ神父はジェゼベルを崖沿いの道から空へと走らせている。デクランはシェルの腕を引いてダガン農場のてっぺんにある畑へ向かっている。シェル、おまえはするか？　それとも、しないか？　シェルは眠った。

12

　夜中、シェルはジミーのうめき声で目を覚ました。電気をつけると、フランネルのシーツに絡まっているジミーの手足や、汗で光っている肌、赤と白のまだらになっている顔が見えた。

「ジミー」シェルはそっと声をかけた。

「すごくずきずきする」ジミーが答えた。

　シェルが額にさわると、ジミーは顔をしかめた。「どこが？　そこ？」シェルはきいた。

　ジミーは答えず、パジャマの上着がきついとでもいうように腕を振りまわした。トリックスが寝返りを打った。ジミーがまたうめいた。

　こんなに具合の悪そうなジミーを見るのははじめてだ。ジミーはよく体調を崩すし、それを父さんは気を引いているだけだと言っている。けれど今夜は、脳のインフルエンザで死んでしまったローズ神父の兄、マイケル・ローズのことが思い出された。

「髄膜炎にかかったのかも」シェルは言った。

　ジミーが大声でわめきはじめた。

　シェルはパニックになった。これまで夜に病気の対処を迫られたことは一度もない。家に電話はあったが、父さんがさわることを禁じていた。置き場所は台所の向こう、父さんの部屋のベッドわきで、そこにはぜったいに手を出してはいけないことになっていた。

「しっかり、ジミー。ファロン先生を呼んでくるから」シェルはドアのボルトのかんぬきを開け、台所に飛びこんだ。急いで靴をはき、暗い外に駆け出した。降りつづく小雨で、たちまちネグリジェがぬれた。近道をして野原を突っ切り、集落へ向かった。

外は恐ろしいほど真っ暗だった。雲が月をおおい、生け垣がカサコソ、バタバタという音でにぎわっていた。シェルはウサギの巣穴につまずき、やぶで擦り傷を負った。頭のなかでは、ローズ神父から聞いた言葉が、尻尾を追いかける犬のようにぐるぐるまわっていた。医者に連れていくのが遅かった、遅かった医者に連れていくのが、遅かった……。奇妙な音がして雑木林がゆれた。悪魔のような目が下生えのなかに現れた。「ああ、主よ！」息を切らしながら叫ぶと、悪魔の目が消えた。後ろでなにかがあわてふためく音がしたかと思うと、タカかなにかが羽ばたいていった。やっと最後の木立を抜け、畑へおりた。月が顔を出した。

クールバー村の集落が見えてくるなか、シェルは丘を駆けおりた。わき腹を押さえ、差しこむ痛みによろめきながら、熱くて速い呼吸を繰り返した。ファロン医師の家は、集落のなかでも高い位置にあった。シェルはノッカーでドアを激しく叩いた。「どうか先生にお取りつぎを」あえぎながら言い、またドアをノックした。体を折り曲げると、まぶたの裏で黄色い筋がちかちか光った。

ドアがいきなり開いた。シェルが体を起こす前にファロン医師が現れた。「せめて虫垂炎であってほしいものだ」ファロン医師が言った。眠りを妨げてしまったことが、むっとした表情からわかった。くちびるがきつくまっすぐに結ばれている。

「あたしじゃありません、先生」シェルは息を整えながら背筋を伸ばした。「ジミーです。すごく悪いんです」

「お父さんがきみをよこしたのかね？」

シェルはうなずいた。

「電話はできなかったのか？　そのかっこ！」

シェルは自分の服を見おろした。ネグリジェがひどいことになっていた。汚れているうえに、ぬれて、破けている。シェル、と頭のなかで母さんの声がした。「ヘスペラス号の難破」（ロングフェローの詩のタイトル）って感じね。

「通じてなくて」シェルは泣きだした。「電話が」

「わかった、シェル。落ち着いて。かばんを取ってくる」

そのあとすぐ、ふたりはいっしょに車に乗り、丘をまわる道路を通りながら家へ向かった。「で、ジミーはどうしたんだ？　熱でもあるのか？」ファロン医師がきいた。

「髄膜炎だと思います。脳がインフルエンザにかかったんです」

「それはどうかな。わたしの知るかぎり、いまは流行していないはずだ。どこからそんな情報を？」

「ローズ神父さまです」

「ローズ神父！」ファロン医師は鼻を鳴らし、首を振った。「あの神父となんの関係があるんだ？」

「関係はありません。ただ、きょう、話してくれたんです。お兄さんが髄膜炎にかかったって」

「ほんとうに？」ファロン医師はまた首を振り、車のスピードをあげた。「あの若い助任司祭の頭には、いろいろとばかげた考えがつまっているようだな」

シェルは答えなかった。熱で苦しんでいるジミーのこと、そして、大天使と同じ名前をつけられて早くに亡くなったマイケル・ローズのことを思った。最後の急なカーブを駆け抜けると、平屋のわが家の目印になっている灰色の軽量ブロックの壁が暗闇の向こうに浮かびあがった。シェルは、パニックになるあまり玄関のドアを広く開けっぱなしにしていたことに気づいた。

ファロン医師はシェルにつづいて家に入り、台所を抜け、奥の部屋のジミーのベッドまで行った。

トリックスは、ふたりが来ると目を覚まし、わけがわからずにぐずった。シェルはトリックスのそばへ行き、「しーっ、トリックス」と小声で言った。ファロン医師はジミーに近づいた。「やあ、お兄さん……」と話しかけるのがわかったが、シェルはそれ以上、立ち止まって聞こうとはしなかった。死の床にあった母さんが、お医者さまの診察はプライベートなものよ、とよく言っていたからだ。トリックスを毛布でくるみ、泥だらけのぬれた腕で台所まで運んだ。父さんのひじかけ椅子におろし、黙っててと合図した。それからこっそり廊下に入り、父さんの寝室のドアへ向かった。鍵穴に耳を澄ませると、父さんのいびきの音がかすかに聞こえた。シェルは台所にもどり、くしを取り出して、またトリックスの髪をとかしはじめた。

まもなくファロン医師がふたりのもとに来た。「お父さんは？」

シェルはファロン医師を見つめた。医師の声にざらつきがあった。冷たいこぶしに内臓をぎゅっとつかまれた気がした。「そんなに悪いんですか？」

「ジミーかい？　いや――ただの感染症だ」

「髄膜炎じゃないんですか？」

「むろん、ちがう。そんな考えは捨てていい。二の腕の切り傷が悪化していたんだよ。注射をして、薬を飲ませておいた」

「じゃあ――あたしは間に合ったんですね？」

「そうだ、シェル。じゅうぶん間に合ったよ。ジミーはすっかり元気になる。しかし、これ以上長くほうっておかなくてよかった。熱がつづいていたからね。おそらく切ったのは数日前だろう。気づいていたかね？」

シェルは首を振った。「いいえ、先生。気づいていませんでした」数日前。ジミーが数日前にけがをしたのに、あたしは気づかなかったの？　シェルはうなだれた。ああ、イエスさま。自分にも理解できない怒りを感じながらジミーをひっぱたいてきたことを思った。親愛なるイエスさま、愛の足りないわたしをお赦しください。

「シェル、きみが気づかないのはしょうがない」ファロン医師が言った。声が変わり、ざらつきが消えていた。「だが、お父さんと話をさせてもらいたい」

「父さんはベッドにいます。また寝てしまったんです。つまり、あたしを先生のところに行かせたあとに」

　ファロン医師は廊下に出ていった。父さんの部屋のドアが開く音がした。ファロン医師は鼻にしわを寄せてもどってくると、「なるほど」と言い、鋭い目でシェルとトリックスを見た。家がばたついているうちに、トリックスは以前の癖が出て、親指を口に入れていた。「なるほど」ファロン医師はかばんを持ちあげた。「食事のとき、ジミーに薬を飲ませるのを忘れずに。一日三回。あと、そのぬれた服を脱ぐように」そして首を振り、いやなにおいがするとでもいうように台所を見まわし、「とにかく、がんばりなさい」と言って家を出た。

　シェルはトリックスをベッドにもどしてから、ジミーのほうに這っていった。「ジミー、起きてる？」

　ジミーが目を開けた。

「痛い？」シェルはそっときいた。

　ジミーはうなずいた。「ちょっと」

「見てもいい？」

　ジミーはパジャマの上着から腕をゆっくり引き出した。「ふかれたとき、すごくひりひりした」

肩とひじの真ん中あたりに、深くて痛そうな三センチほどの傷があった。かさついて黄色に変色し、そのまわりが赤くなっている。さわってみると、傷の周辺が熱を持って固く盛りあがっているのがわかった。

「どうしてこんなことに？」

「石だよ」

「石？」

ジミーはうなずいた。「このあいだの朝。こんなにとがってる小さい石を見つけたんだ。だから石塚に置かないで、試してみた。ちゃんと切れるかなと思って」

シェルはうなずいた。「そうなんだ」

「ぼくの宝箱に入れてあるよ」

「捨てなくちゃ、ジミー。そんな危ない石」

「やだよ！」

「どうして？」

「石器時代のやつだから。先がとがってるんだ。矢じりみたいに」

シェルは肩をすくめた。「ほんとかな」

ジミーはもぞもぞとパジャマのなかに引っこんだ。「ほんとだよ。ぼくにはわかる」

「そっか。じゃあ、そうなんだね」シェルはほほえんだ。「ジミー、元気になったらプレゼントを買ってあげる。〈マグラーの店〉から」

「いいの？」

「いいよ。なにがほしい？」

ジミーはむずかしい顔をして、眠ってしまったのかと思うほど長く考えこんだ。それから、飢えたような目でシェルを見あげて小声で言った。「ぼく、バケツがほしい」

「バケツ?」

「バケツとシャベル。砂浜用に」

「でも、もう持ってるでしょ。家の裏のどこかにあるよね」

「前のバケツは割れちゃったんだ。シャベルはなくした」

「わかった、ジミー。バケツとシャベルを買ってあげる」お金をどうしたらいいかはわからなかった。ただ、自分が正しいことをしたのはわかった。そのあとすぐ、ジミーがほっそりした白い顔に安心した表情を浮かべて眠りについたからだ。シェル自身は眠れなかった。ジミーのベッドのそばにすわり、ふさふさの髪をなでていた。まもなく母さんがシェルの隣にすわり、片手を肩にまわしてきた。母さんのやさしいハミングが、ゆったりした音を上下させながら、おだやかになった暗闇を満たした。それがなんの歌か、シェルにはよく思い出せなかった。

13

枝の主日(しゅじつ)（復活祭の直前の日曜日）、教会にローズ神父の姿はなかった。その週、ローズ神父はゴートアイランドへ行ってミサをすることになっていた。月曜が過ぎ、火曜になった。聖水曜日になるころには、ジミーは回復していた。朝食をとり、プレゼントを要求した。

シェルは、教区内の貧しい人が必要なときに見つけてくれればと五枚の硬貨をばらまいたことを思い出した。ジミーをその貧しい人に入れてくださいとイエスに祈り、上の畑のほうへ回収しにいった。這(は)いまわって長い時間さがしたものの、三枚しか見つからなかった。バケツとシャベルの値段はすでに店で調べてあった。これだけでは足りない。

家をくまなくさがすと、冷蔵庫の下に十ペンス硬貨が転がっていた。通学かばんの裏地の奥から、さらに五ペンス硬貨が出てきた。それでも、もっと必要だ。

父さんは寄付金集めに行っている。シェルは父さんの部屋に入った。化粧台の三面鏡がまた〈無限ごっこ〉をしようと誘ってきたが、それを断り、洋服だんすに忍び寄って、父さんの服のポケットをさぐった。

必要な分が見つかると、十字を切ってそれを盗んだ。

つぎに、村の集落へ出かけるため、トリックスとジミーを家に閉じこめ、道路に出て厄介なことにならないようにした。どんな用事で外出するかを説明すると、ふたりはシェルが帰るまでいい子にしていると神妙な顔で約束した。

〈マグラーの店〉では商品をゆっくり選ばせてもらえた。シェルがアップルグリーンのバケツとオーシャンブルーのシャベルに決め、お金を払おうとすると、ミスター・マグラーがウインクしながらテントウムシ色の赤いシャベルもつけてくれた。「秘密だぞ、シェル」と、前の週にガムをくれたときのように言われて、シェルはほほえんだ。

家に向かう前に教会に足を運ぶと、わきのドアが開いていた。シェルはこっそり二階席へあがり、椅子にすわって耳を澄ました。

イエスがどこか近くにいる。教会の木がまたきしむ。光が下の通路でゆらめく。シェルは、お金を盗んだことを赦(ゆる)してくださいとイエスに祈った。マイケル・ローズと母さんのモイラ・タレント、そして、亡くなったすべての人の魂の安息を祈った。この世のさまざまな困難が終わりを迎えることも祈った。まだ最後の祈りをしていたとき、一階の香部屋(こうべや)から声が聞こえ、キャロル神父とローズ神父がしゃべりながら出てきた。ふたりが祭壇のそばで立ち止まると、シェルは二階席の陰に身をひそめた。

「また来たね、紫色の布を使うときが（復活祭を前に、十字架像に紫色の布をかぶせ、イエスの受難や磔刑を思うことを指す）」キャロル神父がため息をついた。

「毎年この時期は気が重いですね」ローズ神父がうなずいた。

「ノラがユリを生けてくれる」キャロル神父が朗読台へ行き、聖書を一、二ページめくった。「ジョー・タレントが朗読する予定だ」

「ジョー・タレント？　またですか？」

「ジョーの読み方がまるで錆(さ)びた釘(くぎ)だということはわかっているよ。しかし、頼まなければ傷つくだろうからね」

二階席にいたシェルは、こみあげてきた笑いに震えた。ひざを抱えてこらえようとすると、すわっていた椅子がきしんだ。

「きょうは風が強いな」キャロル神父が言った。

「タレント家は、貧困家庭なんですよね？」ローズ神父がきいた。その言い方で、シェルにこみあげた笑いが止まった。

「ああ、その最たるものだ。父親は、妻を亡くしてから給付を受けている。妻なしでは、迷い犬も同然だ」

「いつ亡くなったんです？」

「おととしの秋だ。愛らしい女性だったよ、モイラは。やさしい心と、天使を魅了する声を持っていた。モイラを失ったジョーは、ガソリンの切れた車みたいなものだ」キャロル神父が通路を歩いて近づいてきたらしく、さっきより声が大きくなった。「そろそろ教会に鍵をかけようか」ローズ神父にというより自分に言って、シェルの真下に来た。シェルは、家にジミーとトリックスだけを残したまま教会に閉じこめられることを思って凍りついた。

「長女に会いました」ローズ神父がつづけた。

「いや、まだかけないでおこう」キャロル神父がつぶやいた。「この聖なる日に祈りを必要とする哀れな者がいるかもしれん……。いま、なんて？」

「シェルです。タレント家の長女の。少し会話をしました。先週、父親のかわりに寄付金を持ってきたんです。自分で認めていましたが、学校をサボっているようです」

キャロル神父がため息をついた。「知っているよ。小学校のドノヒュー校長も下の子たちのことで連絡してきたからね。祈る以外、きみやわたしになにができる？」

「学校に電話しました」

「なにをしたって？」

「わたしが学校に電話して、学校が父親に電話しました」

どうりで春学期の最後の週に学校へもどれと父さんが言い張ったわけだ。キャロル神父はなにも答えない。ただシェルの耳にチッチッという音が聞こえ、キャロル神父がまた遠ざかるのがわかった。シェルは、隠れていた二階席のふちから思い切って下をのぞいた。キャロル神父の両手が聖体拝領台をつかみ、こぶしの関節が白く光っていた。

「思うに……」ローズ神父がつけたした。「つまり——あの様子からすると——なにか手助けすべきではないでしょうか？」

キャロル神父の両手が、体のわきにぶらりとたれさがった。

ローズ神父は話しながら、十字架に張りつけられているイエスを見ていた。シェルは息をのんだ。ローズ神父とイエスのあいだになにかが流れている。熱く張りつめたなにかが、教会全体を満たしながら行ったり来たりしている。

「ジョーは毎日のように寄付金を集めている」キャロル神父が言った。「それを少額、定期的に渡してくれる。かなりの額を手もとに残しているようだ」

シェルは親指を噛み、声を出さないようにした。父さんが盗んでること、バレてたの？

「いわば、残させているわけだ」キャロル神父はつづけた。「ジョーは貧しい人々のために寄付金を集めているが、本人がその貧しい人なのだよ。物乞いはなにも悪いことではない、ゲイブリエル。物乞いをする者たちはつねに神のそばにいる。ジョーは誇り高き物乞いに過ぎない。そんなジョーの幸運を祈る。それこそが、わたしがタレント家のためにしていることだ。神の御前でな」

ローズ神父は答えなかった。腕を組み、床を見つめていた。

キャロル神父がさらに言った。「ジョーはその金を飲み代にする、そう考えているのかね？　しかし、飲んだとして、われわれはそれをどうやって知り、どう判断する？　少しくらい飲んでも、なんの害にもならんぞ」

「あの一家は幸せではありません」ローズ神父が言った。

「なぜわかる？」

「感じるんです。直感です」

「ここへ来てまだ数週間だろう。わかるはずがない」

「いえ、わかります。シェルの様子から。たしかなのは――」

「なにがたしかなんだ？」

ローズ神父は肩をすくめた。「たしかなのは、なにかがまちがっているということです。福祉サービスにつなげようと思います」

「黙りなさい！」キャロル神父が聖体拝領台を強く叩いた。「きみは都会から来た。そんな話は、きみの出身地でなら通じるかもしれんが、ここでは通用しない。このクールバー村では、自分たちのめんどうは自分たちで見るのだよ」

長い沈黙があった。雲が太陽を隠したのか、教会内が薄暗くなった。そのあとキャロル神父がローズ神父の肩に手を置いた。「こういった場合、立ち入れば罪深いことになるかもしれんぞ、ゲイブリエル。きみは、あの娘を車に乗せているところを見られている。今後、そういうことはやめたほうがいい。教会のこれまでのスキャンダルを思えば、わざわざ同伴者なしで女性を車に乗せる理由はない」

ローズ神父は「スキャンダル」という言葉を聞いたとたんに身を引いた。今度は自分が聖体拝領台をつかんでこぶしを見せる番だった。両替人の台がひっくり返りそうになる。シェルの耳にシューシューという音が聞こえる。キャロル神父は香部屋のほうへゆっくりもどっていった。ローズ神父は追わなかった。香部屋のドアの前でキャロル神父が振り返り、「親切心から警告したつもりだよ、ゲイブリエル」とやさしく諭した。「きみはまだ聖職者になったばかりだ」そして、空中に弧を描いた。「たいていの場合、余計なことはしないほうがいい。当局に洗いざらい話すことは、イスカリオテのユダ（十二使徒のひとりで、イエスを敵対者に売り渡し、当局による磔刑を招いたとされる）がしたことと同然にもなりかねん。そのことをよく考えるのだ。きょうという日にこそ」

キャロル神父が去ると、台をつかむローズ神父のこぶしがゆるみ、頭と肩ががくりと沈みこんだ。ローズ神父は言われたとおりにしているようだった。台の前でひざまずき、両手で頭を抱え、なんの音も立てずにいた。シェルは動かなかった。教会の木がまたきしんだ。激しく怒る天使たちが周囲のあちこちで静かに羽ばたいている。聖母マリアと聖テレジアの像に描かれた顔が苦しげに視線を下に向けている。そういった愛も、ローズ神父の助けにはならなかった。ローズ神父は肩を震わせていた。その肩のあいだから、細くて深い地割れのような悲痛な音が聞こえた。シェルの心に剣が突き刺さった。ローズ神父は泣いていた。

「ああ、イエスさま」シェルは声に出さずに言い、両手を強く握りしめて祈った。「わが主よ、シェルはあなたさまと共に苦しみの園におります」

数分が過ぎた。ローズ神父はゆっくり立ちあがり、十字を切って、キャロル神父を追うように香部屋へ引っこんだ。シェルは待った。あたりが静まり返ると、バケツと色あざやかな二本のシャベルを持って、きしむ階段を忍び足でおりた。それから畑を突っ切り、家へ向かった。シャベルをわきに抱え、バケツをひざにぶつけながら歩いた。明るい色がもたらしてくれた弾む気持ちはしぼんでしまっていた。

家に着くと、台所のテーブルがひっくり返っていた。ジミーがその真ん中にすわり、テーブルの脚のあいだから見えない兵士をかわしたり、父さんが食器棚の上に置いておいた銃で兵士を撃ったりする真似をしていた。トリックスは、母さんのミサのカードをピアノの上からおろしていた。あぐらをかいてコンロの前にすわり、カードにはさみを入れて床じゅうに切れ端をばらまきながら、ぶかっこうな人形をつくっていた。

14

父さんはいつもの水曜夜の酒盛りを終えて遅くに帰ってきた。シェルは父さんが家に入る前にベッドにいるよう気をつけた。寝室のドアにはまたボルトのかんぬきをかけていた。父さんは、ミサのカードが消えていることに気づいたとしても、なにも言わなかった。

翌朝は夜明けから晴れていた。シェルは寝室のカーテンを開けて裏の野原をのぞいた。光が丘の上に一気に広がっていった。

「トリックス、起きて」シェルはトリックスの脚を、つぎにジミーの脚をゆすった。「洗足木曜日だよ」

「洗たく木曜日？」トリックスがきいて、あくびをした。

シェルは笑った。そういえばクリスマス以来シーツを取り替えていないし、三人が寝ている部屋の床には汚れた衣類が所狭しと散らばっている。

「そう、洗濯木曜日だよ」シェルはジミーとトリックスを動員して、大量の洗濯に取りかかった。

母さんが何年も使っていた古い二槽式の洗濯機は、母さんが亡くなる直前に壊れてそのままになっていた。父さんから洗濯のお金がもらえたときには、シェルは町のコインランドリーに行っていた。けれどきょうは、きれいな緑色の大きな石鹼（せっけん）ふたつと、台所の流しと、風呂場を使って洗濯するしかない。シェルは鍋にお湯を沸かした。トリックスとジミーは新品のシャベルで衣類をつついてぬらした。

父さんは起きてこなかった。だから、父さんのものは洗わなかった。

三人はきれいになった衣類を物干しロープに洗濯ばさみでとめた。スペースがなくなると、生け垣の上に広げた。すがすがしい風で洗濯物が波打ち、からっとまぶしく乾いていった。

父さんは午後四時に姿を現した。ひげを剃り、二番目にいいスーツを着ていた。

「教会に行きたくない、父たん」トリックスがふてくされた声で言い、「日曜じゃないもん」とつづけた。片手に赤いシャベルを持ち、アップルグリーンのバケツをひっくり返して頭にかぶっている。

父さんがシャベルとバケツをつかんだ。「さっさとしないと、こいつをごみ捨て場にほうりこむぞ」

トリックスは両手を顔の前に出し、その陰で念入りにしかめっ面をつくった。シェルは、バケツやシャベルごとトリックスをドアの外へ追い立てた。

教会に着くと、ローズ神父がきょうのミサの担当だとわかった。キャロル神父がゴートアイランドへ行く番だった。説教の時間になると、ローズ神父は聖体拝領台までやってきて、みんなを最後の晩餐に招待した。ぜひ二千年前に時をもどし、エルサレムの貧しい地区にある粗末な家へ行って、薄暗い窮屈な部屋を、おしゃべりや笑い声を、ブドウ酒とパンを想像してください、と言った。

「あなたはそこにいますか?」ローズ神父がきいた。シェルは目を閉じた。そこには床に落ちている穀物をついばむ鶏がいて、大きなコンロや、学校で使っているような細長い食卓があった。使徒たちが長椅子に集まっていて、焼き立てのスコーンと魚の揚げ物のにおいがした。わたしはそこにいます、とシェルは思った。

ローズ神父は、若い信徒十一人に前に出てきてほしいと頼んだ。父さんが人差し指でシェルの背骨を鋭く突いた。

「起きろ」父さんが言った。

シェルは、はっとした。ダガン家の息子がふたり前に出て、クールバー・ハウスに住むフレイヴィン家の娘と、ローナン家の下の子たちにつづいているところだった。シェルは立ちあがって、トリックスの手をつかんだ。ジミーは動こうとしなかった。シェルとトリックスはふたりだけで前へ行った。

これで八人になった。あと三人だ。

「ほかに志願してくれる人は?」ローズ神父がほほえみながら言った。

クイン家の幼いふたりが、ミセス・クインにつきそわれて前に出た。

これで十人になった。

教会内がしんとした。

シェルはジミーを見つめた。ジミーはまた舌で頰を突き、テントのようにふくらませていた。シェルはこう思うことにした。あたしは磁極かブラックホールで、ジミーは細い針か、くたびれた惑星だ。ジミーはこっちに来るしかなくなる。シェルが目を皿のように大きく見開いて念じていると、奇跡が起こった。ジミーが立ちあがり、つまらなそうな顔をしながら前へぶらぶら歩いてきた。

「よかった」ローズ神父が言った。「これで、ひとりをのぞき、使徒が全員そろいました。そのひとりは今夜は欠席です。なぜ現れないのかは、みなさん、ご存じですね」

ローズ神父は、あらかじめ半円形に並べておいた椅子に全員をすわらせ、靴と靴下を脱ぐように言った。それから、水の入ったボウルとスポンジを持ってまわり、ひとりひとりの足を洗った。シェルは半円の列の最後にいた。想像のなかでは、自分はイエスに愛された最年少の使徒、ヨハネだった。かさついた足の裏にくぼみがいくつもできている。かかとや土踏まずの皮膚が白く傷ついている。足の指の爪が長く伸びている。ガリラヤ（イエスが福音を説いてまわったイスラエル北部の地域）の道をもう何キロも踏みしめてきたせいだ。冷たいスポンジが足をおおうと、シェルはまずそのさわやかさを、つぎにスポンジを持つ手から伝わる純粋な慈愛を感じた。それから椅子にもたれ、まもなくイバラに突き刺される頭のてっぺんを見おろした。ローズ神父の金色と茶色が交ざった巻き毛は短く切られていた。作物を刈られたあとの畑が、なでられるのを待っているようだ。シェルは右手をお尻の下に敷き、ローズ神父にその手を伸ばすのをこらえた。つま先から水がしたたり落ちると、ローズ神父が足を拭こうと、亜麻布でできた小さな白いタオルを構えた。

　クールバー村の信徒たちは驚いて見ていた。

　シェルがタオルに足をのせると、ローズ神父は軽く叩くように拭いた。

　ほかの十人の仲間といっしょに信徒席にもどるとき、ファロン医師の奥さんが不満そうな、不機嫌そうな顔をしているのがわかった。クールバー村の教区で洗足式（最後の晩餐のときにイエスが十二使徒の足を洗ったことにちなみ、司祭などが信徒の足を洗う儀式）がおこなわれたのははじめてだ。ミセス・マグラーの席のそばを通りかかったときには、ミセス・マグラーが隣の人に「こんなのはプロテスタントが考えたことよ！」と声高に耳打ちしているのが聞こえた。けれどシェルは、イエスが、本物のイエスが自分の足を洗ってくれたと確信していた。イエスがまたローズ神父の姿になって、未熟な者たちのあいだにもどってきてくれたのだ。ローズ神父は、信徒を信徒自身から救うために、慈愛の心で来てくれていた。

15

つぎの日、十字架の道行（イエスの受難を十四の留（場面）に分けて黙想する儀式）が午後三時からおこなわれた。キャロル神父、ローズ神父、そして、またもや侍者を務めるデクラン・ローナンが、十字架をかかげて教会内をまわった。十四の留の黙想がひとつ終わるたびに、会衆は聖歌をうたった。

十字架のもとに立ちつくし
泣きぬれる嘆きの御母
最後までイエスのそばに

第五留――キレネ人のシモンがイエスにかわって十字架を背負う場面――が終わり、各留の絵がかけられている後方の壁を全員で振り返ったとき、シェルはブライディがすぐ後ろの席にいることに気づいた。目が合うと、ブライディは鼻の穴をふくらませ、歯を思い切りむき出し、目に敵意を浮かべた。シェルが「ごめん」と口を動かしても、にらんでくるだけだった。そこでシェルは、堅信式（信仰をより堅固にして一人前の信者になるための儀式）に母さんがプレゼントしてくれた、かぎ針編みの水色の小さなバッグを持ちあげ、裏に買い物のリストを走り書きした封筒と短い鉛筆を取り出した。そして、ごめん、ブライディ、と封筒に書いた。神に誓う。ふたりがつきあってるって、知らなかったの。

だれも見ていないすきにそのメモをそっと渡すと、ブライディは読んで、顔をしかめ、突き返してきた。ところがつぎの瞬間、もう一度メモをつかみ、鉛筆をよこせという手ぶりをした。シェルは、エルサレムの女たちが嘆き悲しんでいる絵を全員で振り返ったすきに鉛筆を渡した。ブライディは買い物リストの裏側になにかをゆっくり、力をこめて書き、それをシェルに返して、デクランのほうに顔をぐいっと向けた。あいつのローブ姿、ヘドが出る、とメモには大きく殴り書きしてあった。シェルにやるよ、あいつもブラも。

大粒の涙がブライディの頰(ほお)を伝った。その顔は青白く、疲れているように見えた。ブライディは祭壇のほうにまた顔をぐいっと向け、吐く真似(まね)をした。「ごめん」とシェルはまた口を動かした。腕を伸ばしてブライディの手首にふれると、ブライディはただ顔をしかめて、その手を振り払った。父さんの手がシェルの肩をつかんだ。シェルはメモを聖歌集に突っこみ、熱心に祈りはじめた。

十字架の道行が終わると、キャロル神父がキリストの大いなる苦しみについて説教をはじめた。ローズ神父はその近くにすわって、神聖な幻想に包まれているような顔をしていた。十字架のそばにいるのかな、とシェルは思った。それとも、子どものころにもどってお兄さんのマイケルといっしょにいる？　でなければ、車のなかにもどって、あたしといっしょに虹のかかった湾を見おろしている？

考えこんでいたとき、ローズ神父の隣でなにか動いているのが気になった。デクランだ。シェルにウインクするようなしぐさをしながら、祈るふりをして両手を組み、二本の人差し指を太ったミミズのようにくねらせたり絡(から)ませたりしている。ダガン農場にいる裸のふたり。デクランはシェルと目が合ったとわかると、舌を少しだけ突き出し、もう一匹の太ったミミズのように上下にくねくね動かした。

シェルは、デクランがくねらせるミミズがどういうわけか自分のなかに入りこんだと確信した。

長い道行の末に、イエスは墓に葬られた。みんなは聖体拝領台の前まで行き、絵ではなく本物の十字架に接吻した。キリストの十字架は、聖ヘレナが見つけたときに粉々に砕かれた、とキャロル神父が話した。世界じゅうの教区が十字架のかけらを持っておけるようにしたのだ。クールバー村では、そのかけら——ほんのひと粒——が、真鍮の十字架像のてっぺんにあるガラスの小球のなかに収められていた。かけらはそこにある、小さすぎて見えないだけだ、とキャロル神父は請け合った。クールバー村のみんなは列をつくって小球に接吻した。ひとりが接吻を終えるたびにキャロル神父が小球をきれいに拭き、つぎの人のくちびるに運んだ。五、六人ごとにローズ神父がその仕事を引き継ぎ、そのあとまたキャロル神父と交代した。

シェルは、ローズ神父の番にあたりますようにと祈った。つぎにローズ神父がキャロル神父から十字架を受け取ったとき、シェルの前にはふたりしかいなかった。ところが、シェルが足を前に踏み出したとたん、キャロル神父がローズ神父から十字架を取り返し、シェルの前に差し出した。

シェルは、なにか神聖なものが押し寄せてくるのを期待して接吻した。なにも押し寄せてこなかった。

まもなくミサが終わり、みんなは教会をあとにした。イエスが死んでも、大嵐は起こらず、死者がよみがえっておおぜいの前に現れることもなかった。かわりに霧雨の降る静かな夕べがあたりに広がった。父さんは、ちょっと買う物があると言ってすぐに立ち去り、〈スタックのパブ〉へと通りを急いだ。ブライディが透明な傘を差して、髪から雨を振り払いながら丘を引き返していくのが見えた。仲直りしたいと思い、シェルが追いかけようとしたとき、後ろからやってきたデクラン・ローナンがポニーテールをつかんで引きもどした。

「シェル。シェルちゃん」デクランの指がシェルのうなじをくすぐった。

「なんの用？」シェルは言った。

「教会でおれを見てただろ」デクランがからかった。

「やめてよ」

「ぜったい見てた。いやらしい目でな」

「見てない」

「見てたって。いやらしい目でじろじろ。おれか、ローズ神父を」

「やめて」シェルはトリックスの手をつかんで、引っ張りながら丘をおりはじめた。ジミーがあとにつづいた。「勝手な妄想だよ、デクラン」

「妄想？」デクランは、やめるつもりがなさそうにシェルの隣を歩いた。

「そう」シェルはデクランを見あげた。デクランはにやっと笑い、片手をすばやく突き出してシェルの頬をつねった。

「デクラン・ローナン、きょうは聖なる日だよ」

デクランはげらげら笑った。「あんなもの。ぜんぶ性欲の昇華だろ」

「聞いちゃだめ、トリックス。罰当たりなこと言ってる」

デクランはシェルの服の襟（えり）をつかんでその場に立ち止まらせ、顔を近づけて耳打ちした。「シェル、怒るなよ。ダガン農場で会おうぜ。朝、近いうちに。キスするだけだ。このあいだみたいなやつ」

シェルはまたミミズが自分のなかでくねるのを感じ、肩をすくめた。

「待ってるからな」デクランがしつこく言った。「復活祭の朝早く。いつまででも待ってる」

「あんたは正気じゃないね、デクラン・ローナン」

「おまえは歩く色気だな、シェル・タレント」

シェルがわき腹を殴り、トリックスが背中に飛びかかると、デクランは笑ってひょろ長い体を引き、大通りに出ていった。

「じゃーなー！」デクランが声を張りあげた。

「タララー！」トリックスが叫び返した。

「ふたりとも、しーっ！」シェルは注意しながらも笑ってしまった。

集落を歩きつづけていると、通りかかったミセス・ダガンが車を停めた。息子がふたり、後ろの座席から外をのぞいて、ジミーにしかめっ面を向けた。

「シェル、お父さんといっしょじゃないの？」ミセス・ダガンがきいた。

「買い物に行ってます、おばさん」

「いまごろ？」

シェルはうなずいた。

「狭いけど乗って、三人とも。雨が降ってるから。ジョン、リアム、そっちに寄って場所をあけなさい。よかったら夕食もどうぞ。タルトをつくったの」

おばさんの車に乗せてもらい、みんなでダガン農場に着いた。ここへは、父さんが働いていたころ、トリックスとジミーがよく遊びに来ていた。父さんが仕事をやめてからは来る機会が減ったものの、いまでも学校が休暇のときには訪れている。ダガンのおばさんは、若いころから母さんの親友だった。十八歳のときにふたりで撮った写真もある。一九六〇年代に細身のドレスを着てキャッスルロック町でダンスをしたときの写真だ。

「ファロン先生から聞いたけど、けがをしたそうね、ジミー」

ジミーは袖をまくって傷を見せた。いまでは赤い腫れは消えて、黒くて細い線になっていた。おばさんは舌を鳴らし、ジミーの髪をくしゃくしゃにして、ジミーにタルトをもうひと切れよそった。

食後、シェルは片づけを手伝った。ほかの子たちはダガンのおじさんに連れられて子牛のえさやりの手伝いにいった。

「シェル」ふたりでお皿を拭きながら、おばさんが言った。「お母さんに日に日に似てくるわね」

その言葉は甘くて切なく、以前ローズ神父が飲ませてくれたビターレモンの味を思わせた。「似てますか?」

「女性らしい体つきになってきたし、髪の色が似ているわ。口もともお母さんにそっくり。ただ、目はちがうわね。お母さんの色より明るいんじゃないかしら」

片づけが終わると、ダガンのおばさんがシェルに自転車を貸して砂浜まで行かせてくれた。シェルはペダルをこいで静かな道路を走った。雨はすでにあがっていた。まもなくゴートアイランドに出ると、目の前に大西洋が広がった。シェルのほかにはだれひとりいない。崖のそばで、砂が風に流されてひだをつくっている。打ち寄せる波が、平らな砂浜をうねっていく。シェルは靴と靴下を脱ぎ、子どものようにスカートの裾を下着にたくしこんだ。足を水につけると、冷たさが骨にしみこんできた。

「海が砂を鏡に変えたら　わたしの二本の足がそれを壊す……」シェルは歩きながらつぶやいた。ずっと前に母さんとつくった短い歌の出だしだ。低い太陽に目を細めると、ろうそくの炎のような人影がゆらゆら遠ざかるのが見えた。それはまさに、ひとりで砂浜の果てまで歩くのが大好きな母さんの姿だった。まさか、頭をおおっているのは、ほんとに母さんのオリーブグリーンのスカーフ？　母さんは手をポケットに突っこみ、なつかしいしぐさで風から顔をそむけた。シェルがまばたきすると、その姿は消えてしまった。

シェルの心が紫色の布でおおわれた。

イエスが死ぬと、自分も少し死ぬんだ、とシェルは思った。

16

聖土曜日（復活祭の前日の土曜日）はミサもなにもなかった。イエスの墓が封印され、世界が静けさに包まれた日だからだ。

トリックスとジミーは赤と青のシャベルを持って、シェルといっしょに野原を歩いた。三人は、草におおわれた斜面でレモン色のラッパスイセンを何本もつんでジミーのバケツに入れた。それから倒木に腰かけ、集落からあがる煙が曲がりくねって白に白を重ねるのをながめた。子羊たちは鳴いたり飛び跳ねたりしていた。ジミーは幹の下に幼虫を見つけ、シャベルで集めると、両腕を羽のようにばたつかせながら丘の下へ運んだ。

「どこに行くの？」シェルが呼びかけた。

「ぼくは飛行機。ぼくたちはアメリカに行くんだ」ジミーが言った。

トリックスも両手を広げてバランスを取った。

父さんは自分の部屋から出てこなかった。父さんを前に見たのは、十字架の道行（みちゆき）のときだ。おかげで三人はすっかり休暇の気分だった。

長い一日が過ぎていく。

トリックスとジミーは、ダガンのおばさんが夕食用にとくれたタルトをまた食べた。シェルはイエスの復活のときまで断食（だんじき）することにした。復活徹夜祭の夜のあいだじゅう、寝ずに待ちながら祈るつもりだった。ほかにいい服がなかったので、思い切って母さんのピンクのシームレスドレスを着た。髪はきちんとしたグリーンのリボンで後ろに束ねた。

　トリックスとジミーが安らかな眠りについたあとで、父さんの部屋から物音が聞こえた。床板がきしむ音や、ののしる声がする。シェルはあわてて外に出て、裏の野原の石塚の陰に走った。

　なんとかぎりぎり間に合った。というのも、父さんがズボン吊りをだらりとさげてシャツを着ないまま家から出てきたからだ。父さんは、おれの夕食はどこだとでも言いたげな顔をしていた。シェルの名前を一、二度叫んだあと、あきらめて家のなかにもどった。シェルは待った。二十分後、父さんがまた現れた。新しいシャツと二番目にいいスーツのジャケットを着て、ポケットの小銭をジャラジャラさせながら道路を歩いていった。

　父さんの姿が見えなくなると、シェルはほっとして長い息をもらした。坂の上にすわり、灰色の低い平屋を、自分がずっと暮らしてきた家を見おろした。父さんが屋根を高くして二階をつくると約束した時期もあったけれど、実現することはなかった。森がつくる地平線の上には、タンポポの真ん丸の綿毛のような月が浮かんでいた。シェルはあくびをした。いろいろな仕事をこなしながら、朝早くからずっと起きていた。一時間、横になるだけならいいだろうと思った。

　寝室に行くと、トリックスとジミーがぐっすり寝ていた。シェルはピンクのドレスを着たまま自分のベッドのカバーの上に横たわり、いつのまにか眠ってしまった……

　……夢のなかで、シェルは集落のなかにいた。物音はほとんどしなかった。家々のあいだをそっと歩きながら、カーテンからもれる光に目をやった。庇はどこもゆがんでいた。テレビのアンテナは傾き、嵐の夜の低くて速い雲を突き刺していた。〈スタックのパブ〉の窓からなかをのぞくと、父さんと〈マグラーの店〉のおじさんが見えた。キャロル神父もいて、壊れたジュークボックスをなんとか動かそうとしていた。バーテンダーのトム・スタックはビールをついでいた。火のそばでは犬が三匹、ひと塊（かたまり）になって眠っていた。

シェルは教会のドアに手をかけた。鍵がかかっていた。そこで玄関口にすわり、自分でもわからないものを待った。やがて教会の外で待ちつづけるシェルに悪魔の誘惑が訪れた。気がつくとシェルは通りを進んで、途中から並木道をのぼり、ローナン一家が住むピンク色の大きな屋敷まで行ってドアをノックしていた。デクランが出てきて、シェルを夜の畑に連れていった。骨張って固いデクランの手。シェルの耳に入る邪悪な舌。お互いのあいだでごちゃまぜになる服。ふたりは海岸の砂丘から山頂へ、その反対側へと転がっていった。

ところがそこへ、雑木林から出てきて丘のてっぺんを歩くローズ神父が現れた。デクランは泡がはじけるように消えた。シェルはまたピンクのドレスとグリーンのリボンのきちんとした姿にもどった。ローズ神父は、復活徹夜祭をしているシェルの隣にやってきてすわった。そこは、昼間にトリックスとジミーといっしょに腰かけたあの倒木のある場所だった。身動きひとつすることもなければ、言葉ひとつ交わすこともない。幼虫さえも眠っている。それでも、ふたりのあいだには愛が流れていた。デクランのとはちがう愛、肉と骨を超えた愛、自分の墓にまで持っていく愛だった。

ローズ神父はシェルの隣にすわったまま涙を流した。涙が止まりますようにとシェルが祈ると、ローズ神父はただ首を振った。シェル、とあの口調で呼びかけながら、こう言っているようだ。涙を流すのも務めのうちだって、知らなかったかい？　ひと晩だけ待つはずが、百晩になった。それでも、ローズ神父がそばにいてくれたおかげで気にならなかった。わたしはあなたを慕う、と頭のなかで祈るローズ神父の声が聞こえた。シェルはその声に応じた。この涙の谷に泣き叫びながら。

待つことは、生きることそのものだった。シェルは、待つことに喜びを感じた。スコーンの粉を混ぜてオーブンに入れ、焼けるにつれて漂ってくる香りをかいでいるときのようだ。足首を抱え、ごちゃまぜの墓石をさっと見渡し、母さんのものだとわかった墓に目を向けた。夜明けの光が差し、それぞれの墓石が見えるようになった。ついに時が来たのだ。ローズ神父とシェルは、待っていた場所を離れ、墓が密集する園へいっしょに入っていった。

ローズ神父は、使徒たちがそうだったように、ひどく不安になったにちがいない。いつのまにか姿を消していた。シェルはひとりでその場にいて、待ちつづけるマグダラのマリアになっていた。

薄暗いのは、暗闇よりも不気味だった。シェルは母さんの墓のそばで立ち止まった。刻まれた文字は見えず、前の秋にシェルが植えたラッパスイセンの明るい色が点々と見えるだけだった。

シェルは草の上にすわってさらに待った。

丘の上のどこかから声がしはじめた。最初は鳥のさえずりのような心地いいささやきだったのが、木の葉がそよぐなかでカラスが鳴いているような音になった。音はしだいに近づき、教会の門のすぐそばまで来た。それから人間の歌声に変わった。歌詞はわからず、調べが聞こえるだけだった。その調べは、輝く泡のように浮かんだり沈んだりしながら、うっとりするようなメロディをつくった。それがあまりに美しく、シェルは泣きたくなった。いまではだれの声かわかっていたからだ。それは母さんの声だった。母さんがうたうのを聞くのは、ずいぶん久しぶりな気がした。シェルはほほえみ、ゆったりした気持ちで曲を聞き取ろうとした。

ドアが開き、歌声が大きくなった。母さんが庭から家に入ってきた。シェルが物心ついたときから、かぞえきれないほど見てきた姿だ。母さんはいま台所にいる、とシェルは思った。蛇口から水が勢いよく流れ、ほうきが騒々しく床を掃く。うたっているのは、結婚式の前日に死んでしまった娘の歌？　歌詞に耳を澄ましたけれど、聞き取ることはできなかった。

母音を伸ばす歌声がらせんを描きながら進み、寝室のドアを抜けてシェルに迫る。旋律がどんどん近づく。シェルがだいじょうぶか母さんがたしかめにくるように。シェルは、熱を出した三年前を思い出した。トリックスとジミーは学校へ行っていて、家にいるのは母さんとシェルだけだった。母さんは体温計とホットレモンのドリンクを持って一日に何度も寝室を出入りし、立ち止まってはシェルの頰(ほお)にふれた。ドアの向こうの床板がなつかしい音を立ててきしむ。母さんに会うのが待ちきれない。

ほんの一瞬、歌が止まった。シェルはかたずをのんだ。

また声がしはじめたときには、なにかが変わっていた。ひどい悲しみが忍びこんでいた。ひょっとしたら、歌の娘が死ぬ前に恋人に最後の言葉をかけているのかもしれない。あるいは、恋人のほうが自分が去るべき理由を説明しているのかもしれない。声はすばやく高音に舞いあがり、「オー」と響きわたって、歌をクライマックスに導いた。ところが、結びへと向かって音をさげずに、てっぺんにとどまり、コインのようにくるくるまわって、耐えられないほどに澄み切った。その音は、耳をつんざくようなすさまじい叫びに変わった。

ドアの取っ手がまわったとたん、シェルは真実を思い出した。

母さんは死んだはずだ。家のなかから歌声が聞こえるはずがない。お墓から聞こえるんだ。母さんはなにか恐ろしい手違いで生き埋めになった。あれはうたっているんじゃなくて、窒息(ちっそく)しそうになっているんだ。

そのときにはシェルは母さんになっていた。地下に閉じこめられ、息ができずに取り乱し、棺(ひつぎ)のなかのやわらかくて白い詰め物を必死に押し返していた。体を勢いよく起こして現実にもどろうともした。指が毛布を揉(も)むように動く。ベルベットのような暗闇がまわりに押し寄せる……

……シェルは目を覚ました。

最初は自分がどこにいるのかわからなかった。棺のなか？　それとも、畑？　母さんのお墓のそば？　ううん、自分のベッドだ。でも、ついさっき母さんの指がたしかにあたしの顔をひらひらかすめた。

「モイラ」聞き覚えのある声がした。また父さんだ。シェルは凍りついた。

カーテンが少し開いていた。月の光がベッドカバーに差しこんでいた。父さんはベッドの足側にぼうっと立ち、その場で体をゆらしている。しかも服を着ていない。シェルは裸の父さんにぞっとした。ボルトのかんぬきをかけるのを忘れていた。

鼓動が激しくなった。息が鋭く、速くなった。父さんが手さぐりでシェルに近づいてくる。

「モイラ」

ろれつのまわっていない声だった。耳鳴りがした。

父さんの手がシェルのドレスの裾(すそ)にかかった。もう片方の手が髪に迫ってリボンを引っ張った。閉じているような開いているような目。生ぬるい息。手さぐりに合わせてゆれる青白い腕のぜい肉。

ジミーが寝言をつぶやいた。

その声で、固まっていた体がゆるんだ。なにをすべきかわかった。

ベッドの端にすばやく転がり、父さんにつかまらないようにした。

父さんの両手がシーツの上をさまよい、シェルをさがすように枕を動かした。

シェルは両手と両ひざをついて逃げはじめた。

父さんはベッドにすわり、つぶやきながらあたりをさぐっている。眠っているのか起きているのかよくわからない。

シェルは猫のようにそっと、なめらかに床を横切った。

ドアの前まで来た。ベッドの上でうなったり手を伸ばしたりする父さんの声が聞こえる。「モイラ。そっぽを向くなよ。なあ、こっちを向いてくれ」

シェルは大きく息を吸った。ジミーが寝返りを打って息を吐いた。トリックスはおだやかに寝息を立てている。

シェルはこっそりドアを抜けた。そして、しっかりと閉めた。

台所に入ると、椅子の上にうずくまった。いったい、なんでこんなことに。暗闇が薄まるにつれて呼吸がいつもどおりになってきた。父さんはいまごろ気絶したように眠っているだろう。そのまま待っていると、鳥がさえずりはじめた。今度は夢ではなく、本物のさえずりだ。シェルは窓へ行って外を見た。草の葉が灰色になり、夜明けが裏の野原に忍びこんでいた。

「ああ、母さん」シェルは声をあげた。

その声はあとずさり、しぼんで、胸のなかにもどった。涙がこみあげ、そのまま流れ落ちても、シェルはぬぐおうともしなかった。

「母さんはどうして死ななきゃいけなかったの？」

答えはなく、冷蔵庫が不機嫌な音を立てるだけだった。もしかしたら、ガリラヤのイエスは予定どおりに復活しなかったのかもしれない。母さんと同じように、まだお墓のなかで冷たいまま死んでいるのかもしれない。シェルの心に深い喪失感が広がり、遠い星のように白くて冷たい孤独感が押し寄せた。シェルはピアノの鍵盤（けんばん）にふれ、音が出ないようにそっと押しさげた。

「ああ、母さん」

ドアの向こうの部屋からベッドがきしむ音がした。酔いつぶれた父さんが寝返りを打ったにちがいない。

家が重苦しくのしかかってきた。シェルは玄関のドアを開けて夜明けの空気を吸いこんだ。冷たくてさわやかだ。雑木林が丘のてっぺんで手招きしている。ほかにすることがなかったので、シェルはそちらへ向かった。動いたおかげで頬に赤みがもどった。物静かで考え深げな木々のあいだをぶらぶら歩いていると、ムクドリがため息のような下降する音階で鳴いた。

シェルはダガン農場に出た。

村の集落から、人影がシェルのほうに向かってきた。近づくにつれて、最初はどんどん黒くなり、つぎに白と灰色になった。

シェルは墓場にいたマグダラのマリアのことを思い出した。マリアはそこで会ったイエスを庭師と勘違いしていた。

シェルは待った。

ローズ神父? 近づいてくる人物の身長がわかったとき、シェルはそう思った。胸が高鳴った。その人物の髪で光が躍(おど)っている。

相手がさらに近づくと、驚いたウサギが三匹、跳ねながら逃げていった。そのとき、だれが来たのかわかった。ローズ神父じゃない。デクランだ。

「シェル」デクランが言い、シェルの目をまっすぐに見てほほえんだ。シェルが泣いていたことには気づかないようだ。デクランはシェルに向かって両腕を伸ばした。「来ると思ったよ」

第二部

秋

17

太陽が頭上に強く照りつけている。暑さが重苦しくいすわっている。

「ねえ、デクランはだれが好きなの？　この世でいちばん好きな人は？　教えて」

デクランは答えず、かわりにシェルをくすぐりはじめた。大麦の茎(くき)を折り、シェルのお腹(なか)の上で左右に振った。ふたりはダガン農場に裸で横たわっていた。大麦の穂がちくちくして、シェルは身をよじりながら笑った。デクランはたくましい腕の片方でシェルの両肩を押さえ、ますます激しくくすぐった。シェルはデクランの背中を殴った。

「やめて！」甲高(かんだか)い声になった。

「やめるよ。煙草(たばこ)を取ってくれたらな」

シェルは地面をさぐって〈メジャー〉の箱を取ると、一本をすっと出してデクランの口にさした。それから、ライターを見つけて火をつけた。デクランは深く吸いこみ、シェルの髪をくしゃくしゃにした。シェルを横向きに寝かせ、その後ろで丸くなり、シェルのお尻に自分のひざをぴたりとつけた。この密会は極秘だ。デクランがシェルにそうすることを約束させていた。デクランとあたし、ふたりだけのクラブ、とシェルは思った。背の高い穀物(こくもつ)の穂がふたりを世間から隠してくれた。

「あたしの質問に答えてない」シェルがせかした。

「んー」デクランがシェルの耳もとでささやいた。「おれの質問に答えてない」

「なにも質問してないじゃない」

「いまから質問する」

「なにを?」

「おまえはだれが好きなんだ?　この世でいちばん好きなやつは?」

「それ、あたしの質問」

「五年生のケヴィン・ダンか?　あいつ、おまえに目をつけてやがるのか?」

シェルは黙っていた。

「あの野郎、寄り目で、にきびだらけのくせに、彼女がどうのこうのっていっつも言ってるんだぜ」

シェルは首を振った。

「じゃあ、ケヴィン・ダンじゃないのか。ミック・マグラーか?」

「え、マグラー?」

「おやじじゃなくて、息子のほうな」

「カシェル町の寄宿学校に行ってるんじゃなかった?」

「休暇中に手を出した可能性もある」

シェルは肩をすくめた。「めったに見かけないけど」

「じゃあ、言わない気か?」

シェルはまた首を振った。

「プレゼントを買ってやるって約束したら、教えてくれるか?」

「どんなプレゼント?」

「なんでも好きなもの」

「なんでも?」

「ああ、なんでもだ、シェル・タレント」

「じゃあ、新しいブラを買ってくれる？」

デクランは笑った。「サイズは？」

「わかんない。前は三十六のCだったけど、いまはもっとおっきくなってると思う」

「だろうな。おまえなら、Dだよ。そいつ、いや、そいつらを見るかぎり」

「だったら、お金をくれる？　もしあたしが――いちばん好きな人を教えたら」

「やるよ」

「約束する？」

「約束する」

シェルはじっと横たわって考えてから、振り向いてデクランの耳にささやいた。

「え？　聞こえなかった」

「ほんとだよ」シェルはきっぱりと言った。「好きなのは、その人」

「いや、聞こえなかった。もう一回、耳打ちしてくれ」

シェルはデクランの耳に顔を近づけ、さっきより声を大きくしてささやいた。「ピストルとシャトルコック」

「なんだよ、それ。意味なさすぎて衝撃だぜ、ミス・タレント」

「聞いてないのが悪い。二度と教えない」

「真実を隠すのが藪なみにうまいな」

「ブラはもらうからね、デクラン・ローナン」

「だましたくせに」

「約束したくせに」

「わかった、わかった。五ポンドやるから、自分で町に行って買えばいい。ただし、ひとつ条件がある」

「なに？」

「こう言え。デクラン・ローナン、わたしはこの広い世界にいるだれよりもあなたが好き。で、木曜にまたここで会おうぜ」

「条件、ふたつあるじゃない」

「だな。ふたつだ。条件をのむか、ぜんぶなしにするか」

シェルは言われたとおりに言い、デクランのしっかりとした固い骨と平らなお腹を手でなぞった。デクランはとたんにシェルに体をすり寄せ、じっくりとキスをした。

「これで決まりね。木曜のことも」シェルはつぶやいた。

そのあと、ふたりで服を着た。デクランがまたシェルの髪をくしゃくしゃにして、頬に息を吹きかけた。

「ひどい見た目になってるぞ。生け垣のなかを引きずられた猫って感じだな。葉っぱだらけだ」

「デクランもだよ。もっとひどい。砂浴びをした鳥って感じ」

デクランは上着を拾いあげ、肩にかけながらにやりとした。

「約束を忘れないで」シェルは言った。

デクランはうなったものの、上着のポケットをさぐってお金を見つけ、「ちゃんとでかいのを買えよ」と言ってシェルに渡した。「それ、はみ出しまくってるぞ」

シェルはお札をきっちり巻いて胸もとにしまった。デクランは笑い、シェルの腕をつねって去っていった。シェルは、みだらな雰囲気をまとった長身の人影が夏の畑を遠ざかり、谷間に消えていくのを見送った。

デクランが去ってからようやくシェルは気づいた。デクランは自分が言ってほしいことをあたしに言わせたのに、あたしは言ってもらってない。畑の高いところを歩いて雑木林に入ると、イラクサが枯れかけて、葉のふちが茶色になっていた。生け垣ではブラックベリーがつやつや輝いていた。つきあいはじめてから四か月以上がたっても、デクランはシェルが聞きたい言葉をなにひとつ言ってくれない。シェルは、世慣れたふうに首を振り、デクランの五ポンド札をしまった胸を軽く叩(たた)いて笑みを浮かべた。男子って、世界じゅうのどこでもそういうものよね、と思った。

18

シェルは、昼間ダガン農場で過ごしていたジミーとトリックスを迎えにいった。ダガンのおばさんは、ほがらかないつもとはちがっていらいらした様子で、ふたりを台所からさっさと追い出した。トリックスは自分のシャベルをなくして泣きわめいていた。シェルは搾乳室(さくにゅうしつ)でシャベルを見つけた。そこに落ちていたのは、乳搾(ちちしぼ)りをするときに雌牛(めうし)を入れる囲いの高い横棒をつかって、トリックスとジミーが〈死んだ兵士ごっこ〉をしていたからだ。

シェルは、その遊びを自分がふたりに教えたことを思い出した。これもシェルが考えた遊びだ。まず、横棒に飛び乗り、片脚を前に出してまたがる。つぎに、前の脚の足首を後ろの脚のひざの裏に巻きつける。その状態でバランスを取り、背筋を伸ばす。別の棒に乗っているだれかにウインクされたら、至近距離から撃たれたかのように、ばったり倒れて死ななければならない。そして、ほかの兵士が全員同じように倒れるまで、ずっと逆さまにぶらさがっている。そのあいだは舌をだらんと出して、死んだサバのように目をむいている必要がある。ただし、だれかと目が合ったら、死んでいてもウインクして相手を殺すことができる。

きっとジミーに殺されたときに、わきにはさんでた赤いシャベルが落ちたんだ、とトリックスは言った。そして、畑を歩いているあいだずっとシャベルでジミーのお尻をひっぱたいた。ジミーはトリックスに叩(たた)かれるたびに豚の鳴き声のような悲鳴をあげ、おおげさに飛びあがってトリックスを笑わせた。そんなふたりを見て、シェルは頭が痛くなった。

家に着くと、人気がなかった。父さんは先日からコーク市へ行っていた。このところ、寄付金用の缶を持って市内へ出かけることが多く、泊まりがけになることもしょっちゅうだった。どこに泊まっているのかは知らない。二日前の夜にもどるはずが、まだ帰っていなかった。

シェルは夕食の支度に取りかかった。冷凍室にベーコンの薄切りがあったので、やわらかくなるのを待たずに、厚切りにしたパンといっしょに凍ったまま焼いた。

ひょっとしたら、父さんの乗ったバスが急カーブでひっくり返って、乗客がみんな死んだのかもしれない。

父さんはリー川に身投げしたのかもしれない。

泥棒に殴られて気を失い、目が覚めたときには自分がだれか忘れていたのかもしれない。

あたしたちを置いて逃げ出し、いまごろはイギリスのスウォンジー行きの船に乗っているのかもしれない。

シェルはむしゃむしゃと食べながら、そんなことを考えて笑みを浮かべた。お腹がすいていた。

ジミーとトリックスがベーコンの固い部分をはがすと、それもすべて平らげた。食事が終わると、トリックスがお行儀よく「シェル、席を立っていい？」ときいた。

「いいよ、ふたりとも」

ふたりは夕方の遊びを楽しもうと、矢のようにすばやくドアを出た。

シェルは片づけをしながら、母さんが好きだった歌を口ずさんだ。兵士が娘に「割れた貝殻がウエディングベルになったら」結婚しようと約束する歌だ。それをロマンチックだと思い、新郎新婦、それに結婚を祝うおおぜいの人が貝殻の鳴る音に合わせて大通りからクールバー村の教会に歩いていくところを想像した。シェルは床を掃き、皿を洗い、すべてをきれいに片づけた。父さんが帰ってきたときのために、フライパンに残った脂はそのままにしておいた。

家事が終わると、デクランのことを考えてうっとりしようと父さんの椅子に腰かけた。それは家にひとつしかないひじかけ椅子だった。シェルは、父さんが遠くに出かけているときだけ、思い切ってそこにすわった。

ひじかけに両腕をあずけて目を閉じる。

デクランがまたそばに来て、シェルの前髪に息を吹きかける。シェルは目を閉じたまま自分を抱きしめ、小さな動きまでひとつひとつ想像する。愛してるよ、とデクランが言う。結婚しよう、シェル、ベルができたらすぐに。

けれど、四か月以上たっても、だれも知らない。

つぎの瞬間、冷たい針がシェルの心を貫いた。

一日じゅう考えないようにしていた不安なことがまたよみがえってきた。それはいやなにおいのように、予期していないときに押し寄せてくる。道路を渡っているとき、迫ってきた車の前で体が固まってしまうような感じだ。あるいは、スコーンをつくっているとき、生地をこねすぎてべたべたにしてしまったと気づくような。そうなるとシェルは、ハエ取り紙にくっついたハエのように、その考えにとらわれてしまう。

生理が来ていない。だいぶ前から。

生理のことはよくわかっていた。母さんが亡くなる数年前に教えてくれた。はじまったのは冬の雨の日、母さんが病気になってからだ。前かがみのまま、雨のなかを歩いて学校から帰ったのを覚えている。お腹が変に痛かった。体が震え、脚が抜けてしまうように感じた。大きな生地の塊がお腹のなかでふくらんで、ひどく鈍い痛みをあたえているみたいだった。母さんが薬と生理用品をよこして、どうしたらいいか教えてくれた。そのときの母さんの言葉を思い出す。
おかしな感じよね、シェル。でも、ふつうのことなの。体が毎月、お腹のなかで赤ちゃんが育つのを期待するようになるのよ。修道院付属の学校の先生だったシスター・アサンプタを思い出すわ。みんな、陰で笑ってたんだけど、生理のことを「失意の子宮が流す涙」って言ってたの。赤ちゃんができなかったときは、体があきらめて血を外へ出す。そしてまた赤ちゃんを期待して、つぎの月も同じことを繰り返す。

赤ちゃんができたらどうなるの？　シェルはきいた。

生理（カース）が来なくなるわ。血がそのままお腹に残って、赤ちゃんをあったかく包む膜になるの。これは自然の恵みなのよ、シェル。怖いことじゃなくてね。

じゃあ、どうして呪い（カース）っていうの？　シェルはまた質問した。母さんはシェルの髪をくしゃくしゃにした。

女は芝居じみた物言いが好きってだけ。母さんも学校で冗談を言い合ったものよ。「カースありと、カースなし、どっちのほうがいやか（ワース）？」その答えは「自分が結婚しているかによる、オフカース」。

最後に生理が来たのはいつか、思い出せなかった。シェルは眉間（みけん）にしわを寄せ、目をぎゅっと閉じて記憶をたどった。夏休み、一週間の仕事、ミサの日、つくった夕食、買い物の日。そして、休み前の夏学期も思い返した。体育祭。試験の日。〈イエスの聖心（みこころ）〉の祭日には、学校でトマトサンドイッチとビスケットがふるまわれ、みんないっしょに芝生で食べた。ブライディ・クインは、テリーサ・シーヒーとふたりで食べにいってしまった。復活祭のころからずっと、そんなふうにシェルを無視している。バスのなかでも近くにすわろうとせず、仲直りしようとするシェルの努力をことどとくはねのけた。ブライディなしでは、学校生活は退屈でむなしかった。シェルは肩をすくめ、五月までさかのぼった。その先はぼんやりしていた。

カースのあった日が、一日も思い出せない。

夕方の暑さのなか、家の音に耳を澄ました。ハエ取り紙のまわりでハエがブンブン飛んでいる。裏の野原の遠くからジミーとトリックスの騒ぐ声がする。窓台に置いてある時計がチクタク鳴っている。シェルは、知ったかぶりで出しゃばりな以前のブライディが隣に現れて不安を追い払ってくれることを願った。妄想だよ、とブライディが言っているところを思い浮かべた。マザー・テレサなみにデキてないって。

壁にかけてある聖人カレンダーに目をやった。五月のままなのは、そのあとめくるのをみんなが忘れていたからだ。洞窟にいる〈ルルドの聖母〉が、冠状にぐるりとならんだ星を頭上に浮かべ、愛情をこめて両手を前に伸ばしている。聖母のゆったりとした青い衣がたれさがり、まわりの岩にかかっている。聖ベルナデッタが、緑と赤の農民服を着て、かたわらにひざまずいている。そばでは泉の水がわき出ている。

母さんは病気を治すためにルルドに行きたがっていた。父さんがそれを許さなかった。

外に車が停まる音がして、シェルは椅子から飛びあがった。ドアがバタンと閉まり、「ありがとうございます、神父さま」と言う父さんの声が聞こえた。家の窓からのぞくと、キャロル神父が手を振って、村の道路に出ていくところだった。

少しのあいだ小道に立っていた父さんは、いちばんいいスーツに身を包んでいた。数か月前にカバーから出して、コーク市へ出かけるのに着ていたのだ。ジャケットは前が開いていた。シャツは二日間、着たままだった。父さんはトリックスとジミーを見ていた。ふたりは野原の坂のてっぺんを横切り、雑木林に向かっていた。ひょっとしたら、父さんから逃げようとしているのかもしれない。父さんが肩を落としてうなだれるのが見えた。キャロル神父の車が角を曲がって消えた。

「シェル」と父さんが大声で呼んだ。機嫌がよくないのがわかった。ただ、酔ってもいなかった。

シェルは電気コンロに火をつけ、フライパンをあたためた。

19

父さんが帰ってきたせいで、シェルたちはまた起きてから石拾いをすることになった。その朝は秋のはじまりだった。草に露がおり、庭が活気づいたにおいを漂わせていた。石塚はシェルの背より高く、トリックスの背より幅広くなっていた。

トリックスとジミーを先に行かせて、シェルはシリアルとジャムを食器棚にしまった。ビニールのテーブルクロスを拭いていると、父さんがじれったそうに小銭をジャラジャラ鳴らした。

「さっさとやれ」

シェルはスポンジについたくずを洗い流した。

椅子をテーブルの下に押しもどした。

窓を開けて部屋の空気を入れ替えた。

父さんが舌打ちした。

「父さん」シェルは食卓用の椅子の背もたれにふきんをかけながら言った。「もう拾う石がないよ」

部屋が静まり返った。父さんが口をすぼめ、眉間にしわを寄せたのがわかった。

「裏の原っぱの石はひとつ残らず拾ったから」

「じゃあ、見直ししろ。すみからすみまでな」

「でも、どうして？　耕すにしても今年はもう遅いし、売るつもりもないんでしょ？」

父さんは鼻から息を吐いて立ちあがり、叩こうとするように手を平らに開いた。その手をあげながら前に歩きだし、ぴたりと止まった。シェルは動かなかった。

父さんの手がもとどおりわきにたれさがった。父さんは息を強く、長く吐いた。「あるかもしれんし、ないかもしれん。とにかく、出ていけ、シェル。失せろ」

シェルは肩をすくめて、その場を去った。

裏口から外に出ると、石塚のそばにいるトリックスとジミーが見えた。ジミーは飛行機のように両腕を伸ばし、トリックスは石蹴りをしていた。シェルはふたりに加わらずに、忍び足で家の前にまわり、わざと開けておいた窓のそばにしゃがんだ。

父さんが動きまわっている音がする。家具――椅子？――を床の上で引きずっている。シェルは目の位置を窓敷居の高さまであげて家のなかをのぞいた。

動かしていたのは、あのひじかけ椅子だった。ピアノの前のスペースをあけるために、椅子を手前にどかしていたのだ。つぎに、鍵盤より下の部分をさぐっているのが見えた。ペダルの上にある木のパネルが外れた。シェルは、こんなふうにピアノを分解できることを忘れていた。前にパネルを外したのは、母さんが亡くなるだいぶ前、ピアノの調律師が最後に来たときだった。父さんがパネルをどけようと立ちあがると、シェルはまた体を引っこめた。

顔を出してもう一度のぞくと、父さんはパネルをテーブルのわきに置き、またピアノの前にしゃがんだところだった。そして、ピアノのなかからウイスキーの瓶と、シェルが久しぶりに見る古くて大きな紅茶缶を取り出し、両方をテーブルに持っていった。父さんはシェルに背中を向けてすわった。シェルには、父さんがなにをしているかは見えなくても、なにかをかぞえるように小刻みにうなずいているのはわかった。瓶から直接ウイスキーをごくごく飲んでいるのにも気づいた。

シェルは、半笑いを浮かべながら、急ぎ足で裏へまわって野原へ向かった。

父さん。朝の八時にこっそりお酒を飲むために、あたしたちを追い出してたんだ。父さん。給付金を受けてるんだし、集めた寄付金からくすねたお金を銀行の口座に入れる勇気なんてないよね。その日、父さんがいつもの水曜の酒盛りに出かけると、シェルはトリックスとジミーが寝るのを待ってピアノのパネルを外した。

紅茶缶が見つかった。そばにウイスキーの瓶も二本あって、一本は半分からっぽになっていた。開いているほうの瓶のふたを外してにおいをかぐと、同時にレモンと砂糖のような香りがした。シェルは、ローズ神父が出してくれたビターレモンを思い出してほほえんだ。つぎに紅茶缶を開けると、紙幣がぎっしりつまっていた。シェルはそれをかぞえた。

大金だ。お札が何十枚もあって、硬貨はひとつもない。

ウイスキーを少しついで、一気に飲んだ。とたんに胃がおかしくなって、喉を焼くような液体が逆流しそうになった。こんなものに、なんで夢中になれるの？　甘くもないし、さわやかでもない。生ぬるいと思ったら、つぎにかっと熱くなる。味は燃えた干し草みたい。咳（せ）きこむと、また胃がおかしくなって、一瞬、吐くんじゃないかと思った。シェルは急いで瓶をピアノのなかにもどした。もう二度とさわるつもりはなかった。

それから紅茶缶に目を向けた。お金をぜんぶ、あるいはいくらか、抜き取りたくてうずうずした。ブライディといっしょに〈ミーハンの店〉のランジェリー売り場にいるところを想像する。ふわりとしたネグリジェやレースのキャミソールをふたりで試着し、それをぜんぶ盗まずに買う。つぎにキャッスルロック町のゲームセンターへ行き、コインをつぎつぎほうりこんで、あふれ出たコインで足もとをいっぱいにする。それからイギリス行きの船に乗って逃亡し、海風に髪をなびかせて、飛びまわるカモメのように自由になる。

ため息が出た。父さんは最後の一枚までお札をかぞえていたはずだ。それに、ブライディは話しかけてもこない。シェルは紅茶缶にふたをかぶせ、もとの場所にもどした。そして、できるだけ音を立てずにピアノをもとどおりにした。

20

金曜の午後、移動図書館が町に来た。

シェルは利用したことがなかったが、学校からの帰り道、桟橋の根もと近くの緑地によく停まっているのを目にしていた。その日も、いつものように買い物を済ませ、重い足取りでバス停へ向かっているときに見かけた。大きな白いワゴン車で、わきに緑色の文字と、なかに通じるアルミ製の軽いステップがついていた。

シェルはふとステップをのぼった。

本棚を整理している女の図書館員がいた。体格はせいぜいジミーくらいで、髪は黒くて短く、ぶかぶかの白いつなぎを着ている。背後のラジオから最新のヒットソングを流し、それに合わせてハミングしている。よその国のビートだ。

「どうもー」図書館員が振り向きもせずに言った。

シェルはステップのてっぺんで立ち止まった。それ以上、進む勇気がなかった。

図書館員が肩越しに振り返った。あごが細く、茶色の目のまわりに笑いじわがあり、少し母さんに似ている。「よかったら、入って見ていって」

「いいんですか?」

「いいわよ」図書館員は答えると、いきなり腰を振りながら、ラジオのヒットソングに合わせてうたいだした。「きく必要なんてない、彼は口のうまい人……」シェルが出入り口でぐずぐずしていると、うたうのをやめて肩をすくめた。「噛みつかないから」

「年を取ってないといけないと思ってました」

「年？」

シェルはうなずいた。「ここに入るには」

図書館員はほほえんだ。「どうして？」

「年を取った人が入っていくところばっかり見てたから。髪がグレーの人が」

「ここにはどんな頭の人も来るわよ。グレー、白、赤、黒、ぼんやり、せっかち」

シェルは笑った。「いま流れてるのは、なんの曲ですか？」

「イギリスの曲。アメリカじゅうで失恋させまくる男の歌よ」

「いいですね」

「さあ、入って」図書館員がうながした。「どんな本があるか教えてあげる」

シェルはなかに入った。図書館員は、絵本や物語、自然に関する本を指差しながら、どんなふうに分類されているかを教え、こっち側はフィクションであっち側はノンフィクション、と言った。

「ただ、詩だけはここにないの。詩を読みたいときは分館に来てもらうしかないわね。詩は好き？」

「いいえ。歌は好きですけど」

「歌も詩よね？」

シェルは肩をすくめて「さあ」と答えた。失恋や逃したチャンスのことをうたった母さんの古い歌のことを考えた。西海岸から東海岸へ、ＬＡからシカゴへ……と、ラジオからは女性歌手の声が流れつづけている。「いくつかは、そうかも」

「なにかさがしてる本があるの？」

シェルは息をのんだ。「いえ。ないです」

「じゃあ、ざっと見たい？」

シェルはうなずいた。

図書館員は笑みを浮かべた。「好きに見てて。わたしはちょっと桟橋に出て煙草を吸ってくるから。かわりに番をしててくれるわよね？」

シェルはまたうなずくと、図書館員がその場を離れてステップをおり、桟橋を歩いていくのを見送った。潮は満ちていた。大きくうねる青い海と比べると図書館員はいっそう小さく、ワゴン車のペダルに足が届くのが不思議なくらいだった。ラジオから流れる音楽が静かになり、おしゃべりに変わった。

シェルは本に目を向けた。ラジオの騒音越しに、頭のなかで話す母さんの声が聞こえる。これは自然の恵みなのよ、シェル。自然のコーナーへ行くと、いろんな木についての本があった。シェルは人差し指を背表紙につぎつぎ走らせた。『クジラと海の哺乳類』……『全国の菌類と地衣類』……『野生化するアイルランド』……『ブルセラ症　予防と治療』……。そのとき、これかもと思うものが見つかった。『ドイルの人体事典』分厚くて大きな本で、持っているレジ袋に入れるのはどう見てもむずかしそうだ。シェルはそわそわと桟橋を見た。図書館員は遠くの先端にいた。胸がどきどきする。ラジオからパチパチと音がする。

ページをめくると、病名や臓器名が目に飛びこんできた。運動失調症、頸動脈、腺熱、帯状疱疹、甲状腺。シェルは目次をさがそうと、前のページにもどった。するといつのまにか、目次ではなく「A」のページにいた。項目をいくつか読んでみると、どれも自分には関係がないとわかった。そのうち目がぼんやりして、なにを読んでいるのかわからなくなった。無月経――月経の異常な欠如……。なにこれ、どういう意味？　シェルは本をぴしゃりと閉じて目をつぶった。くちびるのすきまからゆっくり強く息を吐いた。今度は本の後ろの索引を開いて「P」をさがした。

妊娠（プレグナンシー）という言葉が見つかった。ページ数が多い。三六八から四〇四ページだ。

シェルは三六八ページを開いて読みはじめた。

三六九ページに移ったとたん、自分がどこにいるかを思い出した。桟橋にさっと目をやると、図書館員がこっちに向かって歩いていた。まもなくもどってきてしまう。シェルはワゴン車の後方に引っこみ、妊娠のページを破ろうとした。ところが、ページ数が多すぎて、なかなか破れなかった。手が震え、あせったシェルは、本をそのままレジ袋の底まで押しこんで缶や箱で囲んだ。それから棚の本をずらし、分厚い一冊を抜き取ったことであいたすきまを隠した。つぎに手近な本をつかんで、開いたページに顔を突っこんだとき、ステップがガタガタ鳴る音がした。

「またまたどうもー」図書館員が言った。「なにか見つかった？」

シェルは顔をあげた。頰（ほお）がかっと熱くなり、喉がいがらっぽくなった。「えーと、これ」ラジオからちがう曲が流れはじめた。男性歌手が金切り声でうたっている。歌詞が聞きとれない。

「なんの本？」

シェルは本を見た。『伝書鳩（でんしょばと）の愛すべき歴史』

図書館員は本を見て、シェルを見た。それから、げらげら笑った。「まさか鳩好きだったとはね」と言い、曲の途中でラジオを消した。

しんとしたなかで、シェルはまばたきした。肩をすくめ、本を棚にもどした。

「読みたかったら借りていいのよ」図書館員が言った。

「貸出券を持ってないので」

「きょう、つくれば？　必要なのは、住所と誕生日だけ」

「時間がないんです。アイスが溶けてきてて。袋のなかで」ほんとうはアイスなんてないけれど、図書館員にはわかりっこない。「早く持って帰らないと」

「じゃあ、またにする？」

シェルはうなずいた。袋を持ちあげ、よたよたと出入り口を抜け、「じゃあ、さよなら」と言ってステップをおりはじめた。

「手伝おうか？　すごい荷物ね」

「だいじょうぶです。なんとかなります」

「そう。じゃあ、またね」

シェルは、図書館員にじっと見つめられているのを背中に感じながら歩いた。

「ねえ、ちょっと、行く前に」

ほんの数歩進んだところだった。シェルは固まり、それから振り返った。「え？」

「鳩っていいわよね。じつは、いとこのティミーって子が飼ってるの」

シェルは目を丸くした。図書館員はうなずいた。「そのティミーがね、去年イギリスに行くとき、いちばんいい伝書鳩を連れてったのよ。籠に入れて、布をかぶせてね。色が白とグレーで、しゃれてて、ふわふわの襟巻きをしてるみたいなやつ。それで、船があっちに着くとき、ティミーがその鳩を放したの。フィッシュガードの港で。ここから何百キロも離れたとこで。そのあと、どうなったかわかる？」

シェルは図書館員のにこやかな目を見た。鼓動が速くなった。「どうなったか？」

「一週間後にみんなで休暇からもどったら、家の屋根の軒先でだれが待っていたか」図書館員は、シェルがなにも言わないのに、うなずいた。「そのとおり。そいつよ。同じふわふわの襟巻きをした鳩だったの」

シェルはどうにか笑みを浮かべた。

「そのティミーの鳩の名前を知りたい?」図書館員がきいた。

シェルは肩をすくめた。「なんですか?」

「ブーメラン」

シェルはお世辞笑いをした。

「わたしが誇って呼ぶのは、まさにこういう話」図書館員が言った。

21

シェルはレジ袋を引きずるようにしてバスに乗り、村の集落のてっぺんまで運ばれた。茶色に変わりつつある木々の赤い実や、シェルの髪の分け目に、太陽が強く照りつけた。歩いているうちに背中が汗ばみ、重い袋の持ち手が食いこんで手のひらが痛んだ。

真昼の静けさのなか、集落を通っていった。司祭館の外に車は一台も停まっていない。〈スタックのパブ〉の犬たちは歩道で日向（ひなた）ぼっこをしている。〈マグラーの店〉は昼休みで、ブラインドをおろしている。橋の手前で曲がって畑に入ろうとしたとき、カーブの向こうからブスブス、ガタガタといった奇妙な音が聞こえた。映画のなかの飛行機がエンストを起こしつづけ、パイロットがピンチに陥（おちい）っているとわかるときのような音だ。シェルは足を止めた。いまではなんの音かわかっていた。

ローズ神父の紫色の車がガクガクと橋を渡ってきた。神父がシェルを見たとたん、エンジンが切れ、車の動きが完全に止まった。

ローズ神父はハンドルに両手をかけてすわったまま、無表情でボンネットを見おろしていた。運転席の窓が開いていたので、ぼさぼさのもみあげや、きつく閉じている口もとが見えた。

ローズ神父はもう何か月もシェルにあいさつの言葉すらかけていなかった。最近では、せいぜい丁寧でよそよそしいうなずきを見せるくらいだ。

シェルはローズ神父のミサに何度も参加していたが、そこにはもう以前の輝きはなかった。なにかが変わり、ゆるんでしまっていた。朗読するときの落ち着いた口調は同じでも、その言葉から映像を呼び起こす生気が消え失せていたのだ。ローズ神父は話しながら、いつもどこか遠くをじっと見つめていた。そこは天国でもこの世でもなく、その中間のどこかにある辺獄だった。

シェルはローズ神父に近づいた。「ローズ神父さま？　車の故障ですか？」

ローズ神父はすぐには答えず、ゆっくりとシェルに顔を向けた。それから「やあ、シェル」と言い、口の端を少しだけあげてうなずいた。「故障というよりは休憩かな。エンジンがオーバーヒートしたんだ。またすぐ動きだすさ」

「まただだをこねてるんですね、ジェゼベルが」

ローズ神父は半分笑って、半分うなった。「むちをくれてやりたいくらいだよ」と言って、ハンドルを軽く叩いた。「ずいぶんたくさん買ったんだね、シェル」

シェルはレジ袋を抱きしめた。頬が熱くなるのがわかった。袋のプラスチックを透かして、なかに隠れている大きな本をみんなに見られているような気がした。「いつもの量だけです」シェルはつぶやいた。

「家まで送ってあげたいところだけど……」ローズ神父はハンドルから両手をあげて、またぱたんとおろした。

シェルにはローズ神父の言いたいことがわかった。休憩中の車のことじゃない。聖水曜日、教会の祭壇前にぐるぐるとこだましていたキャロル神父の声が、いまもふたりに聞こえているようだ。わざわざ同伴者なしで女性を車に乗せる理由はない、ゲイブリエル。

「ご心配なく。なんとか持っていけますから」

「そう。じゃあ、さよなら、シェル」

「さようなら、神父さま」シェルは畑に向かった。

「それと、シェル」

シェルは振り返った。

ローズ神父は、隕石がまっすぐぶつかってくるような、あのなつかしい目でシェルを見ていた。シェルは、自分の罪、デクラン、本、キスといったもののすべてが、額にくっきり刻まれているような気がした。ダガン農場にいたどのときよりも裸になっていた。

視線に耐えられなくなり、くちびるを噛みながら、ローズ神父の肩の上に目をそらした。

「え？」と、どうにか言った。

「神のご加護を」

シェルはうなずいた。その短い言葉が心にしみて、胸の奥深くに宿った。そして、赤くなった顔をそむけ、ローズ神父のやさしさについ浮かべてしまった笑みを隠した。ローズ神父に向かってまたうなずき、丘をのぼった。

途中、エンジンがブルブルうなり、静まり、また動きだす音がした。シェルが立ち止まっていると、車の音は集落を進み、しだいに小さくなり、やがて遠くに消えていった。シェルは袋をおろした。神のご加護を。ローズ神父の声が、シェルの内側で煙のように立ちのぼり、くねりながら四肢を通って頭まで達した。雑木林を見あげると、木々が色づき、その梢に太陽がおだやかな金色の光を投げかけていた。シェルは道の上にすわった。最後のキリギリスが鳴いている。ハイタカが翼を静止させて頭上を飛んでいる。想像のなかで、シェルはそのハイタカといっしょに空に浮かび、ありふれた世界を高みから見おろした。

22

それから数日、シェルは『ドイルの人体事典』を読むために多くの時間を雑木林で過ごした。本はレジ袋に入れて、石塚の端の石の下に隠しておいた。それを一日の静かな時間に取り出し、おがくずがたまっている場所の近くの倒木に腰かけて読んだ。そうすれば、だれかが急にやってきても、本をおがくずのなかに突っこんで一時的に隠しておくことができる。とはいえ、だれも来ることはなかった。

シェルは、妊娠に関係があると思った項目をすべて読んだ。マスの稚魚（ちぎょ）のような形の胎児がお腹（なか）のなかで大きくなっていく写真も見た。胎児はやがて鼻や目、握った手や指をつけ、前かがみの体を少し後ろにそらしてアイルランドの地図のような形になった。シェルはそういった写真を見たあと、自分のお腹も見た。そんな生き物が自分のなかで育っているとはとても思えなかった。シェルのお腹は以前より固く、弾力性がなくなっている。けれど、違いはそれだけで、写真のように突き出てはいない。シェルはもう一度「無月経」の項目を見た。ほかの理由でも生理が来なくなることがあるとわかり、あたしのはこれだ、ちょっと無月経になっているだけだ、と決めつけた。

一週間を過ぎたころ、ダガンのおばさんとの会話でほぼ確信した。火曜日、ダガン農場に遊びにいっていたトリックスとジミーをシェルが迎えにいったときのことだ。ダガンのおばさんは椅子にだらりとすわり、スツールに足をのせていた。そして、そばにすわるようにシェルに言った。

「わたし、体調がよくなくてね、シェル。このところ、トリックスとジミーをあずかるのがたいへんになってきちゃって」

「すみませんでした、おばさん。どこが悪いんですか？」

ダガンのおばさんは、ほほえみとはちがう奇妙な笑みを浮かべた。「またできたの。赤ちゃんが。だから、すごく疲れるし、気分も悪くて。ふつうは十週目くらいまでつわりがあって、そのあとおさまるんだけど、今回は長くつづいて、いまもずっと気分がよくないのよ」おばさんは顔をしかめ、居心地悪そうに椅子の上で体をずらした。

「妊娠してるんですか？」

おばさんはうなずいた。「ええ。なんの因果かね」そして、ため息をついた。

ふたりとも黙った。シェルは台所を見まわした。いつもほどきれいじゃないし、そういえば手づくりのタルトをずいぶん前から見ていない。あらためてダガンのおばさんのお腹を見たら、だいぶ大きくなっていた。どうしていままで気づかなかったんだろう？

「ファロン先生から、血圧があがらないように安静にしていなさいって言われたの。だから、しばらくトリックスとジミーを連れてこないようにお願いするしかなくて。うちのふたりだけで手いっぱいだから。いまはね」

シェルはうなずいて、「けんかすると手がつけられませんしね」と理解を示した。

ダガンのおばさんは力なくほほえみ、居眠りするかのように目を閉じた。

「おばさん？　ひとつ質問してもいいですか？」

「なに？」

「妊娠したときって、どうしてわかるんですか？」

「最近は学校の生物の授業で教えてくれないの？」

シェルは肩をすくめた。「まあ」

「どうしてわかるか教えてあげるわ、シェル。毎回、必ず数日のうちに、突然スモークサーモンがきらいになるの。普段だったら好物で、クリスマスや復活祭、お客さまがいらしたときにも食べるのに。オークの木で燻製にしたのを、ジャックが町の向こうの漁場から手に入れてくるのよ。でも、妊娠すると、あのしなびたピンクの身をちょっと思い浮かべるだけでも、手のひらが汗ばんでくるの。においをかいだら、もう吐き気がするわね」おばさんは笑って、シェルの髪をくしゃくしゃにした。「それが確実なテスト。スモークサーモンをひと切れ鼻の下に持ってきたら、すぐにわかる」

おばさんはほほえみながら、また目を閉じた。

シェルは立ちあがった。「じゃあ、さようなら、おばさん」

「さようなら、シェル。トリックスとジミーのこと、ごめんなさいね」

「どうぞご心配なく。どのみち、あしたからまた学校ですから」

翌日、シェルはトリックスとジミーを学校へ送ったあとで、ダガンのおばさんのテストを試した。父さんの替えのズボンから小銭をくすね、町へ行って、スモークサーモンのいちばん小さいパックを買った。帰るとすぐにパックを開け、においをかいでみた。それから、切り分けたパンの上にバターをぬり、ピンクのリボンのようなサーモンをひと切れのせてむしゃむしゃと食べた。

パンをもう一枚切って、サーモンをもっと食べた。さらに食べつづけると、パックの中身がすべてなくなった。おやつをこんなにおいしいと思ったことはなかった。

シェルは、ごみ箱の底にパックを捨て、においに気づかれないように手を洗った。それから、父さんのひじかけ椅子にゆったりすわり、大きく息をついた。頭のなかでブライディが笑っている。だから言ったでしょ。マザー・テレサなみにデキてないって。シェルは、五月のままになっているカレンダーを見て立ちあがり、ページを四か月分めくって九月にした。そこには、山の上でパンと魚を群衆に分けあたえているイエスの絵があった。シェルはカレンダーをかけ直し、笑顔で椅子にもどって自分を抱きしめた。不安という細い針がくねくねと進み、ミミズが土に消えるように、またシェルの頭の奥深くへもぐっていった。

23

翌日は木曜だった。きのうから秋学期で、シェルも学校にもどるはずだったが、またサボって、デクランに会うためにダガン農場のてっぺんへ行った。すると、衝撃が待ち受けていた。大麦が刈り取られていたのだ。畑はすっかりからっぽで、まわりから丸見えだった。デクランの姿はどこにもなかった。

雑木林の端にすわって待った。三十分が過ぎた。シェルはマイケルマス・デイジーをつんで花びらをちぎり、長い草の先でひざをかき、暇つぶしに人体の本を持ってくればよかったと思った。デクランはもう来ないだろうとあきらめかけたとき、道路のほうから車のクラクションの音が聞こえた。駆けもどり、家の裏の野原を越えて門まで行くと、デクランが父親の新車のフランス製ハッチバックの運転席にいた。

「乗れよ、お嬢さん」デクランはおおげさに手を振りまわしながら言った。

シェルは目を丸くした。「運転するなんて知らなかった」

「一か月前から仮免を持ってたんだ。もう何度もドライブしてるよ」

「お父さんは？　知ってるの？」

「乗れって。じゃないと、置いてくぞ」デクランは手を伸ばして助手席のドアを開けた。

シェルは笑顔を見せて乗りこんだ。シートはやわらかいグレーの布張りで、ボンネットは紺色に輝いていた。真新しくてきれいな車で、ローズ神父のごちゃごちゃしたおんぼろ車とは正反対だ。

デクランはスイッチを押して窓を開け、飛ぶように走りだした。風が髪を激しくなびかせ、顔をすばやく通り過ぎた。シェルは目を細めて太陽を見た。デクランの手がひざ頭をつかむのを感じた。胸が高鳴る。ふたりで車に命をあずけるかのようにスピードを出したままカーブを曲がった。

　デクランは裏道を通ってゴートアイランドへ、羊が草を食んでいる岩だらけの半島へ向かった。狭い道をおりると隠れた砂浜で、帯状に並んだ色とりどりの砂利が、途中から細かくて白い砂になっていた。砂浜の外れには崩れそうな崖があり、その前に岩場が広がっている。ザル貝採りはいなくなっていた。学校はまたはじまっていた。おかげで砂浜には人気がなかった。

「ちょっと入るか？」車のなかでデクランがすわる位置を変えながら言った。もうズボンを脱いでいた。

「あたしはいい。寒いから」

「ばか言え。九月だからって、海が凍ってるわけじゃあるまいし」

　シェルは身震いした。「水着を持ってない」

「じゃあ、すっ裸で入れよ。だれもいないんだし」

「つま先だけにする」

　デクランは笑い、シャツでシェルを叩くと、車から海に向かってまっすぐ走った。シェルは、デクランが大股で浅瀬に分け入り、波に打ちつけられるたびに「フーハー」と声をあげるのを見つめた。デクランが頭から海に飛びこむと、シェルは拍手を送った。

　突然、シェルの体のなかでなにかがもぞもぞ動いた。木から葉っぱが舞い落ちたような、かき鳴らされたギターの和音が響いたような感じだ。シェルはお腹をつかんだ。

　いまの、なに？

デクランが海から顔を出した。「入れよ、シェル。気持ちいいぜ」

シェルは息ができなかった。手の下でなにかが小刻みに動いていた。ああ、いったい、どうなってるの？

服を脱ぎ捨て、裸で海へ走った。打ち寄せる冷たい水に悲鳴をあげ、頭から波に飛びこんだ。頭皮がひりひりした。あごが氷のようになった。もうなにも感じられない。

デクランはシェルの足首をつかんで、もっと深く沈ませようとした。シェルは水しぶきをあげながら両腕を思い切り振りまわした。そうやってなにも考えないようにしていると、頭からつま先まで感覚がなくなった。

ふたりは海藻で戦い、波に浮かんで遊んだ。そのあとすぐに寒くなり、海からあがってデクランのタオルで体を拭(ふ)いた。シェルは震えながらまた服を着た。それからふたりで歩いて崖へ向かい、地元の人間しか知らないすきまから洞窟(どうくつ)にもぐりこんだ。その洞窟は「ハガティの地獄穴」と呼ばれていた。シェルはひざをついて前を進み、お尻をデクランにつねられて悲鳴をあげた。

「盛りがついた雌羊(めひつじ)みたいだな」

「デクランは角がはまった雄牛(おうし)みたい」

「どこにはまったんだ？」

「さあ。門かな。ちがう、イバラの茂み」

デクランはまたシェルをつねった。

洞窟のなかには、先客が置いていったラガービールの缶が四本と煙草(たばこ)の吸い殻があった。

「ここに来るの、何年ぶりだろう」静かで薄暗いなか、シェルは立ちあがりながら言った。「小さいころに母さんが連れてきてくれたのを覚えてる」

「おれたち男子はよくここに生け贄を連れてきて、いたずらしてたっけ」デクランは記憶をたどった。「女子にな。それは覚えてるか？」

「ううん。あたしはぜったいつかまらなかったから。デクランからしたら、いつも足が速すぎたからね」

「いまもな」

「やめてよ。いま速いのはデクランのほうでしょ」シェルはぶるっと震えた。「ここに連れてきて、なにしてたの？　そのつかまえた女子たちに」

「たいしたことじゃない。縛りあげて、波のなすがままにしておいただけだ。おれたちはここをアバトワって呼んでた」

「アバトワ？　なにそれ」

「あれだよ。肉をつくるとこ。動物を肉にする場所」

シェルは、フックに肉がつるされているところを想像して気分が悪くなった。「うえっ」

「いまじゃ、女子たちが淫行する場所になってる。知らなかったか？」

シェルは首を振った。じゃあ、デクランはブライディもここに連れてきたの？　そう思わずにはいられなかった。ふと浮かんだそんな考えを押しやって、あたりに目をこらした。「うわ、記憶より狭い。それに、寒い。母さんはきれいだって言ってたのにな。風と水が千年以上もかけてつくった場所だって。母さん、よくここでうたってたんだ」

シェルはすわった。海藻がつぶれ、黒い気胞がお尻の下ではじけた。両腕でひざを抱え、母さんが好きだった歌、鍛冶屋が手紙を書いて約束しておきながらほかのだれかと結婚する歌をうたった。音が洞窟の壁を飛びまわり、ぶつかり合って美しい調べを奏でた。

三節目の途中で、デクランがシェルの口に激しくキスをして歌を止めた。

シェルがなにか言う前に、デクランはまた動きだし、シェルのあごの下に思い切り顔をうずめた。

シェルは目をきつく閉じ、まだ耳に残っている歌の響きを聞いた。するといつのまにか、さっき洗濯に行ったコインランドリーにもどって、服が泡のなかをぐるぐるバタバタと跳ねまわるのを見ていた。そのあとはハイタカになって、畑の上空で羽ばたいたり、青いスープのような空を舞ったりした。ハイタカは急降下すると、ふわふわの襟巻き（えりまき）をした伝書鳩（でんしょばと）に変わり、アイリッシュ海の上を横切って、帰ってくるフェリーがあげる水しぶきのなかを飛びまわった。砂浜にいたときにお腹に感じた奇妙な動きのことはとにかく考えないようにした。あれはただの気のせいだ。洞窟の外では、海が遠くから不安げにざわめいていた。耳の上にある岩棚には、天井から水滴がぽたぽた落ちつづけていた。むなしさが心のなかにしみこむように広がり、シェルは目を開けた。


　肩の下に押しつけられたデクランの巻き毛、その向こうにでこぼこした固い岩壁（いわかべ）が見えた。母さん、どうして死ななきゃいけなかったの？　くぐもった神秘的な鐘の音が遠くから聞こえてきた。クールバー村の教会が正午のアンジェラスの鐘（朝六時、正午、夕方六時の〈お告げの祈り〉の時刻を知らせる鐘）を鳴らしているのだ。一回、二回、三回。われらのために祈りたまえ、神の御母よ。いまのあたしを見たら、父さんはなんて言うだろう？　鐘の音が風に乗って遠ざかり、また漂ってきた。六回、七回、八回。キリストの約束にかなう者とならんことを。シェルは母さんのレコードプレーヤーを思い出した。古いLP盤の黒い溝を針が弾（はず）むように渡り、パチパチという音と共に、アイルランドの伝説的なテノール歌手、ジョン・マコーマックの豊かな声を響かせていた。「わたしを山に埋めてくれないか　神の朝日に顔を向けて」十一回、十二回。その歌が心を打つ唐突なクライマックスへ、あのすばやい（スウィフト）澄ん（ピュア）だ叫び（クライ）へと達すると、いっしょにうたう母さんも、声を高音に舞いあがらせた。ジャガイモの皮をむきながら、毛糸の服を手洗いしながら、手を拭いてシェルに笑顔を向けながら。
デクランのこぶしがシェルの背中に食いこんだ。レコードプレーヤーもレコードも、いまはもうない。母さんが死んですぐに、父さんが売ったからだ。「フーハー」と、デクランが波に打ちつけられたときのような声をあげた。少し荒い息をしながら、体を転がしてシェルから離れた。

シェルは動かなかった。

「煙草を取ってくれ、シェル」デクランがしばらくしてから言った。

シェルは煙草を渡し、デクランが自分で火をつけて吸うのを待った。シェルもすすめられたが、いつしか煙草がきらいになっていた。デクランは煙草を吹かしながら、シェルのぬれた髪をしぼった。

「そういえば、シェル」シェルにというよりも、洞窟の天井に向かって言った。

「なに？」

「この洞窟。ハガティの地獄穴。ここ、ほんとに地獄の穴なんだぜ。まあ、アイルランド全体がそうだけどな」

「そうなの？」

「ああ。カルカッタの黒い穴（多数の英国人捕虜が押しこめられて死亡したとされるカルカッタの地下牢）なんて目じゃない。ばかばかしい。それどころじゃないひどさだ」デクランは煙草をもみ消し、つぎの一本に火をつけた。「アイルランド全体が黒い穴、どでかい黒い穴なんだよ。おれの最新の詩を聞きたいか？」シェルが答える前にデクランは詠(よ)みはじめた。

マンスターを入れちまえ　ごみ箱(ダンプスター)に

コノートをくれてやれ　犬（ドッグ）に
レンスターを縛りあげろ　リムリックで
そして流しちまえ　湿地（ボグ）に（四つの固有名詞はいずれもアイルランドの地名）

壁に向かって吐き出した言葉が、ふたりのもとに跳ね返ってきた。「どう思う？」

「悪くないね。アルスター（イギリスに属する北アイルランドを含む地方）は？」

「当然、アルスターは潰瘍（アルサー）だ。穴が開いてる。ありがたいことに、その穴はアイルランドじゃない。イギリス人の好きにすればいい」

シェルはくすくす笑った。「そんなこと、デリー（北アイルランドの都市）で言ったら撃たれるよ、デクラン」

「ばかを見るのは、撃つ連中のほうだ」

「アイルランド全体から見たら、クールバー村は悪くないよね」シェルは、雑木林や丘の谷間、いたるところにいる野生動物を思いながら言った。

「クールバーは哀れだ。数あるなかでも最悪だな。うちの家族は二十年も前にキャッスルロックの向こうから引っ越してきたっていうのに、近所の連中にとっちゃ、いまだによそ者だからな」

「よそ者」という言葉が出たとたん、不気味な突風が洞窟内を吹き抜けてシェルを震わせた。「ここから出よう」シェルは言った。

デクランはうなずいた。「そうだな」

ふたりで急いで服を着た。また砂浜に出るとほっとした。太陽は雲に隠れ、波がさっきより岸に近づいていた。シェルは海を見渡し、空気のにおいをかいだ。後ろからメーと鳴き声がして振り返ると、羊が一頭、崖の途中にある岩の上で動けなくなっていた。どうやってあそこまで行ったんだろう？　シェルは、羊がいつまでも立ち往生するところや、切羽つまって下の岩場に飛びおりるところを想像した。

「行くぞ」デクランがシェルの腕を引っ張った。

デクランは、ほとんどなにもしゃべらずに、集落のてっぺんの十字路までシェルを送っていった。

シェルは、でこぼこした田舎道を通りながら、鍛冶屋の歌の残りをうたった。それでもデクランは道の前方に目をすえ、中央に生える草で二分されている舗装道路を見つめていた。

「ここでおりたほうがいい」デクランが車を停めた。

シェルはうなずいた。「了解。じゃあね、デクラン」ドアを開けて、車からおりかけた。

「じゃあな、シェル」デクランがシェルの手首をつかんだ。「シェル――」

「なに？」

デクランは自分の手をひねり、お互いの手のひらを向き合わせて、指を絡(から)ませた。

シェルはどきっとした。デクランにこんなことをされたのははじめてだ。

「なに？」シェルはほほえんだ。

「おまえは――」デクランは口ごもった。

シェルは待った。

デクランがシェルの手を強く握るのがわかった。

「なんなの？」

「おまえは、トップクラスだよ」デクランが言った。

シェルは、学校での散々な点数や失敗した試験のことを思って苦笑いをした。「ばか言わないでよ、点数を山ほど取った人が」デクランが卒業試験で大学合格ラインの二倍ほどの点数を取ったことはだれもが知っていた。法学部に合格もしていたのに、デクランは家族がなにを望もうが大学へは行かないと言っていた。なぜそんなふうに拒否するのか、シェルには理解できなかった。口が達者で、ずる賢いデクランなら、きっと腕の立つ弁護士になれるのにと思った。

「わかった。じゃあ、トップクラスはやめる。おまえは……」デクランは考えてから言った。「おまえは別格クラスだ」

シェルはほほえんだ。手はまだデクランにつかまれていた。前かがみになって車のなかに上体をもどし、デクランの頬(ほお)に軽くキスをした。

「タララー」シェルは言った。

「じゃーなー」デクランが答えた。

「また木曜？」

デクランはシェルから目をそらし、フロントガラスの向こうを見ながら手を引っこめた。くちびるはまっすぐに結ばれていた。

「木曜でいい？　デクラン？」

デクランはエンジンをかけた。「そうだな。おそらく」

「畑？　それとも、ゴートアイランドまで行く？」

「さあ」デクランはサイドブレーキをさげた。「どこでもいい」車が前に動きだした。「丘を越えた遠くなら、シェル」

「じゃあ、バイバイ。そのときまで」

デクランはうなずき、つぎに肩をすくめた。それから車道に出て走りはじめた。シェルには、デクランが丘をおりて谷間に入るときにバックミラーを見たのがわかった。デクランは手を振り、開いている窓から「じゃあな、シェル。オールボワール」と呼びかけた。その言葉がデクランの後ろの生け垣にひっかかり、泡のようにはじけた瞬間、紺色のハッチバックがもう一度だけ輝いてカーブの向こうに消えた。最後に見えたデクランは、黒い巻き毛の頭だけで、それがわずかに傾いている様子が、つぎの動きを考えている鳩のようだった。

シェルは首を振ってほほえんだ。なに無理してふざけてるんだか。そう思ったとき、またお腹のなかでなにかがくねくねとかすかに動いた。今度は蛾がしなやかに、おずおずと、さなぎから抜けだすような感じだった。シェルはお腹をつかみ、からっぽになった下りの道路をぼうぜんと見つめた。

そのとき、わかった。

ドイルの本になんて書いてあろうと関係ない。これは無月経じゃない。

お腹のなかに赤ちゃんがいるんだ。

シェルは道からそれて丘をのぼり、自分がどこを歩いているかもわからないまま家の裏の野原に入った。そのあとずっと、ロボットのように一歩ずつ足を動かして歩きまわった。意識が体の内側を向き、お腹で動きまわるもののことばかり考えていた。

翌日の夕方、ジミーが、デクランの弟で自分の同級生のシェイマスから聞いた知らせを持ち帰った。ローナン夫妻はかんかんに怒っていた。その日の朝起きたら、デクランが走り書きしたメモが台所のテーブルに残されていたのだ。そこには、家族も大学も捨ててアメリカへ行くと書かれていた。友だちのジェリー・コンランがマンハッタンで仕事を用意していて、すぐ一日に百ドル稼げるようになるから、なんの心配もいらないとのことだった。追伸には、最後の詩が書かれていた。

すぐに（スーン）もどる——
六月（ジューン）に雪が降ったら

24

月曜日、シェルは冬の制服を着て学校にもどった。春にはぶかぶかだったプリーツスカートがきつくなっていた。シャツがぴったりだったのは単に、もとから二サイズ大きかったからだ。カーディガンのボタンは上の半分だけ留めて、残りは外しておいた。そのほうが細く見えるんじゃないかと思った。

校庭に出ても、近づいてくる生徒はいなかった。ブライディ・クインの姿も見えない。デクランは何千キロも遠くにいる。

倉庫の裏にすわり、目をつぶって、心のおもむくままに思い浮かべる。朝早くダガン農場の霧のなかを歩いてくるデクラン。腕で橋をつくったり、「神のご加護があればこそだね、シェル」と話したりするローズ神父……。

「シェル」見あげると、夏学期にブライディとつるんでいたテリーサ・シーヒーがいた。

「なに？」

「太ったね」

「そんなことない」

「ぜったいあるよ。六キロは太ってる」

「そう。だからなんなの？」

「バナナダイエットをしたほうがいい。おすすめだよ。五日で二キロはやせる」

「なにを食べるの？」

「バナナ」

「それだけ？」

「あと、ゆで卵」

「うっ」ゆで卵のことを考えたら胃がおかしくなった。そういえばもう何か月も卵を食べていない、ダガンのおばさんがスモークサーモンを食べないのと同じだ、とシェルは気づいた。

「ほんとに効くから」テリーサが言った。「あたし、やってみたんだ」

シェルは肩をすくめた。「ブライディを見た？」

「あの子、シェルとは話さないよ」

「知ってる。けど、学校に来てるの？」

「ううん」

「どこにいるの？」

「あたしが知るわけないでしょ」

「先週は来てた？」

「見てない。キルブランに住むおばさんのところへ行ったって噂（うわさ）だけど」テリーサはシェルに近寄った。「でも、あたし、もっと知ってるんだ」

「なにを？」

「夏にブライディから聞いたの。秘密をね」

「え？」

「あの子、家を出るって言ってた。アイルランドを。もういなくなってるかも」

「うそ」

「ほんと。ねえ、あたしがなにを考えてると思う?」

「なに?」

「ブライディとデクラン」テリーサは、わかりきったことだというようにうなずいた。

「そのふたりがどうしたの?」

「ふたりで逃げてったんじゃないかな。いっしょに」

シェルは目をむいて、首を振った。「アメリカに? まさか!」

「なんで?」

「あのふたりはもう何か月も前に別れてる。ブライディがそう言ってたから」

テリーサがうすら笑いを浮かべた。「古い情報でしょ」

「どういう意味?」

「よりをもどしたんだよ。夏のあいだに。キャッスルロックで踊ったとき」

シェルは驚いて口を開けた。言葉が出てこなかった。

「あたし、見たんだ。ディスコのフロアで。ノリノリで体をくねらせてた。取りこみ中の二匹の猫って感じだったよ」

「うそでしょ」

「うそじゃないってば」テリーサは首を振り、長くて赤い自分の鼻を見おろした。「あんたたちふたりとも、あいつのどこがよかったのやら。あのいやらしい悪党の」

テリーサは背中を向けて歩き去った。

ベルが鳴った。

シェルは動かなかった。赤茶色のアリが長い列をつくって校舎に入っていくのを見ていた。校庭にだれもいなくなると、立ちあがってスカートから土を払った。配達人が入ってくる裏口へ行って、そこから抜け出した。

ふらふらと町を通った。図書館員が歩いていた桟橋の根もとまで来ると、いったん立ち止まり、それから桟橋に入って端までゆっくり進んだ。桟橋っていうのは失望する橋なのよ、と母さんはよく言っていた。ふたりで手をつないで、しょっちゅうこの橋を歩いた。どこかへ行こうとするんだけど、途中で信念が尽きちゃうの。

シェルは、デクランとブライディがマンハッタンの通りをスキップしているところを想像した。ふたりはごみ箱や高層ビル、ばか騒ぎをするアメリカ人、きらびやかなリムジンに囲まれていた。ライトが光り、サイレンが鳴り響く、活気にあふれた大都会。ふたりともシェルを置いて行ってしまった。シェルのことを忘れて。

コーラの缶が一本、足もとに転がってきた。シェルはそれをぺちゃんこに踏みつぶし、拾いあげて海へ思い切りほうり投げた。ほんとのことじゃないかもしれない。でも、たぶんほんとのことだ。ブライディは、いつかハリウッドへ行ってスターになるんだといつも話していた。くすんだ金髪の自分が、マリリン・モンローとメリル・ストリープを足して二で割ったような女優になるところを想像していた。いまごろはアメリカを横断中で、カリフォルニアへ、輝きつづける太陽へ向かっていてもおかしくない。つぎにブライディのことを耳にするのは、きっとキャッスルロック・パレスで上映される映画の主演を務めているときだろう。

つぶれた缶がぷかぷか浮かびながら、桟橋の先から開けた海のほうへ漂っていった。シェルは手すりに寄りかかって、それをながめた。時間はかかっても、いつかは港を出て外海にたどり着くはずだ。
つぎの瞬間、シェルには自分のすべきことがわかった。

25

その日は父さんがまたコーク市に行っていたため、シェルは自由に動くことができた。十一時のバスで町から家にもどり、裏の野原で三人で石拾いをするときに使っていた大きな手さげかばんに荷物をつめた。ジーンズ、Tシャツ、替えの――ブライディが盗んでくれた古いほうの――ブラ、下着、一着しかない日曜日用の服。それから制服を脱ぎ、復活祭のとき以来着ていなかった母さんのピンクのドレスに着替えた。

パスポートは持っていなかったが、これから行くところには必要なかった。ただし、身分証明書として使えればとバスの定期券は持った。

サンドイッチと飲み物もつめた。

毛先の広がった古い歯ブラシもほうりこんだ。

かぎ針編みの水色の小さなバッグも入れた。教会用に母さんがくれたあのバッグだ。

かばんを持って、どのくらい重いかたしかめた。「羽根みたいに軽い」と声に出してほほえんだ。ううん、貝殻（シェル）みたいに軽い。

シェルは犬のぬいぐるみのネリー・クワークを拾いあげた。ネリーは以前、シェルのものだった。シェルが小さいころに母さんがくれたのだ。二歳の誕生日に箱を開けたらこのプレゼントが入っていたことをはっきり覚えている。いまはトリックスのものだけれど、持っていきたくてうずうずした。擦（す）り切れた耳をさすり、ずんぐりした黒い鼻とやわらかくて白いひげをなでてから、トリックスのベッドに寝かせ、きちんと折りたたんだシーツを首の下にかけてやった。

いまではこつをつかんでいたので、ピアノのパネルは簡単に外れた。シェルは紅茶缶に手を突っこみ、紙幣を一枚残らず出した。それをかぞえてから、あの水色のミサ用バッグに入れ、そのバッグを手首にかけた。

そして、ピアノをもとにもどした。

強い風が平屋の家のまわりに吹きつけ、雨樋を鳴らした。

デクランみたいにメモを残していくべき？　シェルは考え、首を振った。デクランが行ったのは西、あたしが行くのは東なんだし、ちがう理由でいなくなるんだから。

シェルは家を出て、かばんをおろし、玄関のドアを閉めた。手にした鍵をかけようとしたとき、ジミーとトリックスのことが頭に浮かんだ。学校にだれも迎えにいかなかったら、だれかが――たぶん先生が――家まで送ってくる。そのときのみんなのことを考えると、ドアの鍵は開けておいたほうがいい。

そもそもあたしにはもう鍵は必要ない。シェルは家のなかにもどり、台所のテーブルの上に鍵をのせた。きっとこれがメモのかわりになってくれるだろう。ビニールのテーブルクロスに紺色で描かれているチェック模様の四角のなかに鍵をきちんと入れて、シェルは最後にもう一度、家をぐるりと見まわした。

冷蔵庫のドアが開いていた。サンドイッチに使ったチーズをもどしたときにちゃんと閉めたはずなのに。

シェルはもう一度閉めた。

じっとして、耳を澄ました。

冷蔵庫がいつもの重々しい音を立てている。家は土台の上に落ち着いている。ギー、トンと、床板が沈むような、ドアが閉まるような音がした。自分の呼吸の音と、脈の音も耳もとで聞こえた。

「母さん？」シェルは言った。

返事はなかった。

どこか近くからカタッとはっきり音がした。

シェルは固まった。父さんの部屋だ。

急いで廊下を通り、父さんの部屋のドアを開けた。強い風が顔に吹きつけ、カーテンがふくらんだ。

父さんのアフターシェーブ・ローションの瓶が化粧台の上で倒れていた。それだけだった。

シェルは息を吐き出した。瓶を立てて、窓を閉め、くちびるを噛んだ。すわって最後の〈無限ごっこ〉をしよう、と三面鏡がねだった。シェルは鏡のてっぺんに指を走らせてほこりを集め、「もうそんな遊びをする年じゃないの」と声に出して言った。その言葉が跳ね返ってきて、シェルはびくっとした。

部屋を飛び出し、廊下から玄関へ走った。外からドアをぴしゃりと閉め、ほっと息をついた。どんな幽霊がいようと、もう追ってくることはない。かばんをもう一度つかみ、裏の野原を足早にのぼって雑木林へ向かった。村の外側をまわり、大通りで長距離トラックに乗せてもらうつもりだった。そうすれば、どこに行ったか知られることはない。シェルは、フランスに上陸したマグダラのマリアを思った。風が吹きすさぶ砂丘や、イエスのよちよち歩きの幼子が母親と手をつないで必死についていくところを想像した。シェルの場合、連れていく幼子はいない。カモメと波を背にフィッシュガード・ハーバーに上陸したら、もう二度ともどるつもりはない。ロンドン行きの夜行列車にまっさきに乗って、アイルランドの女の子たちが中絶しにいくどこかの病院の列にまっさきに並ぶ。それがどこにあろうと、さがしだすつもりだ。

シェルは雑木林をまわって、倒木に腰かけ、最後に丘の谷間を見おろした。教会の尖塔（せんとう）や、スレート屋根、ゆれるニレの木、くたびれた畑を見つめた。かばんを足もとにおろし、お金を取り出して、お札を手でなぞった。

幽霊が追ってきていた。

シェルは、復活祭の前夜にお墓の向こうから歌を聞かせてきた母さんの声を思い出した。犬のぬいぐるみのネリー・クワークと、春に具合が悪くなったときのジミーの様子、その細くて白い顔で目立っていたそばかす、シャベルをほしがったことを思った。

奇妙な歌を繰り返しながら紙の人形で遊び、アンジー・グッディーの新しい冒険談を聞こうとすり寄ってくるトリックスを思った。

あの子たちは、夜、寝室にボルトのかんぬきをかけることを知らない。

シェルは、フクロウが話しかけてきた夜のこと、「待ーて」と言ってきたことを思い出した。

午前が刻々と過ぎていく。

昼になるころ、シェルはかばんを拾いあげた。アンジェラスの鐘が壊れたレコードのようにまた鳴りはじめた。その音をかぞえる気にはならなかった。重い足取りで野原をおりて家へ帰り、かばんから荷物をすべて出した。ピアノを開け、紅茶缶にお金をもどし、またピアノをもとどおりにした。

シェルは自分でつくったサンドイッチを食べた。それからオーブンのスイッチを入れ、スコーンを焼きはじめた。

26

ヤナギの葉が風に吹かれて青白くゆれた。サンザシの赤い実が霜(しも)のなかに落ちた。シェルは十六歳になった。ある日、学校を終えたと父さんに言ったら、父さんはその意味を理解したかのようにうなずいた。

父さんが家にいるのは、近ごろでは週末だけだった。紅茶缶のお金はゆっくり減っていった。かぞえるのをあきらめていたシェルにも、そのことはわかった。

父さんは、土曜日にはたいてい電気ヒーターのそばの自分の椅子にすわり、ポケットの小銭をジャラジャラさせながら宙を見つめていた。パブの開店時間までなにもすることがないといった様子だった。なにか気になることがあるように見えたが、それがなにかはシェルにはわからなかった。父さんはときどきシェルを見ては目をそらした。祈るように手を握り合わせるものの、祈りの言葉がなかなか出てこないのか、指でこぶしの関節をこねくりまわすばかりだった。

シェルはもう父さんが怖くなかった。

夜、シェルはベッドに横になり、ジミーとトリックスのおだやかな寝息を聞いた。両手でお腹(なか)をさすると、へそが表にぽんと出てきそうだと気づいた。詩を詠(よ)むデクランの声が聞こえる——

シェルのお腹(ベリー)
まるで固いゼリー……

そこでつかえてしまった。デクランなら、こんなはじまりでも、どうにかうまく終わらせられるはずだ。そのとたん、シェルは思い出した。デクランがなにも言わずに、おそらくブライディを連れて逃げたことを。おまえは別格クラスだ、シェル。学校一の劣等生のクラス、それがシェルのクラスだった。シェルは、枕をつかんで抱えこみながら、デクラン・ローナンの長くて黒い巻き毛をつかんで牛の糞（ふん）のなかに投げこんでやりたいと思った。緑のどろどろしたもののなかに逆さまに飛びこむデクランを思ってほほえみ、暗い部屋で体をまっすぐ起こしながらうなずいた。それから、ううんと首を振った。どういうわけか、ほんとうはそんなことを望んではいなかった。そこまでは。おまえは別格クラスだ、シェル。ニューヨークのほうがここより五時間遅れている。デクランはまだ繁華街にいて、アイリッシュ・バーでビールを飲んだり、詩を詠んだりしているだろう。とことん、ずる賢く行こうとしているはずだ。

　行け、デクラン、行け、とシェルは思った。デクランは母さんの古い歌に出てくる鍛冶屋（かじや）みたいなやつじゃない。あの鍛冶屋とちがって、なんの約束もしていないし、手紙も一通も書いていない。図書館員が流していた歌に出てくるような、失恋させまくる口のうまい人だったのかもしれないけれど、それ以外のだれかのふりをしたことは一度もない。

　そのとき、ふと思いついた。

シェルのお腹（ベリー）
まるで固いゼリー
へそはもうすぐなし

デキたのはまちがいなし

ブライディのげらげら笑う声が聞こえるような気がして、シェルはそれからすぐに眠りに落ちた。

十月下旬の土曜日の朝、起きると、シェルのベッドにトリックスとネリー・クワークがいた。トリックスは仰向(あおむ)けになって、意味不明の歌を天井に聞かせていた。

「トリックス——ここでなにしてるの？」

「シェル、泣いてたよ。寝ながら。だから、となりに来たの」

シェルはトリックスの髪をなで、「おばかなシェリー(シリー)、寝ながら泣いた」とつぶやいた。

トリックスは身をよじってうつぶせになった。「指絵をやって、シェル！」

「また？」

「おねがーい」

シェルは空想の絵の具に人差し指を浸し、トリックスの背中に大きな木を描きはじめた。首や肩にまで枝を伸ばし、小さなお尻に向かって根を生やした。

「簡単だよ。木」

シェルはいつも木からはじめる。つぎはネリー・クワークにして、嚙(か)まれてぼろぼろになった耳まで描いた。

「わかんない。もう一回」

「もう一回？」シェルは同じ絵を描いた。トリックスは考えた。ほんとうは答えがわかっているのに、指絵の時間をのばしたくてこうしているだけだ、とシェルは気づいていた。

「今度はあたしの番」シェルが言って、トリックスに背中を向けた。

ジミーが自分のベッドで起きあがってふたりを見た。「セメントミキサーにしなよ」

トリックスは長い線を描きはじめた。指がぐるぐると渦を巻き、両方のわきの下へ行って、つぎに腰をぐるっとまわった。

「セメントミキサー?」シェルが答えた。

「外れ」トリックスは渦巻きを描きつづけた。

「描きながら考えてるんだよ」ジミーが決めつけた。

「くすぐったい。トリックス!　やめて!」

「考えて。なーんだ?」

「わかんないよ。海に立つ波?」

「外れ。いっぱいのヘビ」トリックスが小さな両手を前にまわしながらシェルのお腹をくすぐった。

真ん中のふくらみまでたどり着くと、その手が止まった。「これ、なに?」

「しっ、トリックス。なんでもない。ただのお腹」

「すごくおっきい」

「横になってるからだよ」

「ダガンのおばさんみたい。病院に行く前の」

「これはちがうの、トリックス。静かにして」

ジミーがふたりに飛び乗り、上がけを引きはがして、「どれどれ!」と甲高い声をあげた。

「どいて、ふたりとも。どいて」シェルはジミーとトリックスをこぶしで叩いた。

「サッカーボールが入ってるみたい」

シェルは体をぎゅっと丸めてむせび泣いた。「どいてよ、ふたりとも」ジミーとトリックスが離れるのがわかった。「父さんが起きちゃう」

そして、横になったままじっとした。

「シェル、生きてる？」トリックスがきいた。

シェルは目を開けた。トリックスはベッドのわきに、ジミーはその反対側にいて、シェルを見つめていた。

「秘密だからね？　あたしのお腹のこと。秘密。だれにも言っちゃだめだよ？」

トリックスがうなずいた。ジミーもうなずいた。

「だれかに言ったら、あたしは父さんに殺される。わかる？　父さんに殺されちゃう」

ふたりはまたうなずいた。「父さんに殺される」とトリックスが繰り返した。

ジミーがそばかすのある顔を横に傾けた。「病院には行かなくていいの？　ダガンのおばさんみたいに。赤ちゃんって、病院で引っ張り出してもらうんでしょ？」

どこからそんな情報を仕入れたのか、シェルには見当もつかなかった。

シェルはため息をついて首を振った。「赤ちゃんを引っ張り出すなんて、だれだってできるの。自分でだってね。ぽんって出てくるんだから。赤ちゃんがちゃんとできあがったら」

ジミーは目を大きく見開いた。「トーストみたいに？　トースターから出てくるときの？」

シェルは最後の涙をぬぐった。「そうだよ、ジミー。トーストみたいに」

27

ジミーが、学校近くのフェンスに投げ捨てられていた古いセーターを見つけた。黒で、厚手で、裾（すそ）が長かった。ジミーはそれをシェルのために持ち帰った。シェルは洗濯して着てみた。長さが太ももの三分の一まであって、お腹（なか）のふくらみを隠してくれた。

トリックスとジミーは毎朝、シェルのお腹を交代でさわった。皮膚（ひふ）の下でもぞもぞ動いているものを、ジミーはつかまったカエルだと言い、トリックスはスズメの翼だと言った。

父さんは帰ってきたり出かけたり、酔っぱらったりしらふになったりしながら金曜から月曜までを過ごした。娘のお腹に気づいているとは思えなかった。もうシェルどころか、だれのことも見ていない様子だったからだ。父さんはいつも、見えない空気のなかに自分の運命が浮かんでいるとでもいうように宙を見つめていた。

死者の日（キリスト教の亡き全信者のために祈る日で、カトリック教会では十一月二日）、父さんはいつものようにロザリオの祈りをはじめようと、六時ちょうどにみんなをひざまずかせた。順番からすると、〈喜びの神秘〉の第一の黙想、天使のガブリエルがマリアに身ごもっていることを告げにくる受胎告知の場面を黙想する日だった。きょうのシェルは、その否定的な面しか見ることができなかった。〈無原罪の御宿（おんやど）り〉なんて、いまも当時もだれが信じるっていうの？　ナザレのふつうの人たちだって、このコーク県のふつうの人たちと変わらないよね。シェルは家族といっしょに早口で最初の〈主（しゅ）の祈り〉を唱（とな）えながら、マリアの質素な寝室やひざつき台、祈禱書（きとうしょ）、花、金色の後光を、そして開いている窓や、そこから見える明るい空、その空をおおう白い天使を思った。天使のガブリエルはローズ神父の顔をしていた。父さんの先導で、十回繰り返す〈アヴェ・マリアの祈り〉がはじまった。

アヴェ・マリア　恵みに満ちた方よ
主はあなたと共にあり
あなたは女のなかで祝福され
胎内の御子(おんこ)……

父さんの声がしだいに小さくなった。トリックスとジミーは祈りつづけながら、そわそわと顔を見合わせ、父さんはどうして静かになったんだろうといぶかしんでいた。こんなことはいままでなかったからだ。トリックスはまた「アヴェ・マリア」とはじめたものの、「恵み」のところで口ごもった。みんなはひざまずいたまま黙りこんだ。なにかがおかしい。このあと父さんが怒りを爆発させるのかもしれない。けれどそんなことはなく、父さんはただ立ちあがって、なにも言わずにふらふらと廊下へ出た。裏口から夜の外へ出ていく音が聞こえたあと、シェルたちが寝る時間になってももどらなかった。

それ以降、夕方のロザリオの祈りはなくなった。

日曜日、シェルはいつものミサ用のワンピースが着られなくなった。長袖のグリーンのコーデュロイで、背中にジッパー、ウエストにギャザーがついていたが、そのジッパーが閉まらなくなったのだ。トリックスが引っ張ってもジミーが引っ張ってもだめだったので、シェルはもとのジーンズに着替えた。最近はいつもそのジーンズをベルトでおさえ、長くて黒いセーターでおおっていた。

シェルは部屋を出て台所に行った。

「父さん、きょうは教会に行けない。体調が悪いの」

シェルは、青白くて弱々しい顔に見せようとした。けれど、自分の頰が赤くなっているのがわかった。

父さんが椅子から顔をあげた。かがんで靴ひもを結ぼうとしているところだった。

父さんの目がシェルから壁にそれた。

「体調？」

「痛くて。頭が」

父さんはうなずいた。「なら、家にいろ。食事の用意でもしてればいい」

それ以来、日曜が来るたびにシェルは同じことを言い、父さんは同じ返事をするようになった。

平日に出かけるときは、いつも父さんのレインコートを借りた。コートはシェルの体を包み、足首近くまでたれさがった。ジミーとトリックスを学校まで迎えにいったり、〈マグラーの店〉で買い物を済ませたりしても、だれもなにも言わなかった。ただ、天気のいい日に一度、ドノヒュー校長がシェルをじっと見てきたことがあった。

「シェルは、楽観的に考えるのが好きじゃないのかしら」ドノヒュー校長は遠回しにきいた。

シェルはとまどって顔をしかめた。

ドノヒュー校長のしっかりとした手が、かさばるレインコートのひだをつかんでゆらした。「雨はぽつりとも降っていないようだけど」

「ああ」シェルは肩をすくめた。「そのことですか。予報では、天気は悪くなるみたいですよ」

「そうなの？」

「はい」

ドノヒュー校長は疑わしそうな顔をした。

「嵐が来てるんです。大西洋から」

「それは初耳だわ」

「ラジオで言ってました、校長先生」シェルはそそくさとその場を離れた。

別の日、シェルは〈マグラーの店〉のなかをうろついた。ポケットに小銭があり、なにかおやつがほしいと思ったのだ。表のカウンターに人の姿はなく、奥の住居につづくドアが少し開いたままになっていた。その向こうから、マグラーのおばさんがなにかわめく声と、おじさんが言い訳する声が聞こえた。持っているお金よりも一ペニー高いリコリス菓子の袋をくすねたくなって指がうずうずしたが、なんとかがまんした。ドアが開き、かんかんに怒った顔のおばさんがレジの前に立った。

「シェル・タレント、あんただけ？　ベルがジャラジャラ鳴った気がしたんだけど。なにがほしいの？」

シェルはレインコートを自分の体に巻きつけた。このおばさんからは一ペニーたりともまけてもらえない。

「これだけください」シェルは、安いフルーツガムを選んだ。

そして、お金を払った。

「袋はいる？」ミセス・マグラーは苦々しげにきいた。

「いいえ、だいじょうぶです」シェルはコートのポケットにガムを入れた。

ミセス・マグラーはシェルをじろじろ見た。たるんだくちびるがゆがみ、小さな目が針の先のように鋭くなっている。「どうしてそんなだぶだぶの古ぼけたコートを？」

「大雨の予報なので」シェルは答えた。

ミセス・マグラーは目をこらした。「へえ」

「その前においとましたほうがよさそう」

「なんの前？」

「雨です。いまにも降りだしそうだから」シェルはじりじりとドアへ向かった。

ミセス・マグラーは、飛びかかってきそうな勢いでカウンターから出てきた。「きょうはいい天気だよ、シェル。雲ひとつ見えないけどね」

シェルはさっと店を出て、ベルを思い切りジャラジャラ鳴らしながらドアを閉めた。急いで通りをくだるあいだ、ミセス・マグラーの鋭い目が肩甲骨のあいだに突き刺さるのを感じた。それほど遠くまで行かないうちに、しかもまだ太陽が照っているのに、予言に答えるかのごとく雨が降りはじめた。雨は激しく打ちつけ、土砂降りになった。シェルは泥だらけの丘を足早にのぼりながら、ガムを噛（か）んで笑い声をあげた。雨粒が髪や首を流れ落ちていった。

ほら、言ったとおりでしょ、マグラーのブサイクおばさん。

28

十二月に入り、霧がかかって寒くなった。トリックスは、母さんが最後に買ってくれた二年前のアドベントカレンダーをまた壁にかけた。シェルがカレンダーのドアをぜんぶセロハンテープで閉め直すと、トリックスとジミーは毎朝、交互に爪切りばさみでドアをひとつずつ開け、クリスマスまでの日数をかぞえた。

「シェル、プレゼントは買った？」トリックスがきいた。

シェルは目をぱちくりさせた。「プレゼント？」

「去年はお金みたいなチョコレートだったよ。あと、入浴剤」

父さんがクリスマスの朝にいきなりプレゼントをくれてみんなを驚かせたことを思い出した。でも、最近の暗い表情からすると、父さんが今年も同じことをするとはとても思えない。もしプレゼントを買うなら——あるいは盗むなら——あたしがやるしかなさそうだ。

「きっとサンタがなにか持ってきてくれるよ」シェルは請け合った。

「ふん」トリックスは首を振った。「サンタなんて、うそだよ」

「だれが言ったの？」

「ジミー。ばかな子だけがサンタを信じるんだって。あと、空飛ぶトナカイとか、神さまとかをね」

「ジミーがそんなことを？」

「うん。みんな、ふりをしてるだけだ、って言ってた」

シェルは、アドベントカレンダーの窓の向こうで雲から顔をのぞかせている天使を見た。天使もサンタもイエスも聖母マリアも、みんなおとぎの国へふわふわと去っていくようだった。

「シェル、ジミーの言うとおりなんでしょ？」トリックスが挑むようにシェルを見た。

シェルは自分のあごをつまんだ。「さあね。あたしにわかるのは、ばかでいても悪くはないってことだけ。ばかな人が正しいときもあるしね」

トリックスは顔をしかめて考えこんだ。それから手を伸ばしてシェルのお腹にさわった。

「クリスマスに間に合うかな？　あたしたちの秘密。イエスさまと同じときに生まれる？」トリックスの目が輝いた。

「さあ。そうはならないんじゃないかな。たぶん一月だよ」

「一月？」

シェルはうなずいた。

「一月になっちゃうの？」トリックスはくちびるをゆがめてそっぽを向いた。「遅すぎるよ」

シェルはトリックスの首をなでた。「しっ、トリックス。その前にサンタが別のものを用意してくれるから、楽しみに待ってて」

シェルは毎朝、学校へ行くトリックスとジミーを送っていった。裏の野原をのぼり、雑木林をまわり、ダガン農場のわきをくだった。先頭がジミー、つぎがトリックス、最後が大きなお腹を抱えたシェルで、三人は導く星を持たない東方の三博士（東方で見た星に導かれて、誕生時のイエスを拝みにきたとされる三人の博士）のようだった。

雑木林のてっぺんに着くころには、シェルは息が切れて、凍てつく空気のなかに白い風船のような息を吐いた。集落へつづく分かれ道まで来ると、トリックスとジミーを追い立て、最後の道のりはふたりだけで行かせた。

父さんはコーク市に行っていることがほとんどだった。市内に女がいるんだとシェルは思った。ある朝、洋服だんすをさぐると、襟に口紅のついたシャツが見つかった。ピアノのなかのお金は最後の百ポンドにまで減っていた。

きっとコーク市に行ったまま二度ともどらない日が来る、とシェルは思った。

昼間、シェルは町へ行って買い物を済ませた。村の外れの停留所からバスに乗り、だれもいない昼食の時間に町に入った。それから家にもどり、床を掃き、気が向けばなにかを焼いた。薄暗い午後になると、靴を脱ぎ捨ててひじかけ椅子にすわった。電気ヒーターをつけ、加熱された金属製のエレメントが赤、そしてオレンジ色に光りながらジージーと音を立てるのを聞いた。

じっとしていると、お腹の子が乱暴に動いた。

ケヴィン、ヒューイ、ポール。シェルは首を振った。ううん、ゲイブリエル。シェルはほほえんだ。

もし女の子だったら？

なにも浮かばなかった。けれど、ふと思いついた。ローズ。

「ねえ、シェル」ある日の夕方、ジミーが話しかけてきた。

「さっさと宿題をやって、ジミー」

ジミーはペンを下に置いた。「終わったよ」

「うそでしょ」

ジミーは舌で頬を突いてテントをつくった。「ダガンのおじさんのところで、最初の子牛が生まれたんだ」

「もう？」

ジミーはうなずいた。「早かったみたい。早すぎだって、おじさんが言ってた」

シェルは目を丸くした。

「生まれるところを見たんだ、シェル。学校が終わってから。おじさんがぼくとリアムに見せてくれた」

「それで?」

「牛のお尻から出てきた」

トリックスが口を開けて宿題から顔をあげた。

「だから?」シェルは言った。「ほかにどこから出てくるっていうの?」

「おじさん、ひもを持ってた。子牛の小さいひづめにひもをかけて、引っ張ったんだ」

「うえ」トリックスが声をあげた。

「ぽんって出てこなかったよ、シェル。トーストみたいじゃなかった」

「ぜんぜん?」

「少なくとも最初はぜんぜん。出はじめたら、あとはずるずるって感じだったけど」

「じゃあ、いいじゃない」

「でも、すんなりには見えなかったよ」ジミーが言った。

シェルは舌を鳴らした。「運の悪い雌牛(めうし)だったんでしょ。ふつうはぽとんって落ちるんだから」

「それに、シェル――」

「宿題にもどりなさい、ジミー。あんたもね、トリックス」

「こんなのもごちゃごちゃ出てきたんだ」

「こんなの? なにそれ?」

「泥みたいなの」

トリックスが顔をしかめた。「おえっ」

「どんな泥？」

「茶色い塊で、ぬるぬるしてて、ゼリーみたいなやつ。おじさんが後産だって言ってた。おまけに――」

「なに？」

「雌牛がそれを食べようとしたんだ。子牛についてたべとべともぜんぶなめて取ってた」

シェルは身震いした。「宿題にもどって。いますぐ」

ジミーは鉛筆を拾いあげた。トリックスはページをめくった。冷蔵庫がうなった。

「雌牛は雌牛」シェルは言った。「人間の赤ちゃんはすんなりきれいに出てくるの。いまにわかる」

宿題をやらせているうち、ひどくお腹がすいてきた。なにか食べるものはないかと食料置き場を見てみたものの、パンの最後のひと切れさえもなかった。

「シェル」ジミーがまた話しかけてきた。

「なによ？」

「そのときになったら、だけど……」ジミーはシェルのお腹を指差し、手をぐるぐるまわした。

シェルは顔をしかめた。「うん？」

「その子、どうするの？」

シェルはジミーを見つめた。

「かくすんだよ。そうだよね、シェル」トリックスが口をはさんだ。

シェルはくちびるをすぼめた。

「どこにだよ？」ジミーがばかにするようにきいた。

「引き出しに入れるとか」トリックスが考えながら答えた。「ベッドの下とか」

「泣き声が父さんに聞こえるだろ、ばか」ジミーが言った。

「そんなことないよ」

「あるよ」

「じゃあ、ある」

「じゃあ、ない」

「やめて、ふたりとも」シェルは叫び、両手で耳をふさいだ。

ジミーは鉛筆の端を噛(か)んだ。それから、大声できいた。「で？　どうするの？」

シェルは、ヘロデ王の怒りを逃れてエジプトへ向かうマリアと夫のヨセフを思った。籠(かご)に入れられて川をくだる幼いモーセのことも思い、耳から手を離した。「そのことは心配しないで、ジミー。だいじょうぶ、ちゃんと準備してあるから」

29

ほんとうは、ちがった。

シェルは、出産のページに書いてあることを暗記するほど、人体の本を繰り返し読んだ。陣痛、子宮口開大、羊水、帝王切開、会陰切開といった言葉が目の前を泳ぎ、正常と異常、するべきことしてはいけないこと、産前と産後とごちゃまぜになって迷宮に入りこんだ。それから、本をぴしゃりと閉じて考えた。ただひざをついて、力んで、願えばいい。そして、もっと力めばいいんだ。

そのあと、「もし……だったら？」がはじまった。

もし……だったら？　日に日に暗さを増す午後、シェルはひじかけ椅子にすわった。風が雨樋のまわりでうなり、雨が西からななめに降り注いでいた。もし……だったら？　ううん、準備なんかできてない。どうすればいいのかわからない。シェルはくちびるを嚙んだ。だれか必要だ。トリックスとジミー以外のだれか、相談できるだれかが。ブライディがそばにいてくれたらいいのに。無茶な計画を立てるだろうけど、なんの計画もないよりはましだ。シェルは聖人カレンダーを見た。十二月の絵は聖母マリアと幼子だった。聖母の青いローブが胸やひざで波打ち、背筋を伸ばしてすわる幼子が世界を祝福していた。子連れの聖母と三十三Jのワンダーブラ、と冗談を言うデクランの声が聞こえた。マリアはだれに話しただろう？　たぶん自分の母親だ。それから母親が父親に言って、父親がヨセフに言って、そのうちみんなが知って、みんなが理解したんだ。

ピアノをじっと見つめた。ふたが開いていた。前の晩、いつものようにジミーが弾いていたからだ。シェルは、スツールに腰かけた母さんが右足をペダルにのせ、鍵盤に指を走らせ、軽やかでゆったりした曲を奏でているところを思い浮かべた。「母さん、話したいことがあるの」と声に出してみた。ピアノの前の人影がゆっくり振り向き、問いかけるような目をした。くちびるにはかすかに笑みが浮かんでいた。「シェル、なに？」ピアノの音が宙ぶらりんになり、曲が空中で停まった。シェルはその先を言い出せなかった。「なんでもない、母さん。ごめん。つづけて」けれど、人影は演奏をつづけるかわりに、ぽっかり開いた穴を残して消えた。シェルは立ちあがり、ふたを閉めて鍵盤を隠した。

そのあと、ダガンのおばさんのことを考えた。母さんの親友なんだから、いちばんに相談すべき相手だ。でも、おばさんはいま広域病院にいる。出産前から入院していて、まだもどってこない。合併症があるんだとみんな噂しているけれど、それがなんなのかはだれも知らない。

ほかに話せる人といえば、ブライディ・クインだけだ。ただ、家族の言うキルブランにも、テリーサ・シーヒーの言うアメリカにも行っていないとしても、ブライディがなんの役に立つかはわからない。

だれもいない。

そのとき、ローズ神父が浮かんだ。

シェルは、ローズ神父が腕で橋をつくってくれたことを思い出した。神のご加護を、シェル。幸せかい、シェル。信じて、シェル。丘をのぼっているとき、きみが見えたんだ、シェル。ローズ神父の言葉が頭に渦巻いた。ローズ神父の目が教会の放つ光の向こうからシェルを見た。気が変わらないうちに、シェルは急いで父さんの大きなコートをつかみ、外へ飛び出した。横殴りの雨のなか、裏の野原をのぼって集落へくだった。顔をそむけるほどの風、手がかじかむほどの寒さだった。雨はみぞれに変わり、激しく降り注いだ。鉄のような灰色の水たまりがさざ波を立てた。

集落は静かで、活気も人影もなかった。その日は火曜で、教会ではいつも午後に告解を受けつけている。シェルはしばらく告解には来ていなかった。最後に来たのは四旬節のときで、いつものように適当な罪を並べてキャロル神父に赦してもらっただけだ。弟と口げんかをしました。父に言われたことをしませんでした。授業をサボりました。シェルは毎回、この三つの罪を口にした。キャロル神父は、気づいていたとしてもなにも言わなかった。きょうはキャロル神父のかわりにローズ神父が告白を聞いているかもしれない。もしそうなら、告解室に入ってすべてを話してもいい。なかは暗いし、お互いのあいだには金属の格子もあるから、ローズ神父の顔は輪郭がわかる程度だろう。ローズ神父は沈黙の誓いを守って秘密にしてくれる。ただ話を聞いて、どうすればいいか教えてくれるはずだ。

シェルは教会に足を踏み入れた。数週間ぶりだった。

なかに人の姿はなかった。壁の外をぐるりと囲むように風が渦巻いた。聖人たちの像が無表情に通路を見おろしていた。

シェルは習慣から聖水盤の聖水を指につけて十字を切った。右ひざをかがめてから、ゆっくり告解室へ向かった。罪人が入るドアは少し開いたままになっていた。司祭が入るドアの上には名札がかかっていた。ローズ神父。シェルは罪人側の小部屋に入り、重い体でどうにかひざまずいた。

「神父さま?」声をかけた。返事はなかった。

「ローズ神父さま?」

やはり返事がない。シェルしかいないようだ。格子の向こう側に人影が見えない。おそらく何か月も告解に来ないうちに受付の時間が変わったのだろう。ひょっとしたらローズ神父は罪人を待つのをあきらめてお茶を飲みにいったのかもしれない。

シェルは湿ったコートの袖に頭をのせて告白をはじめた。

「祝福をおあたえくださいい、神父さま」途中でつかえながら言った。「わたしは罪を犯しました。〈ミーハンの店〉からブラを二枚盗みました。ダガン農場でデクラン・ローナンといっしょに裸になりました。いまは妊娠していて、どうしていいかわかりません」

ああ、シェル、と応じる声が聞こえたような気がした。それはまたずいぶんと罪を犯したもんだね。でも、神が赦さないものはない。〈アヴェ・マリアの祈り〉を三回、〈栄唱〉を一回唱えて、二度とそんなことをしないようにすれば、もうだいじょうぶ。天国への道を歩めるよ。

自分の肩が震えているのがわかった。シェルは半分笑って、半分泣いていた。ジミーの言うとおり。そんなことを信じるのは、ばかな人だけだ。ひざつき台から立ちあがり、なんとか告解室を出た。教会なんてただのショーだ。喉から笑いが噴き出しそうになり、それを飲みこんでこらえた。

祭壇の前でひざまずくのを飛ばし、早く外へ出ようと駆け足で通路からドアに向かった。お香のほのかなにおいや、暗い影、不気味に押し黙ったままの聖人像が、コウモリの群れのように押し寄せてきた。通路のいちばん後ろにたどり着いたちょうどそのとき、前のほうから香部屋のドアが開く音ときびきびした足音が聞こえた。シェルは固まった。

「こんにちは。告解にいらしたんですか？」

ローズ神父の声が、暗がりのなかから呼びかけてきた。聞き慣れない平坦な口調で、がらんとした空間のなかに響いた。

シェルはわきのドアのそばでじっとした。「いいえ、神父さま」振り向かずに答えた。

「ひょっとして、シェル？」

声にあたたかみがそっともどり、きみの気持ちはわかるよと語りかけるようなあのいつもの調子になった。シェルはコートのポケットに手を深く突っこみ、肩越しにローズ神父を見た。ローズ神父は長い通路の向こうに立ち、司祭用の平服姿で腕をゆるやかに組んでいた。明かりのついていない教会のなかは薄暗く、顔はよく見えなかった。

「久しぶりだね」

シェルは弱々しくほほえんだ。「はい、神父さま。あたしです」

「祈りにきたのかい?」ローズ神父はききながら一歩近づいた。

シェルはくちびるを噛(か)んだ。「祈り?」知らない言葉を聞いたかのようにたどたどしく繰り返した。

「それとも、ただ避難しにきたのかな。雨から」

シェルはうなずいた。「雨。そうです」

「教会だからね、シェル」ローズ神父の右手が、見えないカーテンを開けるように空中でひらりと動いた。そのあとため息が聞こえ、手がわきにたれさがるのがわかった。「教会には、少なくともそのくらいの使い道はある」その言葉は、絡(から)まり合い、信仰をずたずたに切り裂きながら、シェルに向かって通路を転がってきた。係留ロープのような、頑丈な手すりのようななにかが、シェルだけでなくローズ神父からも失われていた。まるでふたりそろって、暗くて絶望的な同じ場所に取り残され、動けずにいるようだ。シェルはやみくもにドアに手を伸ばした。振り返ることはできなかった。さもないと、自分の変わった姿を見られてしまう。そんな恥ずかしさには耐えられない。シェルはドアの取っ手をさぐった。

「そうですね、神父さま」大声で返事をした。「その使い道はありますね」自分がなにを言っているのか、なにを意味しているのかはよくわからなかった。ローズ神父が答えるより早く、容赦ない寒さのなかに自分を押しもどしていた。足早に集落を抜ける。まわりにはだれもいない。吹きさらしの丘をのぼりながら、ほっと息をついた。

雨が弱まってきた。シェルは急に疲れを感じて、丘の途中でかがみこんだ。また腰を伸ばしたとき、どこかなつかしいような鈍(にぶ)い痛みを感じた。カース、お帰り、と思った。レモン色の雲が分かれ、そのあいだから太陽の光がかすかに差してきた。耳が熱かった。息を切らしながら、額(ひたい)に落ちてくる最後の雨粒を楽しんだ。痛みは腰のくびれに小さくまとまってから消えた。シェルは丘をのぼりつづけた。ローズ神父にできることはなにもない。ひとりでどうにかしないと。

風が騒がしい声を耳もとに運んできた。振り返ると、トリックスとジミーが腕を風車のようにぐるぐるまわしながら、手を振って駆け寄ってくるところだった。もう学校を出ていたのだ。いつのまにか、ずいぶん時間がたっていた。シェルはコートのなかで震えながら、雑木林のそばでふたりを待った。あたしはひとりじゃない、トリックスとジミーがいる、と思った。あたしたち三人で、いっしょにどうにかするんだ。

30

ジミーがピアノで『われら東方の三博士』らしき曲を弾いた。ピアノの前にすわって気ままに鍵盤を叩きながら、夕方のほとんどの時間を過ごした。そのあいだにトリックスとシェルは、コーンフレークの空き箱で天使の羽をつくった。

シェルの鈍い痛みは強まったり弱まったりした。雨はまた降りはじめた。シェルは、父さんに禁じられていたにもかかわらず、ヒーターのエレメントの二本目にも電気を入れた。きょうは火曜日。父さんが金曜日前に帰る可能性は低いんだから、どうせ知られることはない。父さんのコートを台所のドアの下に敷いてすきま風を防ぎ、家じゅうのがらくたを使ってカーテンを窓枠に押しつけた。それでも手が氷のように冷たかった。

夕食用にオックステールスープを二缶あたためた。自分の分をすばやく飲んだら、食道をおりていくときにやけどしたように感じた。また体が震えてきた。

刺すようなはっきりとした痛みが襲ってきた。思わず立ちあがると、椅子が床に倒れた。トリックスとジミーが目を丸くした。「シェル、どうしたの?」ジミーがきいた。

シェルは答えなかった。ピアノの上のカレンダーに目を向け、聖母のたれさがったローブを見つめて、そのしわをたどった。

「シェル、どうしたの?」トリックスもきいた。

シェルはテーブルをつかんだ。「どうもしない」椅子を起こしてすわり直し、お腹を押さえた。

「なんでもないよ」

「なんでもない？」

「なんでもない。ちょっと忘れてたことを思い出したの。それだけ」

シェルは立ちあがり、部屋を歩きまわった。

「なにを？」トリックスがきいた。

「なにをって、なに？」

「忘れてたこと」

「忘れてたこと？」

ジミーが二本の指で自分の額を叩き、「頭がおかしくなってる」と声をひそめずにトリックスに耳打ちした。

「早くスープを飲んで」シェルは言った。「寝る時間だよ」

「そんなことないよ。まだ七時だもん」

「あたしが寝る時間だって言ったら――」そこでいったん黙り、しゃがみこんだ。「寝る時間なの」

「あたしの天使の羽は？」トリックスがきいた。

「あしたの朝に完成させればいいでしょ」痛みが弱まった。「すぐに用意できるなら、いまやってもいいけど」

トリックスとジミーはスープを飲みほした。ふたりが深皿を流しにガチャガチャと置いているあいだにシェルはテーブルを片づけた。トリックスは羽を取り出し、絵の具箱を開け、マグカップに水をくんで絵筆を浸した。ジミーはピアノにもどり、今度は『ジングル・ベル』を弾いた。

シェルは、ほうきを出して床を掃きはじめた。

「さっきも床を掃いてたよ」ジミーが振り向かずに言った。

「またくずだらけになったから。あんたたちのせいで」シェルは噛(か)みつくように答え、ジミーの足もとや、ピアノのスツールの脚とペダルのあいだにほうきを走らせた。「静かにしないと、ジミーも掃いちゃうよ」と言って、流しのほうに移動した。

電気がちらついて、薄暗くなったり、また明るくなったりした。風が強くなり、ヒューヒューとうるさい音を立てた。時間が過ぎていく。ピアノがジングル、ジングルとおなじみのメロディを繰り返す。

ああ、また痛くなってきた。

シェルはほうきを落とした。「そのまま弾いてて、ジミー」

寝室に駆けこみ、ベッドに寝そべってハーハーと息をした。それでも痛みは関係なく襲ってきた。シェルはひざをあごまで引き寄せて体をゆらした。ジングル・ベル、ジングル・ベル、鈴が鳴る。オックステールスープが喉もとまでせりあがってきたものの、ぎりぎりのところで飲みこんだ。耳鳴りがして、目の前をちかちかと黄色い筋が走った。きょうも楽しいそりの遊び、オー、ジングル・ベル……。

「シェル？」ジミーとトリックスがベッドにおおいかぶさるように立ってシェルを見おろしていた。

シェルはぱちぱちとまばたきした。痛みが体のなかで爆発して粉々になり、血流に乗って散らばったあとにやわらいだ。「なに？」

「だいじょうぶ？」ジミーが言った。

トリックスはくちびるをゆがめた。「なんだか変だよ、シェル」

シェルは体を起こした。「だいじょうぶだよ」立ちあがって、トリックスの髪をふわっとかきあげた。「ちょっと横になりたかっただけ」そして台所にもどった。「その羽を仕上げちゃおう、トリックス。ほら、絵筆を貸して」

ふたりでオレンジ色と白と黄色を混ぜて塗った。それでもコーンフレークの箱の緑色がまだ透けて見えていたので、その部分には青を大胆に塗り重ねた。内側の灰色の部分は派手な赤にした。シェルは串で穴をひとつ開け、ひもを二本通して輪をつくり、羽を両肩にかけられるようにした。トリックスはそれをつけてみた。

ジミーがピアノから顔をあげた。曲は『われら東方の三博士』にもどっていた。「それじゃ、だめだな」

「だめじゃない」トリックスは指をパタパタさせて台所を飛びまわった。

「だめだよ。先っぽが床を向いてる。本物の天使だったら、墜落しちゃうね」

「しない」

「する」

「しない」

「する。ヒュー、ドスン、バシン」

「やめて！」シェルは叫んだ。激しい痛みが容赦なくもどってきた。やみくもに突き出した手がマグカップを倒し、なかに入っていた水と絵筆をテーブルの上にぶちまけた。シェルは椅子の背もたれをつかんだ。色のついた水が、ビニールのテーブルクロスのきっちりしたチェック模様の上を流れた。

シェルはぎりぎりのところで流しにたどり着いた。今回はオックステールスープを押しもどせなかった。

「うわっ」トリックスが言った。

シェルは水を勢いよく流し、しゃがみこんだ。ウーーーッ、と喉の奥からうめいた。

ジミーがピアノのスツールからやってきてシェルを見た。「いまの声、ダガンのおじさんの牛みたい」と考えこみながら言った。

痛みはまた水のように引いた。ただ、寒さと震えは残った。

「トリックス」シェルは小声で言った。「こぼれた絵の具の水を片づけてくれる？」

コートをドアの下から拾いあげて羽織った。

「どこに行くの？」ジミーがきいた。

「外。空気を吸ってくる」

「雨が降ってるよ」

「別にいい」

シェルはドアを出て、家のまわりを五回、かぞえながら歩いた。そのあいだに見えたのは、台所の前後の窓からコンクリートの道に注ぐ光、そして、雨水を土に流しこむ雨樋と排水溝ぐらいだった。

九周目にまた痛みが襲ってきた。シェルは風に向かって吐いた。門柱のそばでヤギが咳きこむような音を立てるのは、今度は父さんではなく自分だった。ようやく痛みが去った。

シェルは家のなかにもどった。

「トリックス、お風呂にお湯を入れて」

「きょうはお風呂の日じゃないよ」

「いいから。入りたいの」

トリックスは走ってお湯を入れにいった。

「ジミー、ピアノを弾いてて」

ジミーは肩をすくめ、低いほうの鍵盤で「奇跡の星　夜の星」（『われら東方の三博士』の一節）を荒々しく弾いた。浴槽のお湯が、落ちない汚れの線までたまった。熱すぎず、ほどよくあたたかい。お湯につかると、震えが止まった。手足がじんじんした。トリックスは便座に腰かけてシェルを見ていた。好きでよくそうしていた。

「きょうはすごく変だよ、シェル」トリックスがきっぱり言った。

「どんなふうに？」

「はじめたり、やめたり、ずっとくり返してる。変なの」

陣痛、子宮口開大、するべきこととしてはいけないこと、産前と産後。

「あんたたちについ気を取られるからだよ」

シェルは石鹸でわきの下をこすった。「手ぬぐいを取って、トリックス」

「穴をもう一個、開ければ……」

「え？」

「あたしの羽。それで、ひもをもう一本通して、お腹で結んだら……」

「あとでやってみよう」シェルは約束した。「ほら、出てって」

トリックスがいなくなったとたん、つぎの激しい痛みに襲われた。輝き放つ気高き星よ（『われら東方の三博士』の一節）。シェルはお風呂のなかでひざをつき、ホーローの浴槽に頭を押しつけてうめいた。ウーーーッ。力んだ太い声が耳もとでとどろいた。ダガンのおじさんの雌牛がいっしょにお風呂に入っていたにちがいない。こんなふうにうめいているのは自分じゃなくて雌牛だ。ウーーーッ……。

お風呂にお湯を二回足したら、タンクが空になった。タオルは湿っぽく、薄汚れていた。シェルはそれでできるだけ体を拭いて服を着直した。

台所にもどると、びっくりすることが待っていた。ジミーとトリックスが絵の具をきれいに片づけていたのだ。しかもテーブルの上には、ひもがひと巻きと、はさみ、プラスチックのごみ袋、トリックスの古い人形の服一式が置かれていた。真ん中には、靴箱よりも少し大きいくらいの小さな段ボール箱もあった。箱にはふたがなく、脱脂綿がたっぷり敷きつめられている。

「準備できたよ、シェル」ジミーが言った。

シェルはジミーを見つめた。「準備?」

「赤ちゃんの」

「赤ちゃん?」

「ほかになんだっていうのさ」

トリックスがにっと笑った。「だから言ったでしょ。クリスマスに間に合うって」

ジミーが自分のお腹を叩いた。「だからダガンのおじさんの雌牛みたいな声を出してるんだよね。赤ちゃんが生まれそうなんでしょ?」

シェルはうなずき、「だと思う」と認めた。テーブルの前へ行き、用意してくれたものを見た。ひもとはさみを持ちあげると、体が震えた。もし……会陰切開や帝王切開になったら……。

「これは必要じゃないかも」手にしたものをおろし、プラスチックのごみ袋をしげしげとながめた。

「これはなにに使うの?」

「どろどろを受け止めるんだよ。後産を」

シェルは首を振った。箱を持ちあげ、敷きつめてある脱脂綿をつついた。「これはいいね」

「飼い葉おけだよ」トリックスが言った。「あたしがつくったの。わらじゃなくて、脱脂綿を入れたんだ」

シェルはうなずき、「藁よりずっといい」と答えながら前かがみになった。

「またはじまったね」ジミーが言った。

今度の痛みは、シェルを突き倒して道路に押しつぶす大型トラックのようだった。痛みに襲われている最中に、脚のあいだから熱いものがほとばしり出た。

「生まれる！」シェルは叫んだ。ところが痛みが収まると、床に残っていたのは水たまりだけだった。

ジミーがモップを出した。

「その水、なに？」トリックスがのぞきこみながらきいた。「変な色」

「お風呂の水」シェルは答えた。歯がカタカタ鳴った。

「ちがうよ」

「そうだよ」

「うえっ」

「拭いて」

ジミーがモップをかけた。

「あたし、びしょびしょ」突然、シェルは泣きだし、止められなくなった。「寒い。びしょぬれだ」

ジミーがモップを片づけ、シェルのひじに手をあてて「しっかり、シェル」と励ました。

ジミーとトリックスはシェルを寝室に連れていった。トリックスはシェルがネグリジェに着替えるのを手伝った。ジミーとふたりでシェルを毛布に入れ、自分たちの毛布もその上にかけた。

「ジミー?」シェルはしわがれ声で呼んだ。

「なに?」

「桶を持ってきて。プラスチックの洗い桶」

「なんで?」

「吐きそう」

ジミーが桶を持ってくると、つづいてトリックスも紅茶と〈マリー・ローズ〉のビスケットを持ってきた。シェルは吐かずにビスケットを食べて紅茶を飲んだ。ほぼいつもの調子にもどったと感じたのもつかのま、つぎの痛み、そのつぎの痛み、そのまたつぎの痛みが襲ってきた。怪物のような痛みは列をなし、すれちがいざまにシェルをつかまえ、内臓に食らいついて、手足をばらばらに引き裂いた。

覚えているのは、ようやくトンネルから抜け出して時間を知りたくなったことくらいだ。ジミーがなにか言っていた。二時。いつのまに? 外は真っ暗だった。「ふたりとも、学校にいる時間でしょ。ここでなにしてるの?」

「夜中の二時だよ、シェル」

「生まれる、生まれる」

「さっきもそう言ってたよ」

「今度こそ生まれる。ああ」シェルは床を這(は)って台所へ向かった。「神さま、お助けくださいい」ひざが開き、もつれた髪が床板に広がった。

「ごみ袋をよこせ、トリックス。ひもと、はさみも」だれかが言っている。拷問する人の声みたいだ。あたしを真っ二つにする気だ。シェルは声をかぎりに叫んだ。けれど数キロ先まで、それを聞く人は周囲にはいなかった。焼けつくように熱いナイフの刃がお腹に突き刺さり、シェルをこれでもかと苦しめた。

「やめて！　赦して！」シェルは悲鳴をあげた。「悪いことをするつもりはなかったの。お願い」

シェルは尖塔にいるアンジー・グッディーだった。雷が杖ではなく自分に何度も落ちて、体をずたずたにした。

部屋が白くなり、しんとした。シェルは頭をあげてまわりを見た。曇っていて、静かで、顔をなでるあたたかい空気が流れている。シェルはどこにでもいて、どこにもいなかった。霊になっていた。怪物に殺されてしまったのだ。白はクリーム色に変わり、つぎに砂のような薄い黄色になった。遠くからピアノの音が聞こえ、そのあとゴートアイランドの波のような、うねる海の音がした。

それが風で波立ったかと思うと、突然、波の上に母さんが現れ、シェルのほうに歩いてきた。オリーブ色のスカーフをあごの下できっちり結び、ツイードのコートを風になびかせている。

シェル。わたしのシェル。そこにいたのね。一日じゅうさがしていたのに、見つからないんだもの。このいたずら娘、どこに行っていたの？　母さんはそばに来て、シェルの両肩に手を置いた。前かがみになり、シェルの目をのぞきこんだ。シェルは母さんの目を見返した。両方の目のなかで半透明の自分の顔が上下にゆれた。目尻には笑いじわがあった。思い切り笑ったみたいにくしゃくしゃと広がっているのが、あの図書館員にそっくりだ。母さんの手がシェルの額にふれ、湿った髪の束をなでつけた。熱があるわね、シェル。こんな風の強いときに外に出ちゃだめじゃない。いっしょにいらっしゃい。家まで連れていってあげる。母さんの冷たい手のひらがシェルの左手を、つぎに右手を握った。ということは、もしかしたら母さんはシェルの両側にひとりずつ、つまり、ふたりいるのかもしれない。シェルは両方を向き、母さんの顔をもう一度見ようと目をこらした。とところが、部屋がまた白くなっていた。母さん、とシェルは叫んだ。行かないで。あたしを置いていかないで。お願いだから。どうか行かないで。

「シェル……シェル……」

聞こえる言葉が薄れて、遠くなった。シェル……。なにかがシェルから飛び去った。母さんの魂だ。魂は落下していった。石が崖から転がり落ちて、スピードをあげながら斜面をくだるみたいに。いままでは岩の上で動けなくなった迷子の羊になり、ぐるぐるまわりながら真っ逆さまに落ちている。このままでは下に叩きつけられて死んでしまう。だめ、とシェルは追いかけて叫んだ。だめ、もどって。そこの羊、もどってきて。

岩も、海も、羊も消えた。首の後ろに手がふれるのを感じた。シェルは台所にいて、毛布の真ん中にしゃがんでいた。ネグリジェがお尻のあたりまでめくれ、前腕がひじかけ椅子のシートに食いこんでいた。ひざの下には黒いごみ袋、ごみ袋の上にはなにかの塊(かたまり)があった。赤と青と茶色と白が混ざった塊だ。ジミーがそれにさわっていた。湿った手ぬぐいでそれをきれいに拭いていた。

「やったね、シェル」ジミーが息をはずませた。「生まれたよ」

拭くにつれて顔が現れた。ふたつのボタンのような青い瞳。ちっぽけな鼻。すぼめた小さなくちびる。

「生まれた？」シェルはあえぎながら言った。

腕が胸の前で丸まっていた。その先についている小さな指が人形のようだ。

なにかが首に巻きついていた。

「それなに？　そこにあるのはなんなの？」シェルはかすれ声できいた。

ジミーがなにかしているところだった。首に巻きついているものをぐいぐい引っ張って、赤ちゃんの頭の上にすべらせている。

「外さないで。それは――」

シェルはそれにさわって、首を振った。白っぽい灰色で、奇妙な首飾りのように見える。

「これって、ひも？　ひもで引っ張り出したんじゃないよね？」

「ちがうよ」ジミーが答えた。「ひもは使ってない。シェルが言ったとおり、ひとりでに出てきたから」

ジミーははさみを取り出し、ひもに似た丸くて分厚いものの途中を切った。すると、切りつめられた長いミミズみたいになって、赤ちゃんのまわりに広がった。

「うわ」トリックスが言った。「気持ち悪い」

ひもの端は赤ちゃんのへそにつながっていた。ジミーはまたはさみを入れて、赤ちゃんからひもを切り離した。もう片方の端はシェルの脚のあいだからぶらさがっている。シェルはそれがなんなのか、人体の本に書いてあったのをようやく思い出した。へその緒だ。

ジミーは赤ちゃんを拭きつづけた。

「ねえ、男の子？　女の子？」トリックスがジミーにきいた。

「女の子に決まってるだろ、ばか。だれだってわかるよ」

「女の子？」シェルは息を吸いこんだ。「その子をよこして、ジミー。あたしに抱かせて」

腕を伸ばし、不思議な未知の生き物にさわった。数分が過ぎても、それは静かにじっとしていた。

どろっとしたものが太ももをくすぐった。「後産だ」とジミーが叫んだ。

肝臓(レバー)のような暗い紫色の塊が出てきた。シェルは気にしないどころか、ほとんど気づいていなかった。そのときには、床にひざをついたまま、カットグラスを扱うかのごとく慎重に、小さな女の子を抱きあげてほほえんでいた。小さな顔がぼやけ、またはっきりした。頭にさわると、リンゴの皮のようにやわらかかった。その皮の内側には細い紫色の血管があり、外側には毛がまったくなかった。一瞬どきっとしたものの、あたたかい気持ちがこみあげてきた。「ロージー。あたしのかわいいロージー」シェルはささやき、小さな鼻にふれた。ほんとにあなたなの？　あたしが産んだの？　そう思いながら、母さんが好きだった聖歌を口ずさんだ。「聖なる愛　こよなき愛よ　天の喜び　地に降り立ち」小さな赤ちゃんは、かわいらしくしわを寄せて、物音ひとつ立てずにシェルの腕のなかで眠っていた。

31

ジミーとトリックスは、赤ちゃんを連れていこうとした。シェルはそれを拒み、聖歌を聞かせながら赤ちゃんといっしょにベッドに入った。やわらかいフランネルのシーツでくるんで枕にのせ、自分の横に寝かせた。

そのあと眠ってしまったにちがいない。

起きたときには朝の遅い時間だった。シェルはあわてて赤ちゃんをさがした。赤ちゃんは置かれたときの場所で横向きに転がり、枕にのったシェルの肩に抱かれて、シェルのわきの下に顔をうずめていた。シェルは赤ちゃんを持ちあげてまた聖歌をうたった。ゆっくり立ちあがると、お腹(なか)からひざにかけてひりひりする痛みが走った。よろめきながら寝室を出て台所を通り、バスルームまで行ってまたお湯を入れた。赤ちゃんを抱えたまま浴槽に入り、額(ひたい)の小さなしわにお湯をかけて「汝(なんじ)、ローズに、洗礼を授ける」と言った。赤ちゃんは、シェルがどんなにあたためようとしても冷たいままだった。シェルの胸から母乳がしたたっても、ぐったりして飲もうとしなかった。

お風呂から出ると、タオルで赤ちゃんをあたたかくくるみ、トリックスの箱に入れ、心地いい脱脂綿の上に寝かせた。きれいな靴下をたたみ、だいじな頭をそこにのせた。それから、朝食をつくった。

トリックスとジミーが起きてきた。学校に行く時間をとっくに過ぎていたが、シェルは叱らなかった。

「学校を休んで家にいてもいいよ。きょうだけね」

　窓枠に置いたがらくたをもどしながらカーテンを開け、聖歌を口ずさんだ。「天の喜び　地に降り立ち　卑しきわれらに　宿りたまえ……」朝日が差しこみ、雲がすばやく空をかすめ、弱々しい冬の太陽がこっそりと低く野原を渡っていく。「きょうはいい天気」シェルはそう言って赤ちゃんのところへもどり、その頬にさわってほほえんだ。

「ロージー」シェルはつぶやいた。

「それが名前？」トリックスがきいた。

　シェルはうなずいた。「気に入った？」

「かわいい」トリックスのくちびるがゆがんだ。「すごくかわいいよ、シェル」

「トリックス、どうしたの？　泣くことないでしょ？」

　トリックスはなにも答えず、ただ大声で泣いた。涙が頬を流れ落ちていった。

「心配なんだね。父さんがなんて言うか——帰ってきたときに」

　トリックスは首を振り、それからうなずいた。

「だいじょうぶ。どうするか、みんなで考えよう。父さん、ぜんぜん気にしないかもしれないし」

　シェルはうたいつづけた。

　ジミーが急にスプーンをおろした。

「シェル」

「なに？」

「ダガンのおじさんの雌牛、覚えてる？」

「もういいよ、そんな雌牛のことなんて」

「話したよね。子牛を早く産んだって」

「それがどうしたの？」

「生まれた子牛は、死んでたんだ」

「死んでた？」

ジミーはうなずいた。「このあいだは言わなかったけど」

シェルは目を見開いた。

「こわがらせたくなくて」

「そう」シェルの指が、冷たくなって震えながら首へ向かった。「かわいそうに。子牛をなめてあげてたのに」歯がカチカチ鳴った。「死んでたなんて」

「雌牛は知らなかったんだ、シェル。子牛が死んでるって、わかってなかったんだよ」

「でしょうね。かわいそうな雌牛」

シェルは赤ちゃんの入った箱を持ちあげ、ひじかけ椅子にすわって、ひざの上で箱を抱きかかえた。赤ちゃんは眠りつづけていた。

シェルは部屋の向こう側、窓から光が差しこんでいる場所を見つめた。

聖歌を口ずさもうとしたけれど、メロディが出てこなかった。

心のなかで大きなふたがバタンと閉じた。

ひざの上にあるものをこわごわ見おろした。

赤ちゃんは青みがかって固まり、死んでいた。

三人はふたを見つけ、箱にかぶせて赤ちゃんをおおった。シェルは泣こうとしたが、目は乾いたままだった。ジミーがオーシャンブルーの青いシャベル、トリックスがテントウムシ色の赤いシャベルを持ち、シェルが小さな棺を抱えて運んだ。ドアから太陽の下に出て、歩哨のように一列で黙黙と坂をのぼり、野原の真ん中に穴を掘った。雨のあとだったため、土はやわらかくて重かった。石はひとつもなかった。ジミーが穴の底に箱を置くと、シェルは自分の髪をひと房切って、箱のふたの上に丸くのせた。トリックスがそこにヒイラギの小枝を加えた。それからみんなで十字を切り、穴を埋め、石塚から持ってきた丸い小石を輪の形に並べて、その場所を囲んだ。

第三部

冬

32

週末、父さんがコーク市からもどってきた。

父さんは静かに夕食をとって、自分の椅子にすわった。なにも言わなかった。

シェルは、片づけをしながら部屋を動きまわる自分を父さんが目で追っていることに気づいた。

「で？」父さんが言った。

「で、ってなに？」シェルはきいた。

「調子はどうなんだ？」

「いいよ」

「頭痛は？　おれが出かけてるあいだ、痛まなかったのか？」

「ちょっとは痛んだけど、いまはだいじょうぶ。ぜんぜん平気」

父さんはうなずいた。「なら、いい」それから立ちあがり、ポケットの小銭をジャラジャラさせながら部屋のなかを行ったり来たりした。片方の目を小さく狭め、もう片方の目を大きく開いて、おかしなふうにシェルを見た。なにか言おうとしてはやめるということを繰り返したあと、ようやく「さて、出かけるか」と言い、〈スタックのパブ〉はまだ開いていないだろうに家を出た。

あっというまに数日が過ぎた。胸からは母乳がしたたっていた。母さんの学校の先生だったシスター・アサンプタなら、この母乳を「失意の乳腺が流す涙」とでも呼んだだろう。シェルはブラにずっとティッシュをつめておいた。泣きはしなかった。そのかわり、黒い氷のような固いものが心のなかで大きくなっていった。そのせいで凍(こご)え、感覚が麻痺(まひ)した。一分が一週間のように感じられた。ロージーの小さな手や、皮膚(ひふ)の下にうっすら見えた細い血管が思い浮かんだが、それでも涙は出てこなかった。朝になるたび、あの石の輪の前に立った。前方の雑木林に目を向け、木から伸びるごつごつした枝を見つめた。心のなかはからっぽだった。

父さんは家にいつづけた。コーク市とも口紅の女とも縁(えん)が切れたのかもしれない。どうでもいい。シェルは町へ行った。〈ミーハンの店〉からトリックスの腕につけるバングルを、つぎにジミーにはかせる明るい黄色と緑のサッカー用ソックスをなんとか盗んだ。店員の男は目と鼻の先でだれかとしゃべっていた。つかまっても構わないとシェルは思った。最後に、トランペットを吹いている銀色の天使たちが型押しされた水色の包み紙を盗んだ。家に帰ると、プレゼントを包み、自分のベッドの下に隠した。するとそこに、ほこりまみれになった人体の本と、きっちり折りたたんだ母さんのピンクのドレスがあった。シェルは本を取り出してごみ箱に捨てた。だれに見られようと、もう気にならなかった。

学校が終わった。クリスマスに向けた最後の準備がはじまった。ダガンのおばさんは男の子の赤ちゃんといっしょに退院して家にもどった。赤ちゃんは心臓に穴が開いていたけれど命に別状はないという噂(うわさ)だった。ジミーとトリックスは会いにいきたがった。シェルは赤ちゃんのことを知りたくなかったが、クリスマスイブの日に根負けしてふたりを行かせた。自分は家に残って昼食の用意をした。

ジミーとトリックスが留守にしているあいだに、ドアをノックする音がした。シェルと父さんはちょうどすわって食事をしているところだった。父さんは不満そうに鼻を鳴らしたものの、だれが来たのかたしかめようと立ちあがった。

そして、町の警察のリスカード巡査部長を引き連れて台所にもどってきた。

シェルは凍りついた。ソックスとバングルだ。なんであたしだってわかったの？　どうして？

巡査部長は窓際に立った。ブーツの先を台所の床の上でくねらせ、顔をしかめている。

「で、トム、なにかあったのか？」父さんがきいた。「クリスマスの寄付金集めをしてるんでなけりゃ、なんだ？」

「ああ、寄付金集めじゃない」巡査部長が答え、くちびるをぐっと引き結んでから息を吐き出した。

「赤ん坊が見つかったんだ、ジョー」

「赤ん坊？」

巡査部長はうなずいた。「赤ん坊だ」

シェルは、はっとした。自分でも気づかないうちに手が喉へ向かっていた。その朝もいつものように裏の野原へ行った。石は並べたときのまま輪になっていた。荒らされた形跡はない。

「赤ん坊？」シェルはつぶやいた。

巡査部長がうなずいた。「ゴートアイランドで。浜辺でな」

「浜辺で？」シェルは言った。

「あそこの洞窟(どうくつ)だよ。知っているかね？」

シェルはうなずいた。

「赤ん坊はそこに置き去りになっていた」

「洞窟に？」

「ミセス・ダガンの赤ん坊は元気にしている。たしかめてきた」巡査部長が言った。

シェルと父さんは狭い台所に立ち、つぎに起こることを待ち構えた。世界がシェルの足もとから崩れ落ちた。

「赤ん坊」シェルは繰り返した。

「そうだ」巡査部長が言った。「しかも、赤ん坊は……死んでいた」

その言葉が短剣のように突き刺さった。あまりに痛く、涙が出てきた。小さな指、すぼめた青いくちびる、泣き声がまったくあがらなかったときの途方もない静けさ。「死んでいた」シェルはむせび泣いた。「死んでいた？」

「残念ながら」

父さんの手がシェルの腕をつかんだ。「しっかりしろ、シェル」

「仕方ないんだ、ジョー」巡査部長がつづけた。「悪いが、命令なんでね。あんたたちふたりを事情聴取に連れてくるように言われている」

シェルは父さんを見た。父さんはシェルを通り越してピアノのほうをじっと見つめ、だれかが、もしくはなにかが自分にまっすぐ向かってくるといった顔をしていた。それから首を振って、口を開いた。「トム、いま、なんて言った？」

「わたしといっしょに来てもらう」

「どこに？」

「警察署だ、ジョー。事情聴取だよ。悪いな」

「ああ、そうか。コートを取ってくる」

シェルはひざまでがたがたと震えていた。死んでいた。父さんがシェルの肩にコートをかけ、シェルの腰のくぼみに手をあててドアのほうへ進ませた。父さんの親指もほかの指も腰にきつく食いこんでいた。死んでいた。巡査部長の声が、すばやくそっと吐き出されたその言葉が、耳に残っていた。

「なにも言うな、シェル。わかったか？　ひとことも、言うんじゃないぞ」

シェルはうなずいた。うなずくのを止められなくなった。死んでいた。うなずきつづけていると、父さんが巡査部長の車の後部座席にシェルを連れていって、自分もその反対側に乗りこんだ。シェルは両手を握り合わせたり開いたりした。涙を拭こうとはしなかった。クールバー村の畑が流れ去り、道の両側に生け垣がずらりと並ぶ。どこに連れていかれるのかはわからない。ただ、頭のなかで鳴り響く「死んでいた」という言葉だけが、アンジェラスの鐘のように繰り返し聞こえていた。

33

ひとことも、言うんじゃないぞ。

シェルは部屋に残されて待った。

外では裸の木が窓ガラスを叩（たた）いていた。雨が絶え間なく降っていた。ひとことも、言うんじゃないぞ。

シェルはなにも言わなかった。質問が耳もとで波のようにうねり、うるさくなったり静かになったりした。シェルは水のなかにいた。音は途切れ途切れだった。つんつん頭の女がどこかへ行った。いなくなる前、女はティッシュをよこしながらなにか話していた。それがなんだろうと、シェルには聞こえていなかった。浜辺の赤ん坊。洞窟（どうくつ）の赤ん坊。野原の赤ん坊。死んだ、みんな死んだ。なにも言うな。

父さんは連れていかれて、別の部屋にいた。

シェルは立ちあがり、窓辺に行って枝が躍（おど）るのをながめた。眼下にキャッスルロック町の家々の煙突やアンテナが広がり、段々とさがって暗い海のほうへつづいていた。シェルはひじをつかんで自分を抱きしめ、脱脂綿を敷いた箱のことを思いながらうたいはじめた。

いまヒイラギが実をつける
血のように赤い実を……（クリスマス・キャロル『ヒイラギが実をつける』の一節）

予告どおり医者が来て、歌をじゃました。息を切らし、急いで入ってきた医者は、はげ頭で、頬(ほお)が赤らんでいた。医者が矢継ぎ早に質問すると、シェルはうなずいてイエスかノーを示したり、わからないと言うかわりに肩をすくめたりした。それから、全身くまなく調べられた。

医者は十分後、これで終わりだ、ほかに調べることはない、と言って出ていった。

シェルはちがう部屋に連れていかれた。音が響く階段をおり、廊下を抜け、いちばん奥の左側のドアを通った。その部屋はさっきより狭く、黄色い塗料がはげていた。窓はすりガラスで、外が見えなかった。

あのつんつん頭の女が入ってきた。女は巡査部長のコクランと名乗り、テーブルの前の椅子にすわるようシェルにうながし、自分はその反対側にすわった。コクランの隣には、あいたままの三つ目の椅子があった。ふたりは待った。

「わたしに話してもいいのよ、ミシェル」コクランが沈黙を破った。「今回のこと、話して。もしよかったら」

シェルは顔をあげた。あたしに言ってるの?

「そうよ、ミシェル。わたしを信じて」

ひとことも、言うんじゃないぞ。シェルは話そうとしたが、言葉が石のようになって食道につかえ、首を振った。言ってもむだだ。

「黙秘ってこと?」

シェルはうなずいた。黙秘。

「それも権利よ」コクランがほほえんだ。「権利」という言葉が、テーブルの上でめくられたカードのようにふたりを見あげながらその場にとどまった。数分が過ぎた。

　ドアが開き、男が入ってきた。男はドアノブに手をかけたまま立ち止まった。チッチッチッという舌打ちの音が聞こえた。

「この娘か？」男がめんどうそうに言った。シェルは男を見つめた。顔をそむけているのは、横目でこっちを見ているからか、あるいはこの顔がひどすぎて見るに耐えないからか。グレーのスーツに真っ白なシャツ。こんな狭い部屋に閉じこめられるのは落ち着かないといった雰囲気。オイルで後ろになでつけた砂色のまっすぐな髪。男のなかで整然としていないのは、ふぞろいの眉毛くらいだ。

「はい、そうです」コクランが背筋を伸ばして答えた。「ミシェル。ミシェル・タレントです」

「父親のほうは終わった。供述をタイプさせているところだ」

　コクランがうなずいた。「ご承知のとおり、ミシェルはまだ十六歳です」

「診断書は？」

「できました」

「できたのはわかっている。たしかだったのか？」

「はい」

「よし。なら、もう済んだも同然だな」

　コクランは肩をすくめた。

　男は大股で部屋に入ってくると、黄褐色のファイルをテーブルにどさっと置いた。シェルが想像した「権利」のカードがあった場所だ。男は椅子にすわり、指先でファイルを軽く叩いた。「いいぞ。さっさとはじめよう。テープをまわせ」

コクランが棚の上に手を伸ばし、録音機のスイッチを入れた。テープが反対側へ巻き取られていく低い音が聞こえた。男は椅子の背もたれに寄りかかって待った。それから咳払い（せきばら）をして、時刻、日付、場所を口にした。つぎに、警視のダーモット・モロイと名乗り、また指先でファイルを叩いた。

「まず、きみの名前だ。確認させてもらいたい。録音するんでね」

シェルは視線をあげてモロイを見た。モロイの目はかみそりの刃のようだった。シェルは顔をそらしてうなずいた。

「もっと大きな声で言ってくれるかな」

シェルは古いセーターの毛玉を引っ張った。

「なんだって？　聞こえなかった」

モロイの言葉がシェルの頭のなかをさぐり、答えをむりやり引き出した。

「ミシェルです。さっき言われたとおり」シェルはつぶやいた。

「それでいい」モロイはポケットからなにか出した。煙草（たばこ）の箱だった。モロイはその箱をファイルに軽く叩きつけてから開けた。

「吸ってもいいかな、ミシェル」

シェルはうなずいた。

「ひょっとして、きみも吸いたいかな？」モロイは箱を振って煙草をそろえながら差し出した。

「わたしが吸いはじめたのは、きみより若いときだった。わたしの名前はモロイだ、ミシェル。モロイと呼んでくれ」

シェルはまたモロイを見た。モロイは笑みを浮かべていた。少なくともくちびるの端が上を向いていたが、目のまわりの皮膚は引きしまったままだった。

シェルは首を振った。いらない。あんたからは。

「赤ん坊を産んだんだね、ミシェル」

シェルはびくっとした。「赤ん坊」という言葉が、この男の口から出ると奇妙に聞こえ、そのかわいらしさや美しさが損なわれたように感じた。シェルは息をのみ、自分のひざを見た。

モロイはファイルを叩いた。「ここに書いてあるんだ。メモの形でね。お父さんがぜんぶ話してくれたよ」

父さんが？　ぜんぶ？　じゃあ、最初から知ってたの？　シェルは、ここ何週間か父さんがシェルを見つめては床に視線を移したり、顔をしかめたり、ぼんやりしながら動いたりしていたのを思い出した。

「こうして話しているあいだにも、お父さんの供述はタイプされている」モロイがつづけた。「それがこのあとどうなるか、わかるかい？」

シェルは首を振った。

「事実になるんだ。立証可能な、否定しようのない事実に」モロイは煙草に火をつけ、ゆれる輪を三本、テーブルの上に吐き出した。輪はふたりのあいだに漂い、上昇し、ふくらみながら消えていった。「事実とはおもしろいものだ」モロイは考えこみながら言った。「ゴシップや噂や疑惑があり、そして事実がある。ここでわれわれが扱うのは事実だ。われわれは警察で、事実を知るためにここにいるのだからね。もしうそをついたら——あるいは、事実を言わなかったら——どうなるか、わかるかい？」

「いいえ」シェルはつぶやいた。

「刑務所に行くことになる、ミシェル」

「刑務所？」

「刑務所だ。まちがいなくな。灰皿を取ってくれ、コクラン」

コクランがまた棚の上に手を伸ばし、吸い殻がたまったブリキの灰皿をおろした。モロイは自分の煙草から灰を叩き落とした。

「だから、言うんだ、ミシェル。イエスと言うだけでいい。あるいは、うなずくだけでも。きみは赤ん坊を産んだな？」

シェルはうなずいた。目に涙が浮かんだ。こらえようとしたが、無理だった。

「ミス・タレント、うなずく」モロイがテープに向かって言い、「ＢＡＢＢＹ（バビー）（赤ん坊を意味するアイルランドの方言）」とつづけた。その言葉が持つ微妙なニュアンスを試すような言い方だった。Ｂの音がごつごつと荒っぽくぶつかり合っていた。「望まなかった赤ん坊。ちがうか？」

モロイはナイフを突きつけたも同然だった。望まなかった。その言葉が、あばらの下に刺し傷をつくった。シェルは単なる無月経であってほしいと願っていたことを思い出した。船に乗って中絶しにいくつもりだったことも、黒いごみ袋も、白っぽい灰色のへその緒も、べとべとした汚れも、ジミーがそれを取りのぞいたら青いガラスのような目とボタンのような鼻が現れ、小さな手と血管が見えたことも。

シェルは首を横に振った。

「ミス・タレント、首を振る。じゃあ、そうなんだな？　やはり赤ん坊を望んではいなかったと」

シェルはまた首を振った。椅子の上で体がゆれはじめた。部屋の空気が鉛のように重く肺にのしかかり、ゆれが激しくなった。網目のように広がる血管、なめらかで冷たい頭皮、まったく生えていない髪、ぐったりとした様子。

「言うんだ、ミシェル。言え。赤ん坊を望んでいなかったんだな?」

煙が顔にかかった。言葉が頭蓋骨にまでしみこんでシェルをなじった。シェルは震えながらゆれた。シューシューとテープのまわる音がした。

「ただそう言うだけでいい。そしたら、解放してやる」

シェルは目を閉じた。自分は裁判所にいる聖ペトロだ。もうすぐ鶏が鳴く。イエスを知らないと言う寸前だ。言う前に鶏が鳴きさえすれば、試練に勝ったことになる。あの予言(鶏が鳴くまでにあなたはわたしを知らないと三度言うだろうとイエスがペトロに言った予言)は現実にならない。言え、言え。ひとことも、言うんじゃないぞ、シェル。モロイの言葉と父さんの言葉が激しく戦っていた。シェルはあえぎながら耳をふさいだ。出産よりも苦しかった。

「言うんだ、ミス・タレント。そのほうが楽になるぞ。そういうものだ」

シェルは目を開けた。相反する声が頭のなかで叫び合っていたが、どちらにも従わなかった。シェルは、モロイが望む言葉ではなく、自分の言葉を口にした。自分をばらばらに引き裂いて殺してしまいそうな言葉だったが、それでも言った。「あたしは赤ちゃんを愛していました」シェルはむせび泣いた。「あの子を愛していました。愛していました」

その言葉は、椅子が倒れたような音になって部屋じゅうに響いた。シェルはうなだれ、両腕をテーブルの上に投げ出した。ファイルがその下から引き抜かれた。テープが止められた。

別の世界のどこかで、ドアが閉まった。

34

時間が過ぎた。

モロイとコクランは小声で話していた。

シェルの心はさっきまで野原の石の輪のそばにいた。いまはまたすりガラスの部屋にもどっていた。ガラスに叩(たた)きつける雨の音と、ドアのそばでひそひそ話す男女の声が聞こえる。シェルはテーブルから顔をあげなかった。ふたりはシェルが聞いていることに気づいていない。

シェルは耳を澄ました。

「彼女は混乱しています」

「いや、これは策略にちがいない、コクラン」

「は？」

「ほしかったのは女の赤ん坊だった。それが望みだったんだ」

「と言いますと――？」

「現実から目をそらしている。生まれたのが男の赤ん坊で、それを受け入れられなかった」

「ですが――」

「だから殺したんだ。わかっていたよ。最初からな」モロイの声は低く、歯切れがよかった。

「わかっていたとは？」

「娘のしわざだってことだ。父親はうそをついている」

「うそ?」

「うそをついて娘を守ろうとしている。わたしにはわかる」

あたしのことを話してるんだ。

シェルは顔をあげた。ふたりはシェルのほうを見た。

「ミシェル」コクランが言った。「なにか持ってきてほしい? お茶? 水?」

「いいえ」シェルは答えた。

「お父さんに会いたい?」

「いいえ」小さな部屋で声が大きく響いた。いちばん会いたくないのが父さんだった。「いいえ」

シェルは声をやわらげて繰り返した。「だいじょうぶです」

「なら、よかった」

「供述したいです」シェルはコクランに向かってうなずいた。

「供述したい?」

「はい。あなたに供述したいです」

モロイの鼻の穴がぴくりと動いた。引きつったくちびるがシェルからコクランのほうへ向いた。

モロイは腕時計を見た。「二十分やる。きょうじゅうに片づけたいものだ」

モロイは部屋を出てドアを閉めた。

「ミシェル、ほんとうに話せる?」巡査部長のコクランが言った。

「はい」

「真実を話してくれるのね?」

シェルはうなずいた。「真実を」

コクランはまたテープをまわし、名前、日付、時間を口にした。

あのシューシューという不気味な音が部屋を満たした。

壁の外で風が渦巻(うずま)いた。

シェルは話しはじめた。

まず、人体の本のこと、移動図書館からどうやって盗んだかを話した。言葉がつぎつぎ口から出てきて、暗記した台本を読んでいるようだった。つまらなくて地味な、つやのない言葉。まるで別のとき、別の場所、別の人の話、ほかのだれかの話みたいだ。泣いたのはたった一度、ジミーが白っぽい灰色のへその緒を切ったくだりを話したときだけだった。いまになって人体の本に書いてあったこと——二か所を締めつけ、そのあいだを切ります——を思い出した。ジミーはそうしていなかった。あたしがそうするように言うのを忘れていた。それがいけなかったの？　だから死んじゃったの？　それとも、もう死んでいたの？　シェルは最後に、裏の野原に石の輪をつくったことを話した。

コクランはじゃましなかった。シェルが黙ると、不気味なシューシュー音が風のうなり声と共に部屋にもどってきた。

「いくつか質問させて、ミシェル」コクランが少ししてから言った。「答えられそう？」

シェルはうなずいた。

「そのもろもろのあいだ、お父さんはどこにいたの？」

「コーク市です。あたしが知るかぎり」

「コーク市？」

「平日は集金に行ってるんです」

「集金？」

「寄付金集めに」

「なるほど」コクランはとまどった顔をした。なるほどとは思っていなかった。「じゃあ、お父さんはいなかったの？」

「はい、いませんでした。父さんには話してません。あたしとジミーとトリックス、三人だけです」

「で、野原に赤ん坊を埋めた」

「はい、野原の真ん中に。家の裏の原っぱです」

「シェル、それがどうして洞窟（どうくつ）に？　どうしてゴートアイランドの洞窟まで？」

シェルは顔をあげ、「洞窟？」ときいた。

「ええ。あの場所を知ってるって言ったわよね？」

シェルはうなずいた。ハガティの地獄穴。アバトワ。体が震えた。縛りあげて、波のなすがままにしておいただけだ。

「どうやってそこへ？　あなたが置いてきたの？」

「いいえ。あたしの知るかぎりでは、赤ちゃんはまだ原っぱにいるはずです。ただ――」

「ただ、なに？」

声が小さくなった。「ただ、だれかが掘り起こして、石も土ももどして、もとどおりにしたとしたら……」テーブルがぐらつき、表面の木目がぐるぐるまわりだしたように感じた。シェルは目を閉じて息をのんだ。でも、そんなこと、だれがする？　そう思いながら首を振って目を開けた。ジミーじゃない。トリックスでもない。ちがう。

「それがあなたの言い分ってわけね？」

シェルはうなずいた。

「最後にもうひとつ聞かせて、ミシェル」コクランはテーブルの上で両手を握りしめ、身を乗り出した。「赤ちゃんの父親はだれ？」

喉がきつく締めつけられた。デクランは夜のマンハッタンの酒場で飲んでいるはずだ。ビールを片手に夜明けを迎えようとしている。おまえは別格クラスだ、シェル。デクランがそう言う。目が笑っている。大麦の茎(くき)があたしのお腹(なか)をくすぐって、デクランが牛の糞(ふん)に顔をうずめる。コクランが答えを待っている。この人には関係のないことだ。

「だれでもありません」シェルは答えた。

「だれでもない？」

シェルは首を振った。

「それはありえないわ、シェル。近ごろは処女懐胎なんてないの。わたしの知るかぎりではね」

「じゃあ、たいした人じゃないってことで」

「言いたいことは、それだけ？」

シェルはうなずいた。「はい」

コクランはため息をついた。テープを止め、録音機に手をかけたまま椅子に深くすわり直した。

「ミシェル、いまの話は真実？」

「真実？」シェルはほほえんだ。クリスマス・キャロルの歌集のなかから母さんがうたっていた歌を思い出した。

これは天から送られた真実

神の真実　愛の神の
だから戸口から追い出さずに
富める者も貧しき者も耳を傾けよ

その調べにはやさしくもさみしい響きがあった。母さんはうたいながら遠くを、窓の外を、野原の向こうを見ていた。その歌声のおかげでクリスマスの雰囲気が家じゅうに広がった。モロイは正しかったのかもしれない。たしかに話したほうが楽になる。

「はい」シェルは言った。「真実です」

コクランは両手をテーブルにのせ、こぶしの関節をさすった。つんつん頭の下にある目が冷ややかでさみしげだった。「真実だとあなたは言っている」コクランはため息をついた。「でも、それじゃ、つじつまが合わない」そして首を振った。「モロイ警視がなんて言うか、わかる?」

「いいえ」

「こう言うわ。事実と一致していない」

35

ドアが開いた。事実の男が、タイプされた供述書を振りかざしながらもどってきた。

「きみのお父さんのだ」モロイはシェルに針を刺すような目を向け、供述書を半分に折って上着のポケットに入れた。

コクランが前かがみになり、モロイになにか耳打ちした。

シェルは立ちあがって背中を向けた。そのまま止められることなく、すりガラスの窓のほうへ歩いた。

ガラスの模様を手でなぞりながら、きょうの外はひどい嵐だったのだろうと想像した。激しくてしつこい小声の言い合いがつづいていた。テープが巻きもどされ、また不気味なシューシュー音が鳴る。軽くて現実離れした自分の言葉、思ったより高い自分の声が聞こえる。か細くて甲高(かんだか)いその声は、ほんの少しの風でも吹き飛ばされる藁(わら)かなにかのようだ。耳をふさぎたくなったが、こんな狭い部屋に逃げる場所などない。

「こっちへ、ミス・タレント」モロイの声は金属のフックのように鋭かった。

シェルは椅子にすわり直し、ゆっくりとモロイを見あげた。モロイの口は開いたままで、上くちびるが左のほうへ引き伸ばされていた。大きな前歯が一本と舌先が少し見えて、シェルは目をそらした。

「戯言(たわごと)だ」モロイのこぶしがテーブルを殴りつけた。「くだらん戯言だ。そうだな?」

シェルは息を吸いこんだ。

「え？　どうなんだ？」

シェルは息を吐き出した。「いいえ」と言ったが、声が小さすぎてモロイには聞こえなかった。

「わたしがこんなでたらめを信じると思っているのか？」

シェルはぎゅっと目を閉じた。

「弟が赤ん坊を取りあげた？　妹が空き箱で寝床をつくった？　家の裏の原っぱに赤ん坊を埋めた？　ミス・タレント、きみも、わたしも、わかっている。信じがたい話だとな」モロイはまたテーブルを殴った。「フィクションとしては最高点、真実としては最低点だ、ミス・タレント」

モロイは椅子にふんぞり返り、チッチッチッと舌打ちしてから、念入りにため息をついた。コクランはその隣にすわっていたものの、いまではこの場にいないも同然の部外者となっていた。

「事実だ、ミス・タレント。ほしいのは事実」モロイはアコーディオンを弾くようにテーブルを爪で叩いた。タイプされた供述書を胸ポケットから取り出し、慎重にテーブルの上に広げてまっすぐ伸ばした。一分が過ぎた。モロイは動かなかった。「わたしは辛抱強い人間じゃない」告解室にいるように声をひそめて言った。「このコクラン巡査部長にきくといい。わたしを本気で怒らせたくないなら、寝ぼけたことは言わないほうがいいぞ、お嬢さん。なにせ、見苦しい光景になるからな。コクラン、そうだろう？」

　声がだんだん大きくなった。

「この事件に関して、わたしの手もとには三種類の見解がある。ひとつは確たる証拠となっているもの。洞窟で見つかった赤ん坊と、その死に至った経緯を記した医師の報告書だ。ふたつ目はこれ――」モロイは供述書を叩いた。「きみの父親がわれわれに提供した話だ。そして、三つ目はそれ

――」モロイの手が録音機をかすめた。「きみの話だ。いいか、ミシェル。第一の見解は真実だ。だれも否定できない。死んだ赤ん坊が今朝、浜辺で犬を散歩させていた女性によって発見された。犬はにおいをかぎながら洞窟に入り、呼ばれても出てこようとしなかった。そこで女性も洞窟に入ると、携帯用のベビーベッドのなかに、服もろくに着ていない状態で赤ん坊が見つかった。完全に凍死だ。女性は警察に電話した。われわれは現地へ行き、女性が見つけたものを確認した。死体検案書はまだ準備中だ。しかし病理医の見解では、その赤ん坊が最近生まれたばかりで、単独または複数の何者かによって洞窟に連れてこられ、無惨（むざん）にも置き去りにされて死亡したことはまちがいない。残酷に、意図的に、この寒さのなか、遺棄（いき）されていたんだ。ミス・タレント、遺棄とはなにか、わかるか？」

「いいえ」シェルはつぶやいた。

「古代ローマでおこなわれていたそうだ。中国でも。もっとあってもおかしくない。遺棄とは、子どもを殺す方法のひとつだ。頭を叩き割ったり、枕で窒息（ちっそく）させたり、心臓にナイフを突き刺したりするのと同じくらい確実にな。しかし遺棄は、ミシェル、臆病者の殺し方だ。ひょっとするとそういう人物は、積極的に殺すよりましだと思うのかもしれない。寒さに任せておけば、気がとがめることもないと考えるんだろう。だが、子どもだ、ミシェル。子どもの立場で考えてみろ。もっと苦しむことになる。小さなBABBY（バビー）が、あのじめじめした見知らぬ洞窟でひとりきり、いったいなにを感じていたか。外で潮が満ち引きする音。指先の冷たさ。どれだけ泣いたか、ミス・タレント、小さな肺でどれだけ精一杯泣いたことか。しかし、むだだった。すべてむだだった。考えろ、ミス・タレント、考えるんだ。そして、真実を話せ」

シェルは喉がつかえたようになって、ぼうぜんと椅子にすわっていた。ハガティの地獄穴。固くて黒い岩壁。冷たい砂や石。隠れた割れ目から吹きこむ風のうなり。あたたまろうとくねりつづける小さな白い体。恐ろしい死に場所。狂気じみた大声がシェルの頭のなかで鳴り響く。その夜、月は明るく輝いていた、凍てつく寒さでも（クリスマス・キャロル『ウェンセスラスはよい王さま』の一節）。

「そうだ、ミシェル。分別がもどってきたようだな」

モロイの考えが脳に入りこみ、せわしなく動いて頭を痛めつけているように感じた。あたしがやりましたとモロイは言わせたがっている。なら、言ったらどう？　別にいいじゃない。どうせあたしの赤ちゃんは死んだ、あたしの心は死んだ、なにもかも死んだんだ。

「ミスター・モロイ」シェルは呼びかけ、息をのんだ。

モロイがすかさず身を乗り出し、「なんだ、ミシェル？」と先をうながした。

「ミスター・モロイ」シェルは繰り返し、目を閉じて息を吐き出した。「あたしは、やっていません」

モロイはなにも聞かなかったように、「泣き声ががまんならなかったのか？」としつこく問いつめた。「ミシェル、どうなんだ？　泣き声か？　だからあんな分厚い岩壁に囲まれた暗い場所に赤ん坊を捨てたのか？　泣き声がもう聞こえないように」

シェルは目を開け、「泣き声？」とつぶやいた。首を振り、くちびるを嚙んだ。「泣き声？」問題はまさにそれだ。「あたしの赤ちゃんは――あたしの赤ちゃんは泣きませんでした。一度も。泣き声なんて聞いていません。ぜんぜん。泣き声が聞こえたのは、ここのなかでだけです」シェルは自分の頭に手をあてた。「頭のなかだけです。ここでは泣きました。いまも泣いています。でも、それ以外では――まったく泣きませんでした」

テーブルにひじをのせ、こぶしを目に押しつけると、まぶたの裏に黄色い筋が走った。モロイが向かい側で鼻から息を吸ったり吐いたりしている音が聞こえた。寄せては返す外の波の音のようだ。アバトワ。フックにつるされた肉。シェル、この洞窟。地獄の穴なんだぜ。アイルランド全体がそうだけどな。母親を求めて泣き叫ぶ赤ん坊、その声に耳を貸さない波。その音をかき消しながら鳴るアンジェラスの鐘。

「泣かない赤ん坊など聞いたことがない」モロイが吐き捨てるように言った。その口はシェルの耳のすぐそばにあった。

「言ったとおりです。あの子は泣きませんでした。死んでいたからです。そのことに気づきませんでした。最初は。でも、もとから死んでいたんです。あの子はそんなふうに生まれてきてしまった」

「赤ん坊が死んだことはわかっている、ミシェル。教えてくれる必要はない。この目で見たからな。きみは見ていないだろう。死ぬとどんなふうになるか、わかるか、わかるか？」

シェルは目からこぶしを離し、テーブルの上の供述書を見つめた。わたし、コーク県クールバー・ロードのジョゼフ・モーティマー・タレントは、以下が真実であると宣言し……。

「わかるか、ミシェル。なにしろ美しいものじゃない。皮膚はおかしくなる。体からにおいがしはじめる――」

シェルは埋葬前の母さんを思い出した。ろうのような顔をして、黄色い手で乳白色のロザリオを握りしめていた。

「聞くんだ、お嬢さん。よく聞け」

「いや」

「聞け。死んだら終わりなんだ、ミシェル。殺人は大罪だ。そして、きみの赤ん坊は――いまこそはっきり言わせてもらうが――女の子ではなく、男の子だった」

シェルは立ちあがった。耳をふさいだままだった。まるでハイタカにつかまった小鳥だ。叫ぼうと口を開けたが、なんの音も出てこなかった。すりガラスの部屋に立ち、声にならない叫び声をあげた。網目のように広がる血管。黒くて固い岩壁。そのとき、死者がよみがえっておおぜいの前に現れた（聖書にある言い回し）。ふたつの青白い光が、塗料のはげた壁にちらちらと漂った。死者の魂だ。母さんと赤ちゃんのロージーが、ふたりでやってきたのだ。シェルに取りつくためではなく、シェルを救うために。ふたりが視界のすみに浮かんだとき、シェルは自分が安全だと気づいた。ふたりの天使の羽がシェルを囲んで輝いていた。これでもう、あの男につかまることはない。

36

声にならない叫び声は、真実の通じないところで通じた。

モロイが出ていった。

巡査部長のコクランは、透明な窓ガラスのある部屋にシェルを連れもどし、椅子にすわらせてシェルの肩に腕をまわした。なにかやさしい言葉もかけてきたが、シェルは聞いていなかった。コクランは紅茶を取りにいった。

コクランがいなくなるとすぐ、シェルは窓に近づいた。脳内に渦巻く原子がゆっくり落ち着いていくなか、息を深く吸いこんだ。眼下のアンテナや煙突の列が、薄暗がりのなかへ消えかけている。風はうるさいものの、雨は過ぎ去っている。額をガラスに押しつけ、クリスマスのこと、トリックスとジミーのために包んだプレゼントのことを考えた。あの子たちはいまどこにいるの？　だれがめんどうを見ているの？　シェルの目に、遠くで連なってゆれる黄色い点が見えた。港の遊歩道に並ぶ豆電球だ。なにかが心の奥深くに収まった。あたしは赤ちゃんを愛していた。愛していた。シェルは、母さんが好きだった別の歌、毛糸の服を洗いながらうたっていた歌を口ずさんだ。

青々としたユリ
そっと流れるしずく
悲しむわたしの心

あなたと別れて……

これは、誠実ではなかった恋人、ずる賢い男の歌だ。デクランのような男だったのかもしれない。口のうまい人。いまごろはマンハッタンの通りでホームシックになっている？　そうは思えない。あたしをこんな状況に追いこんで、自分はそれを知りもしないのだから。きっとパーティーでひと晩じゅう大騒ぎしているんだろう。シェルはガラスに息を吐き、曇ったところに指をそっと押しあて、五つのとんがりがある星を描いた。盛りがついた雌羊みたいだな、シェル。デクランは角がはまった雄牛みたい。

ドアが開いた。コクランがもどってきて、マグカップをテーブルの上に置いた。シェルはいったん窓から視線をそらしたものの、また外に目を向けてコクランを無視した。

「ミシェル」コクランが言った。「お父さんがあなたに会いたいって」

シェルはまた窓ガラスに絵を描いた。ゆがんだクリスマスツリー。モミの木の葉が針のように鋭いことを願った。

「聞こえた？」

豆電球の列の向こうで暗い海がうねった。「はい」

「あなたの権利なの、ミシェル。保護者としてお父さんにそばにいてもらうことは。ほんとはずっといっしょにいてもらうべきだったんだけど、モロイ警視が別々に事情を聞くと言い張ってね。ふたりとも容疑者だからって」

「ここから出してもらえるんですか？」シェルは小声できいた。

コクランはためらった。「今回の場合、そうなるでしょうね。法律上、あなたは未成年なんだから。でも、行き先がわからないと。ひとりで家に帰すわけにはいかないし」

「でも、あたしは家に帰りたいんです。ジミーのところに。トリックスのところに」シェルは冷たいガラスに手をかざした。「あの子たちはどこにいるんですか？　どうなってるんです？」

「ジミーとトリックスはまだダガン家にいるわ。警察の知るかぎりはね」

「じゃあ、あたしが迎えにいって、いっしょに家に帰るのは？」

「シェル。お父さんは今晩、拘束されるわ。というのも、自白したから」

「自白した？　なにを？」

「あなたの赤ちゃんを殺したことを」

　なにも言うな、シェル。ひとことも、言うんじゃないぞ。タイプされた供述書。事実。シェルはくちびるを「O（オー）」の形にしてガラスに息を吐いた。けれど今回はなにも描かなかった。ざわつく心で、曇った部分がコインの大きさに縮んでいくのを見つめた。父さんが自白した。父さんがうそをついた。自白した。うそをついた。

「話したとおりです」シェルは歯を食いしばった。「あたしの赤ちゃんはだれにも殺されていません。ただ死んだんです。ジミーとトリックスとあたし、三人で埋めました。原っぱに」そして振り向いた。「あたしの赤ちゃんは、女の子でした」

　コクランはため息をついた。「それがあなたの言い分よね、ミシェル。わかってる。でも、それとは別に、お父さんがわたしたちに言った話もあるの。それに、洞窟（どうくつ）のなかで見つかった証拠もある」

「父さんには会いたくありません。父さんがなんて言ったかなんてどうでもいい。とにかく家に帰りたい。トリックスに会いたい。ジミーにも」

そのとき、ドアをノックする音がした。見張りの警官が顔を出し、コクランが話を聞きにいった。ふたりは声をひそめて話した。

「お客さんみたいよ、ミシェル」コクランが声を大きくして言った。「あなたにどうしても会いたいんですって」

「父さんですか？」

「いいえ。ローズ神父って人」

シェルは、はっとした。ローズ神父？　指が震えながら首にふれ、つぎに髪をすり抜けた。ローズ神父？　シェルは祈る聖母マリアを、窓辺でふくらむカーテンを、明るい光の筋を、聖なる翼の羽ばたきを思った。目を大きく見開き、よろめきながらテーブルに向かった。

「会う気はある？」

「あたし――あたし――」シェルは椅子に腰を落とした。

「あるのね？」

羊飼いたちが恐れおののき、野原にうずくまった（聖書にある言い回し）。シェルは紅茶のカップをつかみ、「はい」と答えた。「たぶん」

コクランがローズ神父を迎えにいった。

部屋がしんとした。風も静かだった。

シェルは、自分がなにをしているのかわからないまま紅茶を飲んだ。

ローズ神父はもう知っているだろう。なにもかも知って、シェルは最悪の罪人（つみびと）だ、取り返しのつかないところに迷いこんだ、堕（お）ちるところまで堕ちてしまったと思っているはずだ。車の故障というよりは休憩かな、シェル。神のご加護を。祈りにきたのかい、シェル。それとも、ただ避難しにきたのかな。雨から。ローズ神父がドアから入ってきたら、恥ずかしさで消えてしまいそうだ。会うのを断ればよかった。現れるのが父さんだったらいいのに。できることなら――。

ドアが開いた。現れたのはローズ神父だった。

ローズ神父はジーンズをはいて、ラムウールの襟がついた茶色の革の上着をゆったり羽織っていた。いつもの夕方のように、顔にはひげが短く伸びていた。

「シェル、ここにいたんだね」村のなかで、たとえば〈マグラーの店〉の外で、あるいは浜辺を散歩している途中でばったり会ったような言い方だった。シェルの記憶にあるより、もっとふつうに見えた。ローズ神父は、自分を案内した警官のほうを向いた。「彼女とふたりだけで話したいんですが」

警官はとまどった顔をした。

「一対一で」ローズ神父は腕時計を軽く叩いた。「五分だけ。ドアの外にいてくれてもかまいません。もしそうしたいなら」警官はためらった。「彼女の権利ですよ。本人が望めばですが。シェル、望むね?」

「はい、神父さま」

「ほら。望んでいる」

警官は肩をすくめ、引きさがった。「五分だぞ。すぐ外にいるからな」

ドアが閉まった。ローズ神父はもうひとつの椅子にすわって上着のポケットに手を突っこみ、すぼめた口から息を吐いた。そして、くくっと笑った。

「ほんとは法律のことなんて知らないんだ、シェル。最後の部分はでっちあげた」

「神父さまが?」

「ああ。なんの因果かね」ローズ神父はほほえんだ。

シェルは笑みを返した。

「ただ、これだけははっきりしてる。警察がきみをひと晩じゅう拘束することはできない。きみの年齢ではね。ダブリンにいる弁護士の友人にきいたんだ」

「じゃあ、ここを出してもらえるんですか？」

「起訴されないかぎりは。起訴されるのかい？」

「わかりません。いろいろ言ってて。あの人が。モロイが――」シェルのくちびるがゆがみ、体が震えた。

「え？　そいつがなにをしたって？」

「なにも。ただ、あたしがほんとのことを話しても、信じてくれなくて。あの人たちが信じてるのは、父さんの話なんです」シェルは小声でつづけた。「父さんは起訴されると思います。だって――自白したから」

「なんてことだ」ローズ神父は両手を平らにしてテーブルにのせた。指が大きく開いていた。「なにがあった？　お父さんはなにをしたんだい？」

シェルは紅茶のマグカップをわきに押しのけ、自分も両手をテーブルにのせた。その手を上下に重ねて丸め、気持ちを落ち着かせた。「ローズ神父さま」シェルは息をのんだ。最後に告白してから半年がたちます。これがわたしの罪です。「そうじゃないんです。父さんじゃありません。みんなが考えていることはまちがっています。なにかごちゃまぜになってるんです。なにが起こってるのか、あたしもわからなくて」

「言ってみて、シェル。そのごちゃまぜをいっしょに整理できるかもしれない」

シェルは深呼吸をした。それから二分かけて、テープに話したようにローズ神父に話した。人体の本のこと、出産のこと、埋葬のこと。不気味なシューシュー音も厳しい視線もない今回のほうが楽に話せた。ローズ神父はそれを聞いていた。シェルが話しているあいだに、テーブルにのせたローズ神父の両手がシェルに向かって伸びてきた。

「なんてことだ」シェルが話し終えると、ローズ神父が声をもらした。ローズ神父の右手がシェルの手に重なった。「ぼくたちがきみを守れなかったんだね。クールバー村の全員が。ぼくたちみんなが、きみを支えてやれなかった」左手が額へ向かい、目をおおった。「このあいだ教会にいたのは」ローズ神父は言った。「ぼくに助けを求めにきたからなのかい？」

「あたし――あたし――」

「そうなんだろう？　なのに、ぼくは気づかなかった。このふたつの目でなにも見ていなかった。自分の愚かな信心のことばかり、いや、信心に欠けていることばかり気にしていたんだ」ローズ神父は言葉を切り、頭を前後に振った。「最後にひとつきかせてくれ、シェル。これをきかなければ」声が低くなった。「父親はだれなんだい？」

シェルはくちびるを噛んだ。

「シェル、父親は？　身近な人じゃないのかい？」

「身近？」

「つまり、クールバーのだれか――でなければ、もっと近い人物とか」

シェルは飛行機に乗ったデクランを思い浮かべた。無料のお酒を飲んで雲をながめながら、太陽を追って別の大陸に向かっている姿を。うちの家族はいまだによそ者だからな、シェル。「いいえ、神父さま」シェルは小声で答えた。「クールバーの人じゃありません。少なくともいまは。じつは

——」なぜかデクラン・ローナンという名前を口にできなかった。以前ブライディとけんかしたときにブライディの名前を口にできなかったのと同じだ。

ローズ神父は眉をひそめた。「どんな人物だろうと、きみがかばう必要は——」

ドアが開いた。「時間切れだ」警官が呼びかけた。

ローズ神父は立ちあがり、シェルの肩に手を置いて息をついた。「とりあえずいまは心配しなくていい、シェル。いっしょにここを出よう。ミセス・ダガンがきみのベッドを用意している。そう伝えてほしいと言われたんだ。モロイと話をつけてくるから待っててくれ。ほんとにすぐに迎えにくる。だいじょうぶ」

ローズ神父は部屋を出てドアを閉めた。ローズ神父が去った場所にぽっかり穴が開き、部屋が台所から食料置き場に変わったようにひんやりと静かになった。シェルはまた窓辺へ行き、その日最後の太陽を、水平線上の細い線を見た。そして、さっき自分が描いた絵をかき消した。

貧しい者が目に入った
薪を集めていた……（クリスマス・キャロル『ウェンセスラスはよい王さま』の一節）

ジミーがピアノの前で曲を弾いている。ベルが鳴り響き、トナカイが空を飛んでいる。ウールの襟、つややかな革、港に並ぶ電球。穴が埋まった。だいじょうぶ。シェルはもう一度だけガラスに息を吐き、煙突と、そこから立ちのぼる煙を描いた。

またドアが開いたとき、ローズ神父が約束を守ってくれたとわかった。ローズ神父のくちびるには勝利の笑みが浮かんでいた。ウールの襟が立ち、外に出るのに備えている。足取りも夜のドライブに向かっている。「シェル」ローズ神父は言った。「ここを出よう。急いで。ジェゼベルが待ちすぎて風邪をひいてしまうよ」

37

ふたりを乗せた車が海岸沿いの道を走る。低い太陽のきらめきが海へ消えていく。ローズ神父はもうなにも質問しなかった。シェルは座席の上でぎこちなく体をずらしながら、車内に投げ出されているものを見た。免許証。ポテトチップスの袋。ガムの包み紙はない。シェルはにおいをかいだ。

「また煙草(たばこ)を吸いはじめたんですね。気づいてしまいました」

「どうして?」

「ガムがないから。それに、においがするから」

ローズ神父はうめいた。「さすが、よくわかったね。じつはグローブボックスに入れてあるんだ。一本、取ってくれる?」

シェルはグローブボックスを開け、なかをさぐった。迷子になっていたガムが一枚と、〈メジャー〉の箱が見つかった。デクランが吸っていたのと同じ銘柄(めいがら)だ。

「あたしもいいですか?」シェルは何食わぬ顔で煙草を指差した。

「だめだよ、シェル!」

「ほんの冗談です。あたしはもっと強いのにしておきます」

シェルはこれ見よがしにガムを振り、包み紙をはがした。それから煙草を一本渡すと、ローズ神父が車のシガーライターで火をつけた。気安い沈黙のなか、シェルはガムを噛(か)み、ローズ神父は煙草を吹かした。

車が大通りからわき道に入る。野良猫の目が生け垣のなかで光る。フクロウが枝から飛び立つ。ほかに通る車はなく、暗くて静かな夜だった。車のヘッドライトが、すべるように過ぎる舗装道路を数メートル先まで照らしていた。あたたかそうな丸い光が、後光のようだ。その向こうから、やせ細った幽霊のような黒い木々が迫り、ふたりに枝を伸ばしてきた。道の両側には、生け垣が考え深げにひっそりとたたずんでいた。地元に、クールバーにもどってきたのだ。シェルは、ずいぶん長いあいだ離れていたように感じた。

「神父さま、家に寄ってもらえますか?」

「きみの家に?　鍵がかかってるんじゃ」

「マットの下に合鍵があります。クリスマス・プレゼントを取ってきたいんです。ジミーとトリックスの。それから、それから――」

「それから、なに?」

シェルはひざの上で両手を組んでうつむいた。「お墓を見てもらえますか?　赤ちゃんを埋めたところを。いいでしょうか?」ローズ神父はシェルのほうを見て、車の速度を落とした。「祝福を授けてもらえたらと思って。お墓に。赤ちゃんに。神父さま、祝福を授けてもらえませんか?」声が針で刺した穴ほど小さくなった。

「心配しなくていい、シェル」ローズ神父の手がシェルの腕にふれた。「もちろん、寄るよ」ローズ神父は丘をのぼってダガン農場へ行く途中、道を曲がってシェルの家へ向かった。そして、「後ろの座席に懐中電灯がある」と言った。

ふたりで車をおり、家のなかに入ると、シェルは電気をひとつ残らずつけた。家は冷え切っていて、なんの音もしなかった。シェルがベッドの下からプレゼントを取ってくるあいだ、ローズ神父は台所で待っていた。ふたりは、その日シェルがつくった昼食の残りをいっしょに片づけた。料理が半分残った皿が、テーブルに放置されたままになっていた。

片づけが終わると、ローズ神父はピアノに近づき、外側の木の部分にふれた。それからふたを開け、象牙の鍵盤を見つめた。

「弾ける?」ローズ神父がきいた。

「いいえ。神父さまは?」

「たいして弾けない。兄のマイケルには音楽の才能があったけどね」ローズ神父は和音を弾いた。その音が沈黙を破り、からっぽの家を満たした。「ハ長調だよ。このくらいは覚えてる」和音の余韻が、希望を残すかのようにつづいた。

「すてき」シェルはほほえんだ。「ジミーも弾けるんです。母さんゆずりで」

ローズ神父はピアノのふたを閉めて懐中電灯を手にした。「案内して、シェル」

ふたりは裏の野原に出て坂をのぼった。靴に泥がひっつき、シェルはすべりそうになった。ローズ神父がシェルの腕をつかんで支え、そのまま進んでいった。暗くても、埋葬した場所は簡単に見つかった。まるで磁石に引っ張られたようだ。ローズ神父は懐中電灯で石の輪を照らした。並べたときのままで、だれにも荒らされていない。シェルはこのとき、そう確信した。

「これです」シェルはささやいた。「あのときのままです。やっぱり赤ちゃんは無事だった。やっぱり」

しゃがみこみ、懐中電灯がつくる薄暗い影のなかで自分を抱きしめた。夜風が雑木林からさらさらと吹いてシェルを包みこんだ。ローズ神父の手が十字を切る。涙を流すシェルの耳にローズ神父の声が聞こえる。ハ長調の和音がゆらめいているような声だ。不滅の光で照らしてください、主よ。

ローズ神父が祈った。フクロウがその祈りに加わるようにホーと鳴いた。そして、永遠の安息をあたえてください。

38

ローズ神父は車で丘を越え、ダガン農場でシェルをおろした。三匹の犬がシェルのにおいをかぎまわり、ダガンのおばさんが背後に揚げ物のにおいを漂わせながら玄関に出てきた。

「シェル」おばさんは腕を伸ばしてシェルを抱きしめた。「あのばかげた警官たちは、あなたにどんな言いがかりをつけてるの？　さあ、なかに入って食事をなさい」

台所はあたたかくて明るかった。上のほうから階段をドンドンと踏み鳴らす音がしたかと思うと、トリックスとジミーが台所に飛びこんできた。「シェル！」トリックスは大声をあげながら前に身を投げ出した。ジミーはこぶしをつきあげ、つぎにそのこぶしで自分を叩いた。

「しーっ。あの子が起きちゃうわ」ダガンのおばさんが笑みを浮かべ、温水タンクのほうにあごを向けた。そこには乳母車が置いてあった。「寝たばっかりなの」

おばさんの生まれたばかりの息子、心臓に穴が開いていた男の子のことだった。シェルはその子のことをすっかり忘れていた。胸がどきっとした。ああ、どうしよう。まわりで騒いでいたみんなの動きが止まった。

コンロの上で脂がはねた。

みんながあたしを見てる。子どもを殺した女を。

シェルは乳母車に一歩近づきながら思った。顔じゃなくて、上がけを見よう。とにかく赤ちゃんを見るのが礼儀なんだから。そしたら、「すごくかわいいですね、おばさん」って言おう。それでおしまいにできる。もう二度と見なくていい。二度と。シェルは視線をさげ、バーからぶらさがっているプラスチックの動物たちや、ざっくり編んであるレモン色の毛布をながめた。その足もとにはウサギの編みぐるみが投げ出されていた。トリックスが割りこんできて叫んだ。

「この子、また泡を吹いてる！　つばも」

「しっ、トリックス」シェルは言った。けれど、遅かった。もう見てしまった。しわの寄ったくちびるの上で崩れかけているしずく。シマリスのようにふくらんだ頬に、小刻みに動いている黒っぽいまぶた。母さんの奏でるメロディがシェルの目の前に現れ、音符が浮かんだり沈んだりした。洞窟の赤ん坊、野原の赤ん坊。生者と死者。小さく動きつづけるこの子の体と、まったく動かなかったあの子の体。シェルは乳母車のハンドルをつかみ、ウサギの位置を直した。「この子は元気ですね、おばさん」と、どうにか言った。

安息。永遠の。温水タンクのぬくもり、押し寄せる疲れ、食べ物のにおい。音が途切れ、色がにじむ。世界の底が崩れ落ちているにちがいない。ふーめーつーのーひーかーり、とフクロウがうたった。だれかがシェルを抱えて階段をのぼった。「この子は元気ですね、おばさん。元気ですね」シェルは言った。赤ん坊を腕に抱いて、シェルは必死に歩いていた。丘をのぼり、雑木林に向かって。フクロウはいなくなり、木々は葉を落としてむきだしになっていた。毛布が引きあげられ、シェルにかけられた。シェルはようやく赤ん坊をおろした。広大な畑のなかの、ゆれる大麦のあいだに。

39

クリスマスの日、シェルは一日じゅう寝かせてもらった。頭のなかにはつぎつぎと奇妙なものが浮かんでいた。モロイの顔。石の輪。洞窟（どうくつ）の赤ん坊。十二回鳴るアンジェラスの鐘。生け垣できらめくブラックベリー。シェル、避難しに、それとも、祈りにきたのかい？　祈り、それとも、避難？　すりガラスの白い模様、幽霊のような木々。自白、うそ、キスか死か、ミス・タレント。「待ーて」とフクロウが光のなかで羽ばたきながら言う。こんなところはごめんだ。デクランがさげた窓から手を振って別れを告げる。

　ベッドにいっしょにいたトリックスが、シェルの背中に蛇（へび）を描いた。蛇はクリスマスの飾りリボンに変わった。ジミーが黄色と緑のソックスをはき、窓辺の簡易ベッドの上で飛び跳ねた。ひもは使ってないよ、シェル。ひとりでに出てきたから。ほんとに。ふたりはシェルに赤い紙で包んだものをプレゼントしてくれた。母さんがよく日曜日につけていたジュ・ルビアン（「わたしはもどってくる」の意）という香水だった。

　シェルはまた眠りに落ちた。うそ。自白。死。独房にいる父さん。クリスマスの照明はなく、あるのは裸電球だけ。父さんはあたしをかばうためにうそをついた。いまなら、そうだとわかる。父さんは台所にいたとき、リスカード巡査部長を待たせたまま、あたしの肩越しに後ろのほうを見ていた。凍りついた目が、ピアノの前にいるだれかの顔を凝視（ぎょうし）していた。母さんだ。母さんの目はゆるぎなく、なにかを命じるように力強い。鉄格子、すりガラス、鉄のドア。父さんがいまいるところに、ピアノに隠していたウイスキーはない。あれなしで、父さんはどうするんだろう?

シェルは目を覚ました。ダガンのおばさんが朝食を持ってきて、赤ん坊をシェルの近くに寝かせ、ジミーの簡易ベッドを整えはじめた。部屋が静まり返る。小さな口が、なにも食べていないのにもぐもぐ動く。シェルは小指で赤ん坊のこぶしにふれた。赤ん坊の指が、鍵をかけるようにシェルの小指に巻きついた。

外では奇跡が起きはじめた。窓に雪がちらついたのだ。アイルランドの南部では珍しい。

「起きあがれそう?」おばさんがきいた。

シェルはうなずいた。「たぶん」ベッドから出て、つま先立ちで開き窓まで行った。点々とした白い雪の向こうに雑木林、その先に雪をもっとたくわえていそうなどんよりした空が見えた。

「父さんはどこですか?」シェルはきいた。

「まだなかにいるわ。警察署に。警察が拘束してるの」

「おばさん」声をひそめた。「あたし、父さんに会わないと。話をしないと」

「そうね、シェル。あしたにはきっと行けるわ。もっと元気になっているはずだから。ローズ神父が連れていってくれるでしょう」ダガンのおばさんは、シェルがいる窓辺に来ると、赤ん坊のポドリグの背中をなでまわしてげっぷをさせた。「きのう、あなたのお父さんから電話があったの、シェル。あなたが寝ているあいだに。ホワイトソースつきの七面鳥が出たそうよ。それと、ハッピー・クリスマスと伝えてくれって」

いちばん若い犬が庭をかけまわり、ひらひら舞う雪を鼻先と口で追いかけていた。その動きには音がなく、世界がサイレント映画のようだった。ハッピー・クリスマス、シェル。雪がいっせいに吹きあげられると、まるでだれかがスノードームのなかのお土産用の景色になにもかもをつめこみ、逆さまに振ったようになった。その雪のなかに、幸せだった過去が見え隠れした。ズボンの裾をまくりあげ、シェルといっしょに波打ち際に立って白い水しぶきを浴びる父さん。波が砕けて泡が雪のようになる瞬間、ふたりでジャンプする。カーディガンを腰に巻いた母さんが、波をよけながら歩いてくる。そして前かがみになり、片手でふたりに水をかける。父さんが足で水しぶきをあげて反撃すると、母さんは笑いながら走り去る。まだ小さなシェルは、父さんの腕にしがみついてバランスを取る。飛び跳ねながら、父さんに教わった古い童謡を大声でうたう。アイスクリーム、一ペニーでひとつ、もっと食べれば、もっとジャンプ。引き返してきた母さんが、海藻のリボンをふたりに巻きつける。

ダガンのおばさんの手がシェルの肩にかかった。雪が車の屋根に降り積もっていく。「また母親になれるわ、シェル」おばさんがそっと言った。「いつか、きっとね」

40

「父さん」シェルは言った。「あたしだよ」

ローズ神父にキャッスルロックの警察署まで連れてきてもらったものの、面会室にいっしょにいてほしくはなかった。シェルと父さんは、すりガラスの部屋にふたりきりになった。ドアの外には見張りの警官が立っている。シェルの向かい側で、縮んで、しなびて、細くなっている。顔はやせこけ、灰色がかっている。父さんの手が、蝶(ちょう)のようにゆらゆらと宙を舞いながらテーブル越しに伸びてきた。

「シェル。おれの娘」父さんのくちびるは震えていた。うつむく前、目に涙が光ったのがわかった。

父さんはテーブルの上に指で8の字をぐるぐる描いた。

「父さん、だいじょうぶ?」

父さんは肩をすくめた。

「ダガンのおばさんから聞いたよ。父さんが電話をくれたこと。クリスマスだからって」

「おれが?」

シェルはうなずいた。「ごちそうが出たんでしょ? 七面鳥? ホワイトソースつきの」

父さんは顔をしかめたかと思うと、すぐに笑みを浮かべ、さっきより大きい輪を描いた。「ここで楽しい時間を過ごしたよ、シェル。パーティーをしたんだ」

「でも、父さん、そもそもここにいる必要はないよね」

父さんは、おまえにはわからないというように首を振った。

「なんで自白なんてしたの？」シェルはいきなりたずねた。「どうして？」

テーブルに描いていた形が鋭いジグザグに変わった。

「父さん。どうして？　答えて」

「赤ん坊は死んだんだ、シェル。ありがたいことにな。もうそのことを話す必要はない。ただ、やつらに説明しなきゃならなかった。どうにかして説明しなきゃならなかったんだ」

「でも、洞窟にいた赤ちゃんのこと、父さんはなにも知らないでしょ。あたしの赤ちゃんじゃないんだよ」

父さんは聞いていないようだった。指がテーブルの木目の上を行ったり来たりした。

「あたしの赤ちゃんは原っぱにいるんだよ」シェルは叫ぶように言った。

父さんは顔をあげ、ゆがんだ笑みを浮かべた。「おまえがこんなことになったのはおれのせいだ、シェル。神よ、お赦しを。これはぜんぶおれのせいなんだ。おまえがどうなってるかはずっとわかっていた」

「うそでしょ、父さん。ほんとなの？」シェルは、ロザリオの祈りの最中に父さんから見られていたことを思い出した。

「見ないようにしていたが、わかっていた。ぜんぶおれのせいだ」

「そんなことない。父さんはなにもしてないじゃない」

父さんは耳をふさいだ。「おれは大罪人だ。最悪のな」そして、こぶしで胸を三回叩いた。教会の朗読台で〈回心の祈り〉を先導しながら「わたしの過ちによって、わたしの過ちによって、わたしの重大なる過ちによって」と言っているときのようだ。「地獄だった。グラスのなかの地獄だ。

地獄に行くのに死ぬ必要なんかない、シェル。悪魔がいつでもそこへ連れていってくれるんだからな。しかも、やってきた悪魔はあいつの姿をしていた。モイラだ。ああ、モイラ。生きていたときも、死んでからも、あいつは手の届かないところにいた。ぜったいにつかまえさせてくれなかった。目が覚めたときには、自分がどこにいるのかわからなかった。家はからっぽで、朝になっていた。おまえもトリックスもジミーもいなかった。モイラもだ。みんな、いなくなっていた」

父さんは歯をカタカタ鳴らし、わけのわからないことを話していた。

「寒いの？」

「寒い？　いや、おれは焼かれてるんだ、シェル。灼熱（しゃくねつ）の暑さだ」歯の鳴る音が大きくなった。

「だれか呼んでくる？　もし体調がよくないなら――」

「しっ！　だれも近づけるな。やめろ、シェル」

「父さん」シェルは身を乗り出し、自分の手を父さんの手に重ねて、震えながら線を描くのをやめさせた。「取り消さなきゃ。自白を取り消して。ローズ神父がそう言ってる。事実じゃないんだから。警察にちゃんと話して」

父さんはシェルの手を振り払った。人差し指がテーブルを叩き、つぎにふらふらと線を描きながらテーブルの端から端まで動いた。「おれは全能の神を前に、心のなかで告白したんだ。しかし、それで救われることはない。いまとなっては。もう遅いんだ」十字を切ろうとしたものの、震える手を途中で止めてテーブルの上におろした。「若いころは欲にまみれて、つまらん罪をずいぶんと犯したもんだ」思い出しながらくすくす笑ってうつむき、テーブルの端にある独特の木目の近くにまた線を描きはじめた。「女。仲間。ビール。あのころのおれたちは欲まみれだった」父さんはひとりでいるかのように勝手にげらげら笑って息を切らした。

警官がドアを開け、「時間だ」と告げた。

シェルはほっと息をついた。「父さん、あたし、行かなきゃ」

父さんは顔をあげた。「おまえ、いつここに来たんだ?」

「十五分前だよ、父さん。ふたりで話してたじゃない」

「話してた?」

「覚えてないの? 自白のことは? 警察に供述したことは?」

父さんは、いつもの調子に少しもどって顔をしかめた。「ああ、あれか」

「取り消して、父さん。事実じゃないんだから」

父さんはにやりとした。シェルは父さんの赤い目を見て、かたくなになっているとわかった。

「おれは当然の報いを受けたまでだ、シェル。あのモロイってやつ、あいつが考えているとおりさ」

シェルは立ちあがり、「トリックスとジミーがよろしくって」と言った。うそだったが、言っておいた。

父さんは、そんなふたりは知らないというようにぼんやり見つめてきた。それからうなずき、

「いい子でいるように伝えてくれ」と言った。自分の体に両手をまわしてシャツの両ひじをつかみ、拘束衣を着せられたようなかっこうで下くちびるを強く嚙んだ。

「伝えておくね、父さん。じゃあ」

「行くのか? もう?」

「またすぐ来るよ。約束する」

それでも父さんは手招きした。シェルは仕方なく近づいた。なにかぼそぼそ言う声がする。

「父さん、なに?」

「つぎに来るときに頼む。もしなんとかなるなら」父さんはシェルのひじをつかんでこっそり言った。

「なんのこと?」

「ほんのちょっとでいい。小瓶で間に合う」

「ああ、あれね」シェルは笑った。「ウイスキーのことでしょ?」

「しっ、シェル!」顔つきが凶暴になった。シェルは、ひじをよじって父さんから逃れた。

「時間だ」警官が繰り返した。シェルが部屋から連れ出されると、父さんはまたテーブルを叩きはじめ、シェルの背中に罵声を浴びせた。ドアが閉まると、音も声もぴたりとやんだ。

「気にするな」警官が言った。「本気じゃないさ。酒が言わせてるんだ。いや、酒不足のせいだな」そこでウインクして笑った。「おそらく、ここ何年かのあいだでいちばん干上がったクリスマスだろうな」

　シェルは廊下の薄汚れた壁に目をそらした。狂乱、錯乱。父さんは、母さんとじゃなくて、お酒と結婚した。いまとなっては、お酒を飲まない父さんを覚えている人はほとんどいない。ジミーとトリックスにいたっては、まったく記憶にないくらいだ。シェルにとっては、波打ち際でいっしょに過ごしたとき、あれが最後だった。

41

ローズ神父は受付で待っていた。モロイもそこにいて、完璧な身なりで顔をしかめていた。シェルはこの日もモロイと会う予定だったが、今回はローズ神父が同席するため、ふたりいっしょにモロイのオフィスに案内された。途中、ほかの警官や事務員、清掃作業員の前を通った。モロイが歩くと、その先々で沈黙が広がった。

オフィスはがらんとした殺風景な部屋だった。色あせたファイル用キャビネットと、金網入りのガラス窓があり、家具用のつや出し剤のにおいがした。モロイは手招きして、質素な机の一方にある固い椅子にふたりをすわらせ、自分はもう一方にある黒い革の回転椅子にすわった。そして、組み合わせた両手の上にあごをのせた。

シェルはリノリウムの床に目をやり、灰色に赤と青の斑点模様がついているのを見つめた。ふたりの男が話しているのをぼんやりと聞いていた。父さんと、蝶（ちょう）のようにゆれていた父さんの手が、どうしても頭から離れない。赤ん坊は死んだんだ、シェル。ありがたいことにな。

「彼女がそう言っているだけだ」モロイが話していた。シェルがこの場にいないような言い方だった。

「それだけじゃありません。だよね、シェル。ぼくはその場所を見せてもらいました」

「彼女を信じたというのか？」

「信じました。信じています」

「ばかげている。赤ん坊がふたり？　クールバーのような小さな村で？」モロイは、大ジャンプをしたあとの馬のように鼻を鳴らした。

「それが真実です。ぼくにはわかる」

言葉が行ったり来たりした。シェルの頭のなかでは、父さんの手やくちびるが、ピアノのなかのウイスキー、夜の酒場のにおい、寄付金用の缶がガラガラ鳴る音を求めて震えていた。だれも近づけるな。シェル、やめろ。シェルはキャッスルロック町の大通りを思い浮かべた。朝、ローズ神父に送ってもらったときには、クリスマスの買い物客が行き交っていた。雪はすでに溶け、かすかな霧が冷たい空気のなかをうねり、町の明かりを薄暗くしていた。石の輪はもう祝福を受けている。祝福が解かれることはない。

だれかがシェルになにかきいた。

「シェル、どう思う？」ローズ神父だった。

シェルはまばたきした。

「耐えられるかい？」声が低かった。

「なにに耐えるんですか？」小声できいた。

「もしあの子の眠りを妨げたら？　掘り起こしたら？　きみの言っていることが真実だと証明するために」

シェルはぎょっとした。「掘り起こす？」そして首を振った。「まさか。そんなの、だめです」

「ほらな」モロイがあざけるように言った。「やっぱりうそだ」

石の輪。敷きつめた脱脂綿。網目のように広がる血管。ぜんぶもう祝福を受けている。

「あの子をそっとしておいてください。どうかお願いします」

「埋葬（まいそう）し直すこともできるよ、シェル」ローズ神父が言った。「聖別された土地に。ぼくがやろう」

シェルの歯が、父さんの歯のようにカタカタ鳴った。「どうしても？」

「シェル、残念だけど、どうしてもだ」


その後、一行は野原に来た。シェルは石塚のそばに立ち、遠くから見守った。赤ちゃんがいなかったらどうしよう？　だれかが遺体を盗んでいたら？　最初からぜんぶ、あたしが夢を見ていただけだったら？　おかしな疑問が矢のように頭のなかを駆けめぐった。四人の男——ローズ神父、モロイ、制服姿の警官ふたり——が野原をのぼっていった。モロイはなんの表情も浮かべず、鋭い目鼻で風を切るように進んでいた。なんで石を拾わなきゃいけないの、父さん？　どうして？

ローズ神父はうつむき、胸の前で両手を組んで背中を丸めている。シェルの隣にはダガンのおばさん、反対側の隣には昔教わったドノヒュー校長がいる。男たちが埋葬場所で前かがみになって視線を下に向けた。制服姿の警官たちが移植ごてで土を掘りはじめた。いまも、死を迎えるときも……アーメン。ドノヒュー校長がシェルの肩に手をかけた。「長くはかからないわ、シェル」やさしい声だった。「あっというまに終わるはずよ」

まわりの反対を押し切って、シェルは自ら見守っていた。どっしりとした地面が足もとでゆれ動き、頭のなかで移植ごてが地すべりを引き起こした。掘る作業が中断し、それまでよりもゆっくりした動きで再開した。「なにか見つけたみたいね」ダガンのおばさんが言った。斜面にしゃがんでいたふたりの警官が動きを止めた。そのうちのひとりが立ちあがって十字を切った。モロイらしき暗い人影が腰を落として穴に手を伸ばした。三人目がカメラを取り出した。くすんだ光のなか、フラッシュが三回たかれたのがわかった。

箱が取り出されたとき、トリックスがのせたヒイラギの小枝が落ちるのがたしかに見えた。シェルは背を向け、石塚の石を見つめた。朝の果てしない労働によって何百と積みあげられた石だ。

「終わったわ」ダガンのおばさんが言った。「よかった、見つかって。あなたの言ったとおりだったわね、シェル。これでほんとうにおしまいよ」

「さあ、もどりましょう」ドノヒュー校長も言った。「あとは任せればいいわ」

シェルはふたりに導かれ、待っていた車のほうへ向かった。ぽつんと取り残されていた石につまずいたとき、もう一度だけ振り返った。ローズ神父の右手が、なにもない空間で十字を切っている。

終わったよ、シェル。自白がどんなものだろうと、これで父さんは自由になる。赤ちゃんはまた埋葬される。それほど遠くないうちに、この瞬間も思い出になる。

ところが、シェルが見ている前でカメラがまた光った。そして、また。警官のひとりが地面に杭（くい）を打ち、そのまわりに黄色いテープを張った。シルエットになっているローズ神父の両手がなにかのしぐさをして、そのあと左右にさっと広がった。祈っている？　それとも、抗議している？

「あの人たち、なにをしてるんですか？」シェルは低い声できいた。

「行きましょう、シェル。見ちゃだめ。なんにしても、形式的なものに過ぎないはずよ。もう終わったんだから」


しかし、終わっていなかった。

ローズ神父はダガン家にもどると、テーブルの前にすわって、こぶしを強く握りしめた。顔には奇妙な表情が浮かんでいた。

「終わったんですよね、神父さま」ダガンのおばさんがお茶の用意をしながら言った。「あの人たちは帰ったんでしょう？　シェルの件はこれで解決よね」

　シェルは、平らな皿にのっているビスケットを組み合わせて模様をつくった。チョコ、プレーン、チョコ。

「ジョーは釈放されるんでしょう？」

　ローズ神父は皿からビスケットを取り、口へ持っていくのを途中でやめた。

「警官たちが話しているのを聞いたんです。あそこを事件現場と呼んでいました」ローズ神父は、手にしたビスケットをほかのビスケットの上に適当に置いた。シェルはそれをもとの場所にもどし、二枚のチョコレート・ビスケットのあいだのすきまを埋めた。「赤ん坊は連れていかれました。モロイの指示で。検死（テスト）をするそうです」

　頭のなかに計算や作文、机に裏返しにされた答案用紙、静かな教室で時を刻む壁かけ時計が浮かんだ。「テスト？」シェルはとまどった。

　ローズ神父はうなずいた。「死因を調べるそうだよ」

　内臓をつかまれたような気がした。ジミーにへその緒を切ってもらったときのこと、人体の本に書いてあったとおりに二か所を締めつけるのを忘れていたことが思い出された。皿の上のビスケットがぐるぐるまわりだし、茶色とクリーム色の車輪のようになった。チョコ、プレーン、チョコ。

　ドノヒュー校長がシェルを椅子にすわらせた。ダガンのおばさんがあたたかいカップをシェルに持たせた。「なんの冗談なんだか」ドノヒュー校長がだれにともなく言った。そのあと自分も椅子にどさりと腰をおろしたものの、お茶には手をつけなかった。「悪い冗談だわ」

「五時までにゴートアイランドに行かないと」ローズ神父がつぶやいて立ちあがった。「だいじょうぶだよ、シェル。形式的なものだから。だいじょうぶ」

ローズ神父が去り、台所が暗くなってきた。ダガン家の赤ん坊は眠っていた。ドノヒュー校長とダガンのおばさんとシェルは、電気をつけるのも忘れて薄明かりのなかにすわっていた。検死。シェルの目に、赤ちゃんにくねくねと巻きつく灰色のへその緒と、はさみを持ったジミーが見えた。

石の輪は崩されてしまった。

みんなが帰ってきて騒がしくなると、シェルは二階へ引っこんで静かなベッドに入った。服を着たまま、上がけのなかにもぐりこんだ。両手のこぶしをまぶたにあて、模様を浮かびあがらせる。だれも近づけるな。シェル、やめろ。黄色がはじけて漂い、くたびれた雲のようにたれさがっていく。どこか遠くで電話が鳴った。話し声や叫び声が階段を通して聞こえてきた。

シェルは知りたくなかった。

42

その夜、シェルは隣にいるトリックスと簡易ベッドに横たわるジミーの規則的な寝息を聞いていた。朝一番の鳥の声が聞こえやしないかと耳を澄ましたが、暗闇がいすわって動こうとしなかった。果てしない静寂。まぶたの裏にドイルの本のページが浮かぶ。赤ちゃんは死んだ。ありがたいことにな、シェル。石の輪は崩された。あたしが殺したとみんなは言うだろう。もしかしたらほんとうに殺したのかもしれない。二か所を締めつけるとわかっていたのに、それをちゃんとやらなかったのだから。

けれど翌日に目を覚ましたとき、わきの下にトリックスが顔をうずめているのを見て、わが子を殺していないことを思い出した。モロイが言ったようなことはしていない。冷え切った洞窟に置き去りにして死なせてなんかいない。ダガン農場で早く生まれた子牛のように、あの子は出てきたときには死んでいた。じゃあ、モロイは遺体になにをしてるの？　みんなはあたしのことをなんて言ってる？　きのうの夜の電話はなんだったの？

家のなかで物音がしはじめると、シェルはすぐにジミーを起こして階下に行かせた。子どもたちがそばにいないときのダガン夫妻の会話を盗み聞きさせるためだ。ジミーは朝のうちに報告にもどってきた。

「なにか聞いた？」シェルはたずねた。

「なにも」

「なにも?」

ジミーは首を振った。

「たいしたスパイね。役立たず」

「おじさんは雌牛たちのところに行ってる。トリックスは子牛が見たくて、おじさんについてった。おばさんは台所で料理してる。赤ちゃんもいっしょ。ほかのみんなは庭に出てるよ」

「だから?」

「だから、盗み聞きする話なんてなにもなかったんだ。おばさんが赤ちゃんとおしゃべりすることもないだろうしさ。だいたい、おばさんとおじさんがふたりきりでいる時間なんて、一分もなかったよ」

ジミーが勝ち誇ったような表情を浮かべていたので、なにかつかんだのだとシェルにはわかった。

「ねえ、もったいぶらないで」

ジミーは背中から地元紙を出した。「はい、これ。きょうの。おじさんが朝一番に集落から取ってきたんだ。で、焚きつけの山のなかに入れたのを、ぼく、見たんだよ」

シェルはジミーから新聞をひったくった。最初はぼやけていた文字が、第一面の目立つ記事を読むにつれてはっきり見えてきた。意味がわからない。シェルはもう一度読んだ。

謎のふたりの赤ん坊　遺体で発見

コーク県キャッスルロック町近くで遺体となって発見されたふたりの赤ん坊の事件で、同町警察署は、十六歳の少女とその父親になんらかの関係があると見て事情を聞いている。赤ん坊のひとりは浜辺に遺棄(いき)されており、クリスマスイブに犬を散歩させていた女性によって発見された。もうひとりの遺体は昨日、少女の自宅に隣接する野原から掘り起こされたが、これは少女自身の証言に基づくものだという。

捜査を担当している警視のダーモット・モロイによれば、少女の父親は起訴を前に勾留されており、双子と見られるふたりの赤ん坊を殺したことを認める新たな供述書に署名した。少女がこの双子の母親とされる一方、双子の父親の身元は不詳のままとなっている。「事件はこの小さなコミュニティに衝撃をあたえています。なにしろここでは前代未聞のことですから」とモロイ警視は語る。「わが国のような子どもを愛する国家において、嬰児(えいじ)殺しは恐ろしい犯罪です。わたしの仕事は、加害者に法の威力を思い知らせることです」

一流の病理医のチームが赤ん坊を調べるためにダブリン市から到着した。「彼らは、赤ん坊が双子であることを立証し、死因を突き止めるでしょう」モロイ警視はつづけた。「そして、うまくいけば、事件を解決してくれるはずです」


見慣れない言葉が目に飛びこんできた。「隣接」「嬰児殺し」「不詳」「加害者」「病理医」シェルは新聞を床に落とした。

「ねえ……」ジミーが言った。「ここに書いてあるのって、シェルのこと?」

シェルは、そばかすが浮き出ているジミーの細くて白い顔を見た。「少女自身の証言に基づく」そして、笑い声をあげながら枕に倒れこんだ。かんべんしてよ。「双子と見られるふたりの赤ん坊」

狂乱、錯乱(さくらん)。さらに笑っていると、そのうちわき腹が痛くなった。

「ジミー」シェルは息を切らしながら答えた。「そう、あたしのことだよ」

ジミーは眉をひそめてからにやっとした。自分も冗談に加わりたいけど、どうしていいかわからない、といった感じだ。

「双子！」シェルは吐き捨てるように言い、天井に向かって大笑いした。笑い声が壁にぐるりと響いた。

「しーっ、シェル！　下にいるおばさんに聞こえちゃうよ」

「死人に聞こえたっていいくらいだよ。双子だなんて」息がつまりそうになった。「あたしをつねってくれる？」

ジミーはシェルをつねった。

「もっと強く」

ジミーはシェルの二の腕の肉をたっぷりつまんで、もう一度つねった。

「出てきた赤ちゃんはひとりだった？　ふたりだった？」

「ひとりだよ」

「ほんとに？」

「まちがいないよ」

「誓う？」

「数くらい、ぼくだってわかるってば」

「そうなの？」

「このあいだなんて、十点満点のテストで九点だったんだから」

「双子！」シェルはわき腹を押さえながら笑いつづけた。

「やめてよ、シェル。もう笑わないで。頼むから」

「あしたになったら、また別の赤ちゃんが見つかるよ。で、三つ子になるんだ」

「しーっ！」

「まさに茶番劇だよ、ジミー。クールバーの赤ちゃん事件の巻。つぎの赤ちゃんは司祭館で見つかるかも」シェルは甲高い声をあげ、咳きこんで涙を流した。「わかった、ジミー。もう笑わない」そして息をのみ、くちびるをぴたりと閉じた。双子。笑いすぎてこぼれた涙が頰を伝っていた。それをぬぐってベッドから出た。

「そんなにおもしろい話じゃないよね？」ジミーが言った。

野原の赤ん坊、洞窟の赤ん坊。満ち引きする潮。黒くて固い岩壁。穴の開いた風船から空気が抜けるように、浮かれた気分がしぼんでいった。シェルは首を振った。「おもしろい話じゃないよ、ジミー」それから自分の服をさぐった。「ぜんぜんおもしろくない。問題はあのモロイ。あたしをねらってる」

「でも、シェル、わかんないんだけど」

「なにがわかんないの？」

「シェルの赤ちゃんがひとりなら、もうひとりはどこから来たの？」

「知るわけないでしょ。コウノトリが落としていったのかも」

ジミーは舌を頰に押しつけてテントをつくった。「ふんっ」

「それか、ひょっとすると、ひょっとすると――」

「ひょっとすると、なに？」

シェルは答えなかった。うわの空でネグリジェの下からジーンズをはき、髪をとかし、ジュ・ルビアンを耳の後ろに吹きつけた。頭が回転しはじめ、活気づき、そのあとローズ神父の車のエンジンのようにまた動かなくなった。

「なんでもない」シェルは言った。「神さまは知ってても、あたしは知らない。ジミー、これからあたしたちのイカれた父さんのところに行って、今度はなにを自白したのかたしかめなくちゃ。いっしょに来る？」

「え？　父さんに会いに？」ジミーの舌が頬を突き抜けそうになった。鼻にはしわが寄った。「やだよ」

「そう言うのも無理ないね。じゃあ、着替えを済ませるから、さっさと出てって」

43

シェルは水色のミサ用バッグを取り出し、そのなかに〈パワーズ〉の小瓶をほうりこんだ。ダガン家の食器棚の奥に置きっぱなしになっているのを見つけたのだ。欲にまみれて、つまらん罪をずいぶんと犯したもんだ。グラスのなかの地獄だ、シェル。DTのことは聞いたことがあった。デリリウム・トレメンス——振戦せん妄（いわゆる「禁断症状」のひとつ）。デクランはデトックス・テラーズ——解毒の恐怖と呼んでいた。デクランいわく、それは地獄から来た復讐の女神たち（罪人を追及して発狂させるというギリシア神話の三姉妹の女神）に襲われるようなもので、本人が最も恐れるものをもたらすという。デクランのおじさんがDTになったときには、アイルランドにもどってきた巨大な蛇に襲われる幻覚を見たとのことだった（アイルランドには蛇がいないが、それは聖パトリックが追い払ったからとされている）。もし父さんもそんなふうになっているなら、なんだって自白するだろう。四つ子。五つ子。もしかするとウイスキー一滴で正気にもどってくれるかもしれない。

雨がみぞれに変わるなか、シェルとダガンのおばさんは町を抜けて警察署へ向かった。大通りを歩き、丘をのぼり、ジグザグの道を通っていると、風に吹きあげられた雪が目に入ってきた。ふたりは、すきま風が吹く受付で待った。出入りする警官たちが、そばを通りながら目を向けてきたりそむけたりした。シェルは、あいつだ、と思われている気がした。新聞のトップ記事になっていた少女。嬰児殺し。加害者。法の威力。

警官がひとり、近づいてきてうなずいた。「会ってもいいそうだ。ついてきてくれ」

「ほんとうにいっしょに行かなくていいの？」ダガンのおばさんがきいた。

シェルは首を振った。「ひとりで父さんと話さないと」

警官は階段をおり、廊下を進み、左側の一番奥のドア、すりガラスの部屋に案内した。そして、シェルをなかに入れた。

「必要なときは呼んでくれ」警官はそう指示してドアを閉め、部屋の外に立って待った。

父さんはテーブルにつっぷしていた。シェルが近づいても動かなかった。

シェルは振り返り、警官がドアのガラス越しに見ていないことをたしかめた。そのあと、水色のバッグから小瓶を引っ張り出した。

「父さん、これを持ってきたよ」シェルは父さんの手もとに小瓶を置き、そのままつかんでおいた。

父さんはすぐには顔をあげなかった。少ししてから、黄色がかった茶色の小瓶を見つめ、じわじわと指を伸ばして、部屋のなかをそっと見まわした。シェルは小瓶を引っこめた。

「父さん、あげるから。ただし」

「ただし?」父さんの声はしわがれていた。「ただし、なんだ?」

「ただし、自白を取り消して。双子についての」

「ただし」父さんは言葉を発するというより吐き捨てた。父さんの目が閉じ、眉が盛りあがり、額に青筋が立つのがわかった。悪魔が笑うようなハッハッハッという不気味な声がしたかと思うと、父さんの手がシェルにすばやく向かってきた。

「こっちによこせ」父さんは小瓶をひったくった。シェルが止める暇もなかった。

「父さん! 先に取り消して」

「取り消す?」父さんは小瓶を握りしめ、振り、逆さまにした。ガラス越しにウイスキーのにおいがするとでもいうように、鼻に小瓶を近づけ、舌なめずりをした。あまりに強く握るので、シェルはガラスが割れるんじゃないかと思った。

「おれの―後ろに―さがれ」父さんは食いしばった歯のあいだから言った。「とっととさがるんだ」

父さんのこぶしがテーブルを殴りつけた。

シェルは、爆発しそうな父さんを見て飛びのいた。

父さんは小瓶を壁に投げつけた。ウイスキーが黄色いペンキの上に尿のように飛び散った。

ガラスが床に散らばった。

シェルは凍りついた。警官には聞こえていない。ドアは頑丈だ。「父さん」息をつまらせながら言った。

父さんの顔は新たな仮面におおわれていた。奇妙な至福の表情だ。シェルは殉教者たちの絵を思い出した。手足や腹を矢で射抜かれ、手首に釘を打たれ、聖なる歓喜に包まれて空を見あげている場面だ。

「シェル、おれがやったんだ」父さんが両腕をシェルに伸ばした。シェルは抱きしめさせるしかなかった。胃が縮みあがり、口がゆがんだ。シェルの記憶では、いままで父さんに抱きしめられたことはない。独房のかびくさいにおいと口臭がした。「おれのシェル」

シェルは身をよじり、急いで逃れた。「父さん。ごめん」と口ごもりながら言い、テーブルのまわりに両手を這わせながら向かい側に行ってすわった。ああ、今度はどんな悪魔が父さんに取りついたの？　父さんはおだやかな湖を思わせる目でシェルをじっと見ていた。「父さんを試すつもりはなかったの。怒ってる？」

「怒る？」父さんは右の人差し指で自分の額に、つぎに胸に、つぎに両肩にふれた。そして、にこりとした。「いいや」

「だって、小瓶をほしがってたから。前回」

「前回？」

「覚えてないの？　前回、あたしが来たときのこと」

父さんは手を振った。「ここにいると毎日が同じに思えるんだ、シェル。ロザリオでかぞえてはいるが、いまは時間なんて意味がない」

「父さん、だいじょうぶ？」

「絶好調だ。おれは神の手のなかにいるんだからな」

シェルは声をひそめ、身を乗り出した。「あたしはお願いがあって来たの、父さん。だいじなお願い」

小さないらだちが父さんの表情に浮かんだ。「だいじなことなんかもうないだろ。いったいなんだ？」

「父さんの自白。赤ちゃんをふたり殺したこと。取り消してもらわないと」

いらだちが通り過ぎた。「ああ、それか」父さんはシェルの言葉を振り払うように片手をひらひらさせた。

「だって、ほんとのことじゃないでしょ。父さんはふたりを殺してないよね」

「殺したとも、シェル。たしかにふたりを殺したんだ」父さんは胸を強く叩いた。わたしの過ちによって、わたしの過ちによって、わたしの重大なる過ちによって。「あのモロイってやつ。あいつが考えているとおりさ」

「でも、父さんは殺してない。コーク市にいたんだから。集金をしてた。覚えてる？」

「集金？」父さんの瞳が黒くかすみ、シェルの視線を離れて壁へ、窓が壁に映し出す長方形の光へ移動した。「集金?」片方の手がテーブルの上をなでた。「あの夜、聖土曜日の夜のあとだ、シェル。からっぽの家で目を覚ましたあと、おれはたしかに市内へ行くようになった。思い知ったからだ。通りをうろうろ歩いて、ブリキの缶をガラガラ鳴らした。集金をした。おまえの言うとおりさ。しかし、集めた金はそのあとぜんぶ使った。港でな。おまえもあそこを見るといい。荒れ果てたところだ、シェル。川のそばの港だ。あそこには年もばらばらのいろんな女がいる。何人かはまだ、シエル、おまえと同い年くらいだ。おまえの学校の友だち、ブライディみたいなのもいた。あの子みたいに大胆で生意気なやつだった。で、おれはすてきな女性を見つけた。ペギーって呼ばれてた。男には、はけ口が必要だ。おれのような男には。だが、ペギーは大金をふっかけてきた」

シェルは、襟(えり)についていた口紅を思い出し、なにか言おうと口を開けた。父さんとマグダラのマリアたち。とても信じられない。口からはひとことも出てこなかった。

「ピンクのドレスだ、シェル」

「ピンクのドレス?」シェルは、ベッドの下にたたんでおいたドレスを思い浮かべた。あのとき、化粧台で三面鏡をのぞきこむと、そこに映るいくつもの自分が霊界に遠のいていった。母さん。

「おまえが着ていた。あのピンクのドレスを」父さんは両手で顔をおおい、目をえぐるようなしぐさをした。「ほかのものといっしょに処分しておくべきだった。だが、できなかったんだ、シェル。あれは、モイラがおれと結婚すると言ってくれた夜に着ていたドレスだった。それ以来、モイラは一度も着ていない。だから、あのドレスは、この年月に汚(けが)されていないんだ」

「この年月?」

「酒を飲んできた年月だよ」

薄汚れた部屋のなかで、父さんの目が光った。

「父さん、わからないんだけど」シェルは小声できいた。「お酒のこと。なにがそんなにいいの?」

「ああ、シェル。最初のひと口やふた口じゃない。三口目だ。それが頭のなかで鼻歌をうたい、腹のなかでほほえみ、魂のなかで翼を広げたようになる」父さんのまなざしには海のように深い悲しみが広がっていた。声が低くなった。「モイラが死んだあと、おれはあいつのなにもかもに苦しんだ。病床から見つめ、おれを責める、そんなモイラを思い出して苦しんだんだ。あいつはなにも言わなかった。だが、目だ、シェル。目がすべてを語っていた。この年月。うそ。酒盛り。あいつを殴ったときのこと。一度だけだったが、失望させてしまった。あのひどい夜から、死ぬ日までな。モイラの目がおれを追いかけ、ビールのグラスの底から見あげてきた。あいつの服、レコード、楽譜、ぜんぶ燃やした。おまえとジミーとトリックスが学校に行っているすきにやったんだ。裏の原っぱで盛大に火をたいたよ。炎が空に向かってめらめら燃えあがって、おれの背丈より高くなった。そのなかにつぎつぎほうりこんで、燃えるのをながめた。スカート、スリップ、パンツ。口紅、スカーフ、よそ行きの帽子。あっというまに消え去った。灰が舞うなか、ウイスキーがおれをあっためてくれた。モイラのにおいは煙になってのぼっていった。だが、ピンクのドレスだけは。あれだけは」

「とっておいた?」シェルはそっときいた。

父さんはうなずいて目を閉じた。心がどこか遠くへ行ったようだ。「結婚すると言ったあの夜、モイラはピンクのドレスを着ておれと踊った。ハーリングのリーグ戦でクールバーが勝って、村はお祭り騒ぎ、〈スタックのパブ〉も大盛況だった。おれはポート・アンド・レモンを一杯おごって、あいつに申しこんだ。バンドがチューニング中で、爪で黒板をひっかくような音がしていた。モイラは少し飲んだ。それからおれをまっすぐ見て、イエスと言った。イエスと言ってくれたんだ、シェル。その夜はふたりで踊りまくった。おれがモイラをぐるぐるまわして、それがどんどん速くなって、壁は回転するわ、みんなは叫ぶわ。あんまり速く踊って床から浮きあがりそうになるんで、まわりに人が集まって、はやし立てたり、手を叩いたりしていた。あの夜、そこにいたのはおれたちだけ、おれとモイラだけだった。おれが振りまわしているときのあいつの顔ときたら、シェル。くちびるはドレスと同じピンク色で、目は太陽みたいに輝いていた。モイラは幸せだったんだ、シェル。おれはあいつの両手を握って、手首を交差させ、結婚してほしいと言った。あいつはイエスと答えた。ふたりとも幸せだった。あいつも、おれも。髪がリボンみたいにくるくる舞っていた。あの夜、そこにはほかにだれもいなかった。だれも」

父さんはウイスキーが飛び散った壁をじっと見つめていた。

「おれはおまえの母さんを愛していた、シェル」

太陽に雲がかかったのか、部屋が薄暗くなった。シェルの頭のなかで、雪がもといた場所にもどるように舞いあがった。母さんが足音を立てずに去っていく。シェルと父さんのふたりきりになる。わびしさがもどり、重く静まり返った。

父さんがシェルと目を合わせた。「おれはモイラを愛していた、シェル」すっかり打ちひしがれた顔をしていた。

「わかってるよ、父さん」シェルは言った。泡立つ波のなか、水を蹴(け)ってはしゃいだのを思い出す。アイスクリーム、一ペニーでひとつ。「わかってる」涙がひと粒、シェルの頰(ほお)を流れ落ちた。シェルは父さんの手のほうへ自分の手を伸ばした。「でも、父さん、自白は――」

シェルの後ろでドアが開いた。警官が部屋に入ってきた。「モロイの指示だ。悪いな。時間だ」

父さんは立ちあがった。顔の前で手を振り、首も振った。それから背中を向け、すりガラスの窓へ向かった。シェルの目に、ガラスの網目をなぞる父さんの指が見えた。上、下、左、右。

「じゃあな、シェル」父さんが言った。

待っていた警官が咳払いをした。

「じゃあね、父さん」父さんの指がまた蝶のようになり、窓ガラスを上下にゆれ動いた。父さんがかすかにうなずいたのがわかった。父さんはもう遠くにいた。

シェルは出ていくしかなかった。

44

翌朝、トリックスとジミーとシェルは、ベッドの一か所にまとまってすわり、新聞記事をつぎつぎに切り刻んだ。記事はひと晩で増殖し、焚(た)きつけの山に隠せないほどになっていた。死んだ赤ん坊がベッドカバーの上に散らばる。警視のダーモット・モロイは断言する……。一家に近い情報筋によれば……。トリックスが刻まれた記事をかき集め、紙吹雪(ふぶき)のように三人の上に降らせた。シェルは目をつぶった。コークの研究所のどこかで、赤ん坊がふたり、台の上に並んでいる。マスクをつけた男が、ふたりになにかしている。注射器や、はさみ、針が見える。糸、管、ティッシュも。青いガラスのボタンのような四つの目も。

ダガンのおばさんは、家から出ないようにと三人に言いつけていた。村は大騒ぎだった。空は静かに晴れ渡っていた。冬の低い日差しがベッドカバーを越えて部屋の奥にまで降り注いでいた。

シェルは、散らばった紙切れの上に腹這(はらば)いになった。

「なにか描いて、トリックス。お願い。背中に描いて」

「なにを?」

「なんでもいい。トリックスが描きたいもの」

シェルは、トリックスの指が背中の下のほうをぐるっとまわってから肩甲骨のあいだにのぼっていくのを感じた。

「なーんだ?」トリックスがきいた。「あてて」

「わかんない」

「あててよ」

「木?」

「ちがう」

「蛇(へび)?」

「ちがう。もっと別のもの」

「わかんない。なに?」

「海だよ。あと、魚。あと、けいしのモロイ。モロイはここ」トリックスの親指の爪が腰のくびれにあたった。「海の底にいるんだ。おぼれて、魚にかじられてる」今度は指が肩甲骨まで行った。「それで、ここが空。あと、ここに、羽を生やしたロージー」

下でドアがバタンと閉まった。町で買い物をしていたダガンのおばさんが帰ってきたのだ。シェルは、買ったものをしまうのを手伝おうと階下へおりていった。台所に入ると、おばさんがしかめっ面で見あげてきた。スーパーマーケットの商品が入った袋が四つ、床にほうり出されている。

「あのマグラーの奥さんったら」おばさんは噛(か)みつくように言った。「もう、うんざり」

「あの人がなにかしたんですか?」

「問題は、したことじゃないの。言ってること。あの人、まるで毒ガスね」

一家に近い情報筋。

「で、なんて言ってるんです?」

ダガンのおばさんは袋をひとつ持ちあげ、なかから粉石鹸と洗剤とスポンジを取り出した。

「繰り返すに値しないようなことよ」

スポンジのパックが床に落ちた。シェルはパックを拾い、流しの下の棚を開け、そこにしまった。

「なんですか？　ミセス・マグラーがなんて？」

「ほんとうに知りたいの？」

シェルはうなずいた。

「あの人、自慢してるの。あなたの問題を見抜いてたって。ずっと前から」

シェルは、ミセス・マグラーが薄暗い店内で意地悪い目をしていたことや、父さんの古いコートを着たシェルに急に近づいてきたことを思い出した。

「でも、それだけじゃないの、シェル。赤ちゃんの父親がだれか知っているって言うのよ。シェルといっしょにいるところを見たって。それも、あの人いわく、恥ずべき状況だったって」

シェルはぎょっとした。ダガン農場で裸、海で裸、洞窟で裸だった。あのブサイクおばさんにいつ見られたの？　いつ？「ほんとですか？」シェルは冷静な声を保った。「だれを見たって言ってるんですか？」

ダガンのおばさんは塩漬け肉の塊を冷蔵庫に入れ、ドアをぴしゃりと閉じた。「だれを？　ふんっ！　信じられない人よ。とても信じられない」

デクラン？

おばさんは冷蔵庫に寄りかかった。「まったく、ばかばかしいったら」

「おばさん、だれなんです？」

「ローズ神父よ。よりにもよって」

シェルは驚いて目をむいた。

「恥ずべき状況？　聞いてあきれるわ。ローズ神父があなたを送るところを一度見たそうよ。雨の日に」

「ローズ神父？」シェルは笑うふりをして背中を向けた。ローズ神父に対する侮辱、ローズ神父の名前に対する侮辱、ローズ神父の聖職に対する侮辱だ。そんなの、イエスができそこないの少女をもてあそんだと言って非難するようなものだ。

「シェル、あまり余計なことは言いたくないけど、こうは思わないのかしら……」

「え？」

「このゴシップを止めるためにも。ほんとうの父親はだれなのか言ったほうがいいと思わない？」

シェルは目を見開いた。におうシェル……たまるノミ……。

「相手をかばおうとしているのはわかるわ。でもね、シェル、よく考えてみて。そこまでする価値のある人なの？」

シェルは、はっとした。いいえ、おばさん。ありません。答えるかわりに首を振って階段を引き返した。トリックスとジミーを部屋から追い出し、ばらばらになった新聞を片づけてベッドを整えた。いまは昼食の時間で、人通りが少ない。集落に忍びこむにはちょうどいい。人目につかないようにできる。〈マグラーの店〉はブラインドをおろしてドアに閉店中の札をさげているだろう。だれにも見られずに大通りの途中まで行けるはずだ。〈スタックのパブ〉から出てくる人がいるかもしれないけれど、顔をそむけて道を曲がり、並木道をのぼっていけばいい。てっぺんにはローナン一家が住むピンク色の大きな屋敷がそびえている。その玄関のドアをノックするんだ。

すみません、ミセス・ローナン、ちょっとおじゃまして、あなたの孫娘、わたしがこのあいだ埋葬した子のことを話してもいいでしょうか。

ミスター・ローナン、ちょっと立ち寄ってお知らせできればと思いまして。お宅の息子さん、デクランが相手なんです。ローズ神父じゃありません。

こんにちは、シェイマス。学校はどう？　あなた、もう少しでおじさんになるところだったって知ってた？

　あたしはもう一度ノックする。ピンクの家は平然と取り澄ましている。あたしはミスター・ローナンがいろんな形に刈りこんだ背の高い生け垣を見る。城の屋根、キノコの形の木、馬の頭。庭に置いてあるばかげた妖精たちが、通路のあちこちに立ったり、岩から顔をのぞかせたりしている。おやじの目を盗んでは妖精を入れ替えてるんだ、とデクランが言っていたことを思い出す。妖精は命を持って勝手に動きまわってるっておやじはいつも冗談にしてるよ、と言っていたことも。冷たい空気のなか、そんな場所があたしをあざ笑う。西の海を越えたどこかで、デクランは大笑いしている。赤い帽子をかぶってシロガネヨシの茂みからのぞき見している、いたずらな妖精みたいに。

じゃーなー。おまえは別格クラスだ、シェル。

　きっと返事はない。ミスター・ローナンはコーク市の税務署でしゃれた仕事をしているだろうし、ミセス・ローナンはキャッスルロック町のご婦人たちとゴルフクラブに行っているはずだ。仮にドアが開いたとしても、あたしの話を信じるわけがない。大学に行ける点数を取れるだけ取った息子が、こんな女の子とつきあっていただなんて。

　シェルは、デクランが車の窓から手を振って別れを告げていたことを思い出した。丘を越えた遠くなら。ふたりでダガン農場の畑にいたとき、大麦の穂でシェルをくすぐっていたことも。デクランとあたし、ふたりだけのクラブ。デクランはだれにも言わないように約束させ、シェルはそれを守った。けれど、デクランはずる賢い男。口のうまい人、そのものだ。シェルは心に決めた。もしローズ神父を巻きこんだゴシップがこれ以上ひどくなるようなら、あんたのことをばらすからね、デクラン。そのときには。そのときこそは。

45

日曜日、シェルはまわりが反対するなか、教会へ行くことにした。そこでダガンのおばさんは、車にみんなをむりやり押しこんだ。シェルは前の座席でトリックスと体を寄せ合い、三人の男の子と赤ん坊は後ろにぎゅうぎゅうづめになった。ダガンのおじさんは先に歩いていった。シェルはかぎ針編みの水色のバッグを腕からさげていた。首と耳たぶにはジュ・ルビアンを吹きかけていた。ミサに出席するのは数か月ぶりだった。

車が教会の外に停まった。鐘が鳴り響いている。クールバーじゅうの人が集まっている。

「ほんとになかに入りたいの?」ダガンのおばさんが子どもたちを車からおろしながら言った。「じろじろ見てくる人もきっといるわよ」

「入りたいです」もし見てくる人がいたら、見返してやる、とシェルは思った。想像のなかで思い切りにらんでいたら、ミセス・マグラーの帽子がこっぱみじんに吹き飛び、羽根飾りがガーガーうるさいカモに変わった。ファロン医師の奥さんは、灰色に染めたはずの髪が青緑色に変わったショックで、仰向けにばったり倒れた。ノラ・カンタヴィルは、生まれたての赤ちゃんの魂のように澄んだ手作りのコンソメスープを噴き出し、くちびるからタマネギの切れ端をだらだらこぼした。

シェルがなかに入ると、リードオルガンの演奏が乱れて止まった。教会は静まりかえった。シェルは、ダガンのおばさんの先導で通路を歩いて前へ行った。百個もの突き刺すような目、ひくつく鼻、はためく手を見て、小動物たちがよだれをたらしているようだと思った。つぎに聞こえたひそひそ話は、鉄塔に群がるムクドリを思わせた。気にするな。シェルは席につき、背筋を伸ばした。念入りに爪を見て、水色のバッグの中身を調べた。気にするもんか。

入場の賛美歌と共に演奏が再開した。みんなが立ちあがり、キャロル神父がわきのドアから現れた。ローズ神父の姿はない。シェルは、キャロル神父に見られているのを感じ、聖テレジアの像に目をそらして、くちびるを引き結んだ。ミサがはじまった。

東方の三博士が厩へ近づいて、啓示のときを迎えた（この日は三博士の来訪によってキリストの出現が公になったことを記念する〈主の公現〉の祭日。一月六日）。

聖体拝領のとき、列が進むにつれテリーサ・シーヒーが近づいてきて、ひじでシェルのわき腹をつついてから自分のお腹を指差した。シェルは天井を見あげ、歯をむきだしてやった。そっぽを向くと、ミセス・マグラーと目が合った。ミセス・マグラーはシェルをちらりと見て、目をそらし、鼻にしわを寄せた。シェルは聖体を飲みこんで席にすわった。列の最後に並んでいたクイン一家が、ブライディをのぞく全員でシェルのそばを通り過ぎた。やはりブライディがいる気配はない。テリーサ・シーヒーが言っていたことを思い出す。キルブランに住むおばさんのところへ行ったって噂だけど。アメリカに逃げてったんだよ。デクランといっしょに。

ミサが終わると、シェルは噂話をする人々のわきをすり抜け、外の道路にいたミセス・クインに追いついた。ミセス・クインは、幼いふたりの子の腕を引っ張りながら、足早に教会から離れていくところだった。

「ミセス・クイン」シェルは呼びかけた。

ミセス・クインは振り向くと、目をぎらつかせた。「シェル・タレント、あ、あなたがなんの用？」

くすんだ赤茶色のスカーフを頭に巻いていたものの、黒い髪がはみ出し、みすぼらしく雨にぬれていた。子どもたちは丘を駆けのぼっていった。ミセス・クインはシェルを見てから、だれもいないというように目をそらし、そのまま行ってしまいそうになった。

「ミセス・クイン！」シェルはミセス・クインの腕にふれた。「ちょっとききたいことが――ブライディはどうしてますか？　どこかに行ったと聞きましたが」

ミセス・クインは、つばでも吐きそうな顔をした。「ええ、聞いたでしょうよ。わたしの姉のメイといっしょにキルブランにいるわ」

「いまもそこにいるんですか？」

「そうよ。メイのところは商売が繁盛してててね。ブライディは夏から行って、B&Bを手伝ってるの。職業体験ね」

「元気なんですか？」

ミセス・クインはふんと鼻を鳴らした。「とっても元気よ。クリスマスに会ったわ。学校が終わってから、気分転換でもと思って、みんなでメイのところに行ったの。おかげさまで、ブライディはずっと元気。この上なくね」そして顔をしかめ、シェルにふれられた腕を引っこめて、スカーフをきつく巻き直した。「あの子を行かせたのは、あなたみたいな子から遠ざけるためよ」

「あたしみたいな？」

「あなたは悪影響そのものよ、ミシェル・タレント。ブライディやクールバーのみんなに対する悪影響。あなたたちふたりがどんなことをしてるか知ってたらよかった。もっと早く知ってたら、わたしは――」

「わたしは、なんですか？」

ミセス・クインはなにも言わず、悪魔の化身を見るような目つきでシェルの目をにらんだ。そして突然、涙を浮かべて後ろを向いた。少しのあいだ、シェルに背中を向けて立ち、見つからないものをさがしているように地面を見つめた。肩をすぼめ、レインコートのポケットに両手を突っこんでいた。「行くところがあるから」ミセス・クインはつぶやいて、よろよろと歩き去った。丘を引き返していくその姿は、透明な傘を持っていたときのブライディのようだ。シェルは後ろ姿を目で追いながら混乱していた。ほかの信徒たちが門から歩道にあふれ出て、ひそひそ言いながらシェルを押しのけていった。シェルは通りに沿って移動し、ダガン家の車に乗りこんでみんなを待った。ミサのあいだ降ったりやんだりしていた雨の粒が車の窓に散らばっていた。通り過ぎる人たちは、シェルを見世物だとでも思っているのか、のぞきこんだり、ちらりと目を向けたりしてくる。シェルはくちびるをとがらせ、金魚のように口をぱくぱくさせて目を閉じた。教会でうたっていたときにデクランに真似(まね)されたことを思い出す。大昔のことのようだ。気にするな。

　いらぬ想像をするのはもう終わりだ。ブライディがスターを目指してヒッチハイクをしながらアメリカを横断しているところも、ニューヨークでデクランといっしょに楽しんでいるところも。ブラが三十四のDカップのブライディ。ヒッコリー、ディッコリー、ブライディ・クイン。やはりテリーサ・シーヒーが言ったことはまちがっていた。八月ごろにブライディを見かけたというダンスの話もうそだった。ブライディとデクランは、取りこみ中の二匹の猫みたいにノリノリで体をくねらせてなんかいない。なにもかもうそだったんだ。ブライディはキルブランにいる。よかった。きっとベッドを整えたり、お客さんにむだ話を聞かせたり、トーストを裏返したり、フライドポテトを揚げたりしているんだろう。死ぬほど退屈なはずだ。夜な夜なこっそり抜け出して、大通りを歩きながらヒッチハイクをしているにちがいない。盗んだお札といっしょに煙草(たばこ)とガムもバッグに入れて。大型トラックが猛スピードで走り過ぎていく。ブライディがいる道は最寄りのナイトクラブへ通じている。キルブランじゃないどこかへ。なにしろキルブランは、灰色のいかにも古い市場町で活気がない。B&Bを営むのに最適な場所とは言いがたいし、こんな真冬ならなおさらだ。

シェルは眉をひそめた。ジミーがイチイの木の近くでだれかとけんかしている。それがだれかはわからない。ミセス・マグラーは教会の門のそばでファロン医師の奥さんと噂話をしている。くちびるの動きから、なにか言うたびに「ローズ神父」と最後につけたしているのがわかる。シェルの頭のなかからブライディが消えていった。かわりにまた警察署が現れた。クールバーのだれかなのかい、シェル。ローズ神父が言っている。クールバーのだれか、でなければ、もっと近い人物とか。そして父さんが手を震わせている。それはあの夜にさかのぼる。からっぽの家で目を覚ました。ピンクのドレスだ、シェル。おれは大罪人だ。

シェルは目を開けた。ああ、なんてこと。恐ろしい真実が見えてきた。村の人たちは相手がローズ神父だと思ってる。ローズ神父は父さんだと思ってる。父さんは自分だと思ってる？　おれがやったんだ、シェル。おれがやったことだ。ベッドのそばにいた父さんをもう一度思い返す。開いているような閉じているような目でシーツをさぐっていた。モイラ。おれのモイラ。あれは聖土曜日の夜だった。シェルはふと理解した。父さんは復活祭の日曜の朝、きっと前の晩の記憶をなくした状態で目を覚まして、あたしのベッドにいることに気づいたんだ。そのとき、いったいなにを考えただろう？

まったく、この酔っぱらいのばかおやじ
ほんとにわかんないのかい
どう見たってりっぱな白豚だろ
あたしの母さんが送ってくれたじゃないか　（アイルランドのフォークソング『セブン・ドランクン・ナイツ』のもじり）

ジミーのクラスの男の子が車をのぞきこんで舌を突き出した。シェルがうつろな目で見返すと、男の子はあわてて走り去った。まもなく車のドアが開き、ジミーがダガン家のリアムとジョンといっしょに乗りこんできた。トリックスがそのあとにつづいて、前の席のシェルと身を寄せ合った。つぎにダガンのおばさんが来て、ポドリグのベビーシートのベルトを締め、前をぐるっとまわって車に乗った。「ここにいたのね」おばさんはシェルの腕をそっと叩いた。「だいじょうぶ？」

「はい、おばさん。だいじょうぶです」地獄に行くのに死ぬ必要なんかない、シェル。ばかな連中がそこへ連れていってくれるんだからな。

ダガンのおばさんはため息をついてエンジンをかけ、「シェル、あれはミサだった？」と低い声できいた。「それとも、動物園のえさやりの時間だった？」

46

翌日、シェルは父さんをもう一度訪ねた。父さんの苦しみをやわらげることができればと思った。うまくいけば、自白を取り消してくれるかもしれない。父さんはすりガラスの部屋によたよたと入ってきた。緊張して落ち着かない様子で、しぶい顔をしながらシェルの向かいにすわった。警官がふたりを置いて部屋を出た。

「聖土曜日の夜のことだけど、父さん」シェルはそっと切り出した。

「黙れ、シェル」

「父さん」

父さんはシェルの袖口をつかんだ。「小瓶は持ってこられなかったのか？　ほんの少しでいい。前回みたいに。むりだったのか？」

必死といった様子だった。目は汚れたコインのようで、くちびるは黄色にひび割れ、髪は脂で黒ずんでいた。

「前回はほしがらなかったじゃない。覚えてる？」

父さんは歯をむき出してうなった。

「壁に投げつけたでしょ」

父さんは指でテーブルをコツコツ叩いた。「覚えてない。なにも覚えてない。くそっ、酒をよこせ」

「父さん、思い出して。あのときのことを自分から話してくれたよね。あの聖土曜日の夜のこと。からっぽの家で目を覚ましたって言ってた。トリックスとジミーとあたし、みんないなくなってたって」

父さんはびくっとして立ちあがった。右手の指で左の二の腕をひっかき、すりガラスの窓のほうへ行った。ノミでもいるのか、そこに立ちながらかきつづけた。向こう側が透けて見えるとでもいうように乳白色のガラスを見つめていた。

「ねえ、父さん。覚えてる?」

「黙れ、シェル。まるで壊れたレコードだな」

シェルは立ちあがり、父さんのほうへ行った。「父さん」

「近寄るな、シェル。話す気分じゃない」

「ピンクのドレスのこと、覚えてる?」

今度はつま先が床を叩きはじめた。ダンスをさせる魔法の粉が父さんの靴に入ったかのようだ。

「頼む、やめてくれ」

「あのピンクのドレス。燃やさなかったんだよね」

「やめろ、シェル」

シェルは手を伸ばし、腕をかくのをやめさせた。「父さんじゃないの」

父さんはシェルの手を払いのけ、両手で耳をおおった。

「父さんじゃないの」シェルは声を大きくした。「聖土曜日の夜。父さんじゃないの」

父さんは目をぎゅっと閉じ、頭をがくがくゆらしていた。いまにもわけのわからないことを言いだして、床をのたうちまわりそうだ。

「父さん」シェルは、目を開けた父さんを見て、叫びだすだろうと思った。ところが父さんは叫ばなかった。つま先で床を叩くのをやめ、腕をかくのをやめ、頭をゆらすのをやめた。

「いま、なんて言った？」父さんは小声できいた。

「父さんじゃないの」

「聖土曜日の夜？」

シェルは首を振った。イエスの墓が封印され、世界が静けさに包まれた。「なにもなかったの」

母さんの指がシェルの顔をひらひらとかすめたのは、歌が高音に舞いあがって、すばやい澄んだ（スウィフトピュア）叫び（クライ）に達したときだった。父さんは閉じているような開いているような目をしていた。裸にぞっとした。モイラ。そっぽを向くなよ、なあ、こっちを向いてくれ。「あたしを母さんだと思ったんでしょ？」

父さんは両手を喉にあてた。「モイラの目が、シェル、おれをどこまでも追ってくるんだ」

「父さんは部屋に入ってきた。酔っぱらって勘違いしてた。モイラって言いつづけてた。覚えてる？」

父さんは首を振った。「さっぱりだ」

「ドレスのせいで勘違いしたんだよ、父さん」

「ドレス？」

「あたしが着て寝てたの。あのピンクのドレスを」

「神よ、お赦（ゆる）しください」父さんがささやいた。

「父さんは目の見えない人みたいだった。寝ながら歩いて、ベッドの足もとに来て、あたりをさぐってた。でも、母さんがあたしを起こしてくれたの。夢のなかに現れて起こしてくれた。だから、あたしはベッドから転がり出た。父さんは倒れこんで寝ちゃった。あたしはそのままほうっておいた。それだけ」

父さんは喉もとの皮膚をつまんだ。「それだけ?」

「それだけ」

「それ以外——なにもなかったのか?」父さんの指が上へ向かい、くちびるを引っ張った。目に言葉が浮かんでいた。それだけ。なにもなかった。それだけ。

「なかった」

「ほんとに?」

「なにもなかった。まちがいない」

「おれはおまえに——ふれてないのか?」

「指一本たりともね、父さん」

「神よ、感謝します」父さんは鼻をひくつかせ、目を閉じてうなずいた。十字を切って、それから片目を開けた。「ほんとに信じていいんだな」

「ほんとだってば、父さん。こんなことでうそをつくと思う?」

「なら、ありがたい。たしかなんだな、シェル?」

「たしかだよ、父さん。神に誓って」

長い沈黙がつづいた。シェルは椅子にもどった。

「おれはおまえの母さんを愛していた、シェル」きしむような声だった。

「わかってる、父さん」

「取っておいたのはピンクのドレスだけじゃないんだ」

「そうなの？」
「ああ。これもある」父さんは上着のポケットに手を入れた。「持っていかれそうになったが、守り通した」差し出したのはゴールドの結婚指輪だった。埋葬前の母さんの手から父さんが抜き取っていたあの指輪だ。「手につけたまま埋葬するべきだと言われた。だが、できずに、棺のふたを閉められる前に抜き取った。おれの小指にさえはめられそうにないよ、シェル。それだけモイラの手はきゃしゃだった。ほっそりしてたのは、ピアノをよく弾いてたからだ。鍵盤の上を飛びまわるみたいな弾き方で、指があがったりさがったり、小鳥みたいだった。だから、指輪をポケットに入れておいたんだ。ずっと同じポケットに、胸のそばに。どこへでもいっしょに行った。ここにさえも。持っていかれそうになったが、おれは守り通した」

シェルは目を見張った。てっきり飲み代にしたと思ったのに、まちがっていた。「母さんはよく父さんのところに来る？　あたしのところに来るみたいに」

父さんはうなずいた。「四六時中だ、シェル。目でおれを責める。酒をやめろと言う」

父さんは椅子にすわり直し、指輪をテーブルの木目の上に置いた。両腕を交差させてひじをつかみ、拘束衣を着ているようなかっこうをした。「おれはここを出たとたん、パブに行くだろう。そうなるとわかってる。これから一生、刑務所にいたほうがましだ。おまえたちがそれでよければな。おれは子どもたちにとって、だめな父親だった」

「でも、父さん。浜辺の赤ん坊。あたしたちとなんの関係もないんだよ」

「おまえはそう言うが」

「あたしを信じないの？」

「わからん。なにが真実か、もうわからん」

「父さん、これは真実だよ。誓う。母さんの指輪に」シェルは指輪の上に手をさっと置いた。「ほら」

父さんはうなった。「そう言われてもな」

「取り消してくれない？　父さんのためにならなくても、あたしのために」

父さんは肩をすくめた。

「そうしてくれない？　お願い」

父さんは指輪を拾いあげ、輪のなかを通してシェルをまっすぐ見た。瞳が広がる。そして、奇妙な笑みを浮かべながら指輪をポケットにもどした。「そうしてもいいかもな。ただし」

「ただし？」

「ただし、おまえが教えれば。ほんとうの父親はだれなのか」

父さんは「ほんとうの」のところでテーブルを殴りつけた。シェルはびくっとした。デトックス・テラーズ——解毒(げどく)の恐怖がもどってきたんだ。激しい怒りが顔に現れている。

「父さん！　そんなことがだいじ？」

父さんはまたテーブルを殴った。「だいじに決まってるだろ。おれがそいつを叩きつぶしてやる。打ちのめしてハムにしてやる。おれが——」指の関節が鳴った。目がぎゅっと閉じた。「そいつが、だれなのか、言え」父さんは苦々しげに言葉をしぼり出した。

「父さん！」

「そのろくでなしの名前を言え。そしたら、おれが——」

「父さん、その人を打ちのめすことなんてできないよ。遠くにいるんだから。行っちゃったんだから」

「追いかけてやる。ずたずたにしてやる。畜生め」

「やめて」

「皮をはいでやる」

「じゃあ、言わない」

「いいから言え」父さんは火山が溶岩を噴き出すように言葉を吐き出した。ただ、目は狡猾そうに輝いていた。

シェルは椅子に背中をあずけた。父さんの目が鋭くなった。デクラン。時間切れだよ。じゃーなー。「わかった、父さん。教える」シェルはため息をついた。「ただし、条件がひとつ」

「まったく。これだから女は。この取り引きを仕切ってるのはおれだぞ。どんな条件だ?」

「自白を取り消して。それと、父親のことはだれにも言わないで」

父さんはまた悪態をついた。「条件、ふたつじゃねえか。おまえにかかっちゃ、正気なやつもおかしくなるな」そして鼻を鳴らした。「わかった。約束する。だれにも言わねえ。だが、そいつの皮ははいでやる。いまに見てろ」

「じゃあ、取り消すのね?」

父さんは歯をむき出してうなり、それからうなずいた。

「デクランだよ、父さん。デクラン・ローナン」秘密がばれたよ、デクラン。その言葉は、着慣れた服を脱ぐかのようにすんなりと口からこぼれ出た。きっと最初のうち、父さんはだれにも言わないだろう。でもそのあと、ビールを何杯か飲んだとたんにトム・スタックに話す。そしてトムが〈マグラーの店〉のおじさんに話し、おじさんがミセス・マグラーに話し、ミセス・マグラーがクールバーのみんなに話すことになる。ローナン夫妻は最後に知るはずだ。

「デクラン・ローナン?」父さんはあえぐようにきいた。

シェルはうなずいた。

「あの教会の侍者の?」

シェルはまたうなずいた。

「あのお上品なローナン家の? デクラン?」

「うん」

「あの野郎、だからアメリカに逃げやがったのか。小僧め。ぶっ殺してやる」

「やめて! あのときデクランは知らなかったの。あたしのこと。それと——あの子のことも」

「あの子?」声色が変わった。「じゃあ、双子じゃなかったのか? やつらが言ってたが」

「ちがうよ。ぜんぜんちがう」

「じゃあ、男の子っていうのは? それもやつらが言ってた」

「ちがう。女の子だよ。あたしが言ったとおり」

「女の子?」

「小さな女の子。ちっちゃくて、青い目だった。生まれたときには死んでたの」

「死んでた?」

「トリックスとジミーとあたし。三人で原っぱに埋めた」

父さんの両手が目をおおった。肩が震えた。まさか。ばかおやじ、おやじが泣いてる。「ああ、シェル。許してくれ。おまえがこんなことになったのはおれのせいだ。おれはずっと知ってたのに、知らないふりをしてた」

「父さん、いますぐ取り消してくれる?」

父さんはうなずいた。「なんでもする、シェル。おまえの言うとおりにするよ」そしてまたテーブルにつっぷした。「おまえの母さんの孫ってわけだな、シェル。女の子だって？　母さんに似てたか？　どうだった？」

シェルは立ちあがった。「似てたよ、父さん。少しね」椅子が床をこすって、きしんだ音を立てた。死んでいたけれど青い目が光っていた。太陽のように輝いていた。シェルはテーブルのふちを握りしめた。部屋がかすんで見えた。父さんはあてにならない。気が変わらないうちに急いで取り消してもらわないと。シェルは警官を呼んだ。

警官が入ってきて、モロイを呼ぶためにだれかを行かせた。モロイは不在で、かわりに巡査部長のコクランがやってきた。コクランがテープをまわすと、あの不気味なシューシュー音が部屋を満たした。父さんは口ごもったり、まごついたりしながらも、必要な言葉を発した。わたし、コーク県クールバー・ロードのジョゼフ・モーティマー・タレントは……。二分後、父さんの自白は取り消された。

47

シェルは、父さんが自白を取り消せば問題が解決するものと思っていた。ところが一日たっても何も起こらず、もう一日、もう一日と過ぎても父さんは拘束されたままだった。

同じ週のある晩、ローズ神父がダガン家に立ち寄った。男の子たちとトリックスは、台所のテーブルでトランプの〈フォーティーファイブ〉をしていた。

「ハートにするよ」リアムが宣言した。

シェルとダガンのおばさんとローズ神父は、トランプをする子どもたちを見ていた。

「ずるしただろ」ジミーがトリックスに向かって叫んだ。

「してないよ」

「した。そのハートのエースはさっき出さなきゃいけなかったんだぞ」

「あたしのエースだもん。好きなときに出していいんだよ。そうですよね、ローズ神父さま」

「ぼくにきかないでくれ。ルールをよく知らないんだ。故郷ではフォーティーファイブをやってなくてね。シェルはどう思う？」

「親のリアムが前にハートを出したときに、トリックスもハートを持ってたなら、それを出さなきゃ」

トリックスは聞こえないふりをした。ジミーはふざけたゴリラみたいな顔をして見せてから、あきれたように目をぐるっとまわした。シェルはジミーに目配せした。トランプがつづいた。

ローズ神父がダガンのおばさんの腕にふれ、部屋の反対側にある暖炉を示して、「ぼくたち三人で話せますか？」と低い声できいた。おばさんはうなずいた。三人は話を聞かれないところに移動した。おばさんがローズ神父にウイスキーを持ってきて、シェルとローズ神父を二脚の椅子に案内した。

「新しい知らせ？　ジョーがもうすぐ出られるんですか？」おばさんがきいた。

「その気配はありません。きょう、モロイに会いましたが、もとの自白が有効だと主張しています」

「しつこい人ね。骨に食らいつく犬みたい」

「病理医の報告書を待っているそうです」

「まもなく出るのかしら」

「いつ出てもおかしくありません」ローズ神父は声を落とした。「だれにも言わないでほしいのですが、コクラン巡査部長が前もって情報をひとつくれました」そして、おばさんとシェルをそれぞれ見た。「どうやらふたりの赤ん坊の血液型がちがうようです」

シェルは喉に手をやった。息が苦しくなった。

「ひとりはA型、もうひとりはO型だったと」ローズ神父が言った。

「それって――どういうことなんですか？」シェルは言葉につまりながらきいた。

「よくわからないけど、いい知らせなんじゃないかな」

「ふつう、双子なら同じ血液型だと思うわよね」おばさんが考えながら言った。「わたしはO型で、家族もみんな同じなの。シェル、自分の血液型はわかる？」

シェルは肩をすくめた。「わかりません。血液型なんて」そして、ウイスキーを口にするローズ神父を見つめた。「あたしの赤ちゃんが死んだ理由はわかったんでしょうか？」小声できいた。

ローズ神父は首を振った。「残念だけど、シェル、コクラン巡査部長が知ってるのはそれだけみたいだ」そして、引かれているカーテンのほうにぐいっと顔を向けた。「外は大騒ぎだよ。いたるところにマスコミがいる。〈スタックのパブ〉も大にぎわいだ。おまけに警官が家々をまわってる。キャロル神父は特別なミサをすると発表したよ」

「なんのために？」

「ふたりの赤ん坊の魂に安息をもたらすために」

「あたしも行っていいですか？」

ローズ神父は片方の眉(まゆ)をつりあげた。「オオカミのところに行かせるほうがましだよ」

「でも、行きたいです」

ダガンのおばさんがシェルの肩に手をかけた。「いっしょに行きましょう、シェル。わたしたちみんなで。このあいだの日曜みたいに。ミサを執(と)りおこなうのはローズ神父さまですか？」

「いいえ。わたしはその日、ゴートアイランドで務めがあるので」

「でも、本来なら――」

ローズ神父は首を振った。「キャロル神父が承知しません」

今度はダガンのおばさんが片方の眉をあげた。ローズ神父はまた首を振って、押しとどめるように手のひらを立てた。おばさんはため息をつき、トランプで起こったいざこざを収めにいった。

ローズ神父は椅子に深くすわり直し、ウイスキーをゆっくり飲んだ。シェルはセーターの毛玉をいじった。火がパチパチ鳴った。AとO。台の上に並んだふたりの赤ん坊。

「つらい日々だね、シェル」

シェルは肩をすくめた。

「ミセス・ダガンから聞いたよ。きみが行って、お父さんに自白を撤回させたって」

シェルはうなずいた。

「いったいどうやったんだい?」

シェルは顔をあげた。ローズ神父はシェルを見ずに、ウイスキーをのぞきこんでいた。最初のひと口やふた口じゃない、シェル。三口目だ。

「教えたんです。ほんとうの父親がだれか」シェルはつぶやいた。

ローズ神父はうなずいた。「なるほど」椅子から立ちあがって炉棚に寄りかかり、グラスを片手に炎を見つめた。「そのことだけど、きみに見てもらいたいものがあるんだ、シェル。もしよかったら」

シェルは肩をすぼめた。「なんでしょう?」

ローズ神父はウイスキーをおろした。グラスを炉棚の上に置いて内ポケットをさぐり、古びた封筒を取り出した。「このあいだ家政婦のノラ・カンタヴィルがこれを見つけたんだ。聖歌集を整理しているときにね。ノラがキャロル神父に渡して、キャロル神父がぼくにくれた」

「それ、なんですか?」

「見てみて」ローズ神父が封筒を渡した。そこにはシェルの字で買い物のリストが書いてあった。卵、バックベーコン、食パン、オックステールスープ、ブイヨン。つづくリストの下には、先のとがっていない鉛筆で雑に走り書きした文字が追加されていた。ごめん、ブライディ。神に誓う。ふたりがつきあってるって、知らなかったの。裏側には、シェルのものではない字が書きこまれていた。あいつのローブ姿、ヘドが出る。シェルにやるよ、あいつもブラも。

十字架の道行(みちゆき)をした聖金曜日を思い出した。ブライディは鼻の穴をふくらませ、歯を思い切りむき出し、目に敵意を浮かべていた。キレネ人のシモンが十字架の後ろ側を持ちあげていた。メモを書いたこと、父さんに見つかりそうになったこと、そのメモを聖歌集に突っこんだことも思い出した。言葉が目の前を泳ぐ。ごめん。ヘドが出る。神。ローズ神父が待っている。なにも言わずに。お願い、あたしを死なせて。いますぐ。

「このメモの女の子、ブライディだね」ローズ神父がようやく言った。「ぼくが見かけたあの日、きみとけんかしていた子だろう？　ぼくたちが海岸沿いの道をドライブした日」

シェルはみじめな気持ちでうなずいた。「ブライディ・クイン。友だちでした。前までは——」

「前って？」

シェルは答えられなかった。

「ブライディがヘドが出ると言っていた相手はだれなんだい？　教えてもらえるかな？」

シェルはくちびるを嚙んだ。デクラン、秘密をばらすからね。

「だめかな？」

シェルは息をのんだ。「ご存じですよね、神父さま」牛の糞に顔をうずめたよ。

「見当はつくけどね。いまはクールバーにいない、そう言ってなかった？」

シェルはうなずいた。

「外国に行ったんだね？　おそらくアメリカに」

シェルはまたうなずいた。

「その彼が、父親なんだね？」

「はい」聞き取れないほどの声になった。

シェルはメモを見て、握りつぶしたくなった。「あいつのローブ姿」という言葉がシェルを苦しめた。「この——このメモのせいで、キャロル神父はあなたにミサをさせないんですか?」シェルはどもりながらきいた。キャロル神父は、相手があなただと思ってるんですよね? つまり、ミセス・マグラーと同じように思ってる。みんなと同じように。

「あの人にはあの人の理由があるんだよ、シェル。ちゃんとした理由が、きっと」ローズ神父は、すでに飲み終えていたことを忘れて、炉棚に置いたウイスキーに手を伸ばした。自分の残りの人生がそこに刻まれているとでもいうように、カットグラスのダイヤ型のジグザグ模様をのぞいた。それから顔をあげ、疲れた様子のまぶたもあげた。やさしい光がシェルまで届いた。ローズ神父はほほえんでいた。

「神父さま、キャロル神父に伝えてください。真実を伝えてください」シェルはメモを渡した。

「お願いします」

ローズ神父はそのメモをシェルに返した。だれもほしがらないめいめいわくなカード、トランプのジョーカーのようだ。「いや、シェル。きみが持ってて。キャロル神父はこのメモをたいして気にしてなかったから、心配しなくていい。それに、手紙っていうのは書いた人のものだ。法的に見てもそうだろう?」

「あたしにはよくわかりません」

「そうなんだよ。だから、このメモはきみのものだ。それと、きみの友だちのブライディのものだと思う」

「ブライディは友だちじゃありません。いまはもうちがうんです。夏前からずっと話しかけてくれなかったし、遠くへ行っちゃったし」

「でも、いまはもどってきてるよね?」

「ブライディが？」シェルはとまどって顔をあげた。

「見かけたよ。たしか、最近だった」

「まさか。どこで？」

「海岸沿いの道をひとりで歩いてたんだ。暗いなか、ヒッチハイクをしようと親指をあげてたよ」

シェルは顔をしかめた。ミセス・クインが話している姿が目に浮かぶ。あの子はキルブランにいるわ。おばのメイといっしょに。B&Bを手伝ってるの。「神父さま、それはいつでしたか？」

ローズ神父は思い返しながら言った。「ええと、夜のミサを終えてゴートアイランドから帰ってくるときだったな。先週じゃなくて、その前の週だ。だから、クリスマスの直前か。乗せてあげようと思ってスピードを落としたんだけど、ぼくだとわかると首を振って、そのまま進めと手で合図してきた」ローズ神父は苦笑いをした。「司祭とドライブなんていやだったんだろう。ましてや、あんな見た目の車じゃね」そして、グラスを炉棚の上にもどした。

「ほんとにブライディでしたか？」

「まちがいないよ。あの子は一度見たら忘れない顔をしてるから。家に立ち寄って、仲直りできないかたしかめてみたらどうかな」

騒ぐ声とテーブルを叩(たた)く音がまた部屋に響き渡った。「フォーティーファイブ」トリックスがテーブルから叫んだ。「あたしの勝ち」

「ずるだ！」ジミーがわめいた。「またごまかした」

部屋の反対側でトランプのカードが天の恵みのように部屋に降り注いだ。ローズ神父は笑い声をあげて首を振り、伸ばした手をゆらゆらとまわした。「まったく、この世は狂いまくってるね。シエル、そうだろう？」

48

クールバーだけでなくアイルランドじゅうが医師の判断を待っていた。下院では議員たちが非公開で激しい議論を繰り広げた。電波は悲嘆の声にあふれた。こんなことが起こり得る国のありさまを見てください、と女の議員が嘆いた。全国放送のニュースでは調査審問機関の設置を求める声があがった。クールバーは包囲状態だった。

しかし、ダガン家には嵐の中心の静けさがあった。近づく者はなく、ラジオもテレビも電話も線が抜かれていた。

週末が来て、過ぎていった。月曜になり、ジョン、リアム、ジミー、トリックスが新学期を迎えて学校にもどった。四人とも行きたがらなかったのをシェルとダガンのおばさんで行かせた。車から冷たい一月の空気のなかに送り出すとき、おばさんがみんなに注意した。「だれかがあのことをほのめかしたら、ただぽかんとしていなさい」

シェルの頭のなかでつづくおしゃべりは、鳥のさえずりのようだった。聞こうとすれば聞こえるし、聞こうとしなければ聞こえない。ただ、家が静かになった月曜の朝、おしゃべりは脳が破裂するんじゃないかと思うほどうるさくなった。

あいつのローブ姿、ヘドが出る。

A型とO型。

ハガティの地獄穴。女子たちが淫行する場所になってる。

海岸沿いの道をひとりで歩いてたんだ。クリスマスの直前。

ジミーが学校から帰ってきた。くちびるが切れ、頬骨(ほおぼね)のところにあざができていた。

「どうしたの?」シェルはきいた。

「ダン・フォーリーとローリー・クインにやられた。休み時間に飛びかかってきたんだ」

「飛びかかってきた?」

「飛びかかって、しつこく言ってきたんだよ。事実を教えろって」

「事実?」シェルは、きちっとしたシャツを着て針を刺すような目をしたモロイを思い出した。

「血みどろの事実だって。シェルと赤ちゃんの」

「ふたりになんて話したの?」

「三つ子を産んだって言ったよ。ひとり、ふたり、三人。あと、三人目はドノヒュー校長のケツに隠れてたって言った」

「ジミー! 校長先生、あたしたちに最近やさしくしてくれたのに」

ジミーは、腫(は)れている頬をテントのように突き出した。「だからなにさ」

「ローリー・クインとは友だちなの?」

「ううん。敵だよ。あいつ、ゲス野郎なんだ」

「お願いがあるんだけど。あした、やってくれない?」

「なにを?」

「お姉さんがどこにいるかローリーにきいてほしいの。ブライディのこと。それと、最後に会ったのはいつかも」

翌日、ジミーはむち打たれた子犬のような顔で帰ってきた。「シェルに頼まれたこと、学校を出るときにやったよ。その結果がこれ」かかげた指は腫れあがり、爪がはがれかけていた。

「なにそれ。ローリー・クインがやったの？」シェルはぞっとした。

ジミーはうなずいた。「あいつにきいたんだ。ブライディのこと。そしたら、答えるかわりにぼくを地面に叩きつけて、でっかいブーツで指を踏んづけてきたんだよ」

「きいただけで？」

ジミーはまたうなずいた。「やっぱりゲス野郎だ」

「なにも教えてくれなかったわけ？」

「なんにも。ブライディがどこにいようと、おまえに関係ないだろ、って言っただけ。自分でもわかんないんじゃないかな。それか、恥ずかしいか」

「恥ずかしい？　どうして？」

「だって、あんなお姉ちゃんだよ。しょっちゅう万引きしてるような。ぼくとシェイマス・ローナンで一度見たことあるんだ。ブライディが〈ミーハンの店〉で万引きしてるとこ」

「だから？」

「ブライディはきっと牢屋にいるんだよ。お母さんが言ってるキルブランじゃなくて、ほんとは牢屋。それで、恥ずかしくて言えないんだ。だからローリーは、ぼくがきいたら、ぶちのめす。どう思う？」

「ちがうと思う。それだけでブライディを牢屋に入れたりしないよ。ただ、やっぱりブライディは家にいないみたいだし、ローリー自身もブライディの居場所をよく知らないみたいだね」シェルはジミーをきれいにしようと、けがをしていないほうの手を引っ張っていった。はがれる寸前だった爪を取りのぞく必要があった。ジミーは顔をしかめたものの、泣かなかった。

手当てが終わると、シェルは電話帳を取り出し、キルブランにいるブライディのおばのメイの電話番号をさがしだした。そして、みんなが雌牛(めうし)の世話に行っているときに電話をかけた。呼び出し音がしばらく鳴ったあと、女の声が答えた。

「ブライディと話せますか？」シェルはきいた。不安のあまり電話線を指に巻きつけていた。声がうわずった。

「ブライディと？」

「ブライディ・クインと」

「ブライディ・クインはここにいないわよ。どうしていることになるのかしら。クールバーに住んでるのに」

「クリスマスのあいだ、そちらにいませんでしたか？　ほかの人たちといっしょに」

「いいえ。来られるはずないわ。学校の旅行に行ったって、あの子の母親が言ってたから。フランスでスキーだって」

学校の旅行？　フランス？　あの学校の生徒はいつからリンガスキディ（コーク市に近い村）より遠くに行けるようになったの？　「じゃあ、ブライディは夏のあいだだけそちらにいたんですか？　Ｂ＆Ｂを手伝うために」

「Ｂ＆Ｂの仕事は一年前にやめてるけど。あなた、だれなの？」

「ただの――ただの友だちです」シェルは、それ以上なにかきかれる前に電話を切った。受話器をもどすとき、電話線につまずきそうになった。フランスでスキー？

その夜、頭のなかのうるさいおしゃべりがもどってきた。シェルは真夜中過ぎに明かりをつけてあの封筒を取り出し、なにか答えはないかと、毛布の下でメモをのぞきこんだ。青白い顔で吐く真(ま)

似をするブライディ。キルブランでお客さんの朝食をつくるブライディ。あの歌のようにアメリカの西海岸から東海岸へ移動するブライディ。暗いなか親指をあげながらクールバーの海岸沿いの道を歩くブライディ。シェル、家に立ち寄ったら？　仲直りできないかたしかめてみたらどうかな。顔色を変えて目をそらすミセス・クイン。あなたたちふたりがどんなことをしてるか知ってたらよかった。もっと早く知ってたら、わたしは――

「なに？」シェルは自分に向かってつぶやいた。「ミセス・クイン、あなたはなにをするつもりだったの？」そして明かりをもう一度消した。返ってきたのはトリックスとジミーの寝息だけだったので、自分で答えを出した。「あたしたちふたりをイギリスに送り出して中絶させる？　ミセス・クイン、あなたはそうするつもりだったの？」

49

翌朝、シェルは早起きした。ストッキングをはき、その上にズボンをはき、あたたかいシャツを着て、さらにセーターを二枚重ねた。それから忍び足で階段をおり、だれも起きてこないうちに外へ出た。裏の納屋からダガンのおばさんの自転車を借りて私道を走り、家畜の脱出を防ぐ格子の橋を渡って村を通り抜けた。他人に見られることなくゴートアイランドに向かう海岸沿いの道に出ると、左手にあるクイン家の前を通りかかった。錆(さ)びた自転車が前庭に倒れ、薄汚れた黄色のカーテンが引かれていた。だれも起きていないようだ。訪ねようかとも思ったが、そのまま自転車をこぎつづけた。

身を切るような朝の風に押されながらゆっくりと進んだ。空は低くて薄暗かったが、鳥たちは力強く飛んでいた。シェルは下の砂浜に通じる道に着いた。道の先にはデクランが父親の車を停めたタール舗装の狭い駐車場もあった。シェルは棒杭(ぼうくい)のそばに自転車を置き、砂利だらけの斜面を這(は)いおりて砂浜に出た。

潮は遠くに引いていた。目の前に広がる砂は、光と影でできた真っ平らな長い帯のようだった。シェルの後ろから太陽がのぼると、砂は白と黄色に輝きだした。シェルはその上を歩きながら、風で髪が乱れないようにスカーフを持ってくればよかったと思った。

わたしの二本の足がそれを壊す
鏡にはふたつの目が見える
悲しみと喜びが

それは母さんといっしょに砂浜を散歩しながらつくった短い歌だった。その歌詞を口にすると、心が軽くなった。陽気に飛び跳ねながら歩き、いつぶりだろうと思うほど久しぶりに笑みを浮かべた。

海に出ている船はなく、犬を散歩させている人の姿もない。シェルはひとりきりだった。洞窟のある岩だらけの場所に近づくと、気持ちがまた沈んだ。警察が張った黄色いテープが、ぼろぼろの残骸となってはためいている。砂はあたり一面、かき乱されていた。おおぜいの人が、おそらく群れをなして出入りしたのだろう。

シェルは両手と両ひざをついて、すきまから洞窟に入った。盛りがついた雌羊みたいだな、シェル。デクランは角がはまった雄牛みたい。イバラの茂みに。

洞窟のなかには、なにか古びたもののにおいがこもっていた。その場所の冷たさと暗さがナイフのように体を貫いた。最初はほとんどなにも見分けられなかった。やがて黒くて固い岩壁が、つぎに散らばっている小石が見えてきた。そして、デクランとふたりで寝た場所。その真上に岩棚があった。岩棚には花束が置かれていた。店で買うような花ではなく、乳白色の実が鈴なりになっている珍しい低木の小枝で、クリーム色のリボンでまとめられている。シェルはその束を持ちあげてにおいをかいだ。新鮮で青々としていた。つい最近、もしかするときのう、だれかが置いていったのかもしれない。

だれが置いてもおかしくない、とシェルは思った。ニュースを聞いたアイルランドのだれか。あるいは、地元のクールバーのだれか。シェルは小枝の束をもどし、考えながら洞窟から這い出た。外にもどるとほっとした。母さんはこの洞窟を風と雨がつくった美しい場所だと言っていたけれど、今朝は墓穴のように、しかも死者がだれもよみがえることのできない墓穴のように思える。シェルは、風をよけて崖沿いに歩きながら、足早にさっきの駐車場へ向かった。途中、頭のなかでまたおしゃべりがはじまった。風のあたらない場所を見つけてすわり、考え事ができるようにした。

　振り返ってみると、ブライディの妊娠についてはたしかに思い当たる節があった。先学期、ブライディはよく疲れたような青白い顔をしていたし、給食を見て鼻にしわを寄せていた。以前なら、どんなにまずくても、人間ごみ箱かと思うくらいがつがつ食べて、まわりにからかわれていたのに。七月にはお腹(なか)が目立ちはじめていただろう。きっと母親と大げんかをしたはずだ。なにしろふたりはずっと仲が悪かったし、母さんはものすごく怒りっぽいんだとブライディがいつも言っていたから。ひょっとしたら、ミセス・クインに家を追い出されたのかもしれない。あるいは、自分から出ていったか。でも、ミセス・クインが言ったキルブランにも、テリーサが言ったアメリカにも行ってなかった。たぶんヒッチハイクでコーク市まで行ったんだ。たいしたお金もなく、寝る場所も、仕事もない状態で。そんななか、ブライディはいったいどうしただろう?

　父さんの声がよみがえる。荒れ果てたところだ、シェル。川のそばの港だ。あそこには年もばらばらのいろんな女がいる。何人かはまだ、おまえと同い年くらいだ。おまえの学校の友だち、ブライディみたいなのもいた。あの子みたいに大胆で生意気なやつだった。

　ブライディはそんな女になってしまったの?　夜の女に?　街角に立つ女に?　ブライディにはいつもマグダラのマリアの雰囲気が漂っているとデクランは言っていた。「ヒッコリー　ディッコ

リー　ブライディ・クイン　ベルを鳴らして　おのれをイン」とからかっていた。いまならどういう意味だったのかわかる。わかりすぎるくらいに。シェルは、自作の詩でふたりをそれぞれ笑い飛ばしているデクランを思いうかべながら、靴のかかとを砂利に食いこませた。
海を見渡すと、朝日がつくりだすレモン色の道が、おだやかな水面を突っ切って水平線に消えていた。シェルは目を閉じ、クリスマス直前の夜、ゴートアイランドから帰る途中にローズ神父が見た光景を想像した……

……静かな十二月の夜、海岸沿いの道をブライディが歩いている。空には月がのぼり、目の前にはおだやかな海が広がっている。ブライディは赤ん坊を連れてクールバーへもどってきていた。ベッド、やさしい言葉、赤ん坊の世話を手伝ってくれる人がどうしても必要だった。母親と仲直りをするつもりでいたけれど、いざ家に着くと、だれもいなかった。気分転換でもと、家族がクリスマスにキルブランに行ったからだ。ミセス・クインがそう言っていたし、その部分はほんとうだとシェルにはわかっていた。でも、ブライディにはわからなかった。ヒッチハイクをしてコーク市からはるばるやってきたのに、家がからっぽだとわかっただけだ。
いまやシェルは、ひそかに集落に近づくブライディだった。ブライディはきっと木のあいだから集落の明かりをちらちら見ただろう。煙草(たばこ)がほしくてたまらなくなったはずだ。デクランがよく「モク」と呼んでいた煙草が。そして夜が訪れる。ブライディは暗闇のなかで幽霊のようになる。だれにも見られることのないクリスマスの幽霊のように。泣いている赤ん坊をあずかってくれる人がいればと心から思っただろう。自分のベッド、シーツに残る洗剤のなつかしいにおい、窓を打ちつける風、そして昔の夢、小さいころに見ていた夢が恋しくてたまらなかったにちがいない。

でも、家の明かりは消えている。車はなくなっている。だれもいない。ブライディはひとりきりだ。

どこに行けばいいのかわからない。だから海岸沿いの道をわけもなくひたすら進む。車が一台通りかかり、ブライディをよけていく。ブライディは生け垣に飛びこみ、赤ん坊を隠す。危ないところだった。丘をのぼり、畑を横切り、短い草を、門を、生け垣を越えていく。携帯用のベビーベッドを引きずりながら。寒さのせいで、赤ん坊は壊れたレコードのように泣きつづける。ビーチボールを思わせる月が海に浮かぶ。ブライディは小道に着き、さらに近道をおりて砂浜に出る。そこは昼間のように明るく、肌を突き刺す風が吹いている。あたしがいますわっている場所にブライディもすわったのかもしれない。赤ん坊とふたりで。そしてこう思う。月がもう少し高くのぼったら海に向かって歩こう。ふたりでおぼれ死ぬんだ。けれど、そうはせずに、風としゃべりつづける。赤ん坊は泣き叫んでいる。ブライディはふと洞窟を思い出す。

ハガティの地獄穴。

アバトワ。

デクランによく連れていかれた洞窟。女子たちが淫行する場所。男子が女子を縛りあげて置き去りにするところ。ブライディはすきまから洞窟のなかに這っていく。ベビーベッドを前に押しながら。赤ん坊の泣き声はつづいている。とはいえ、さっきよりうるさくはなく、野良猫の鳴き声のように弱々しい。疲れてしまったのだ。ブライディは洞窟のなかでマッチを擦(す)る。そして棚が、壁のくぼみに岩棚があるのに気づく。ベビーベッドを置くのにちょうどいい。ブライディは、高くて乾いたその場所にベビーベッドをのせる。これなら潮が満ちても赤ん坊が流されることはない。ひょっとしたら、このとき赤ん坊は泣きやんだのかもしれない。ここにのせられてうれしいんだね、とブライディは考える。赤ん坊はじっとして、ようやくまぶたを閉じ、頬をやわらかくふくらませる。ブライディはそっと立ち去りながらこう思う。これでぐっすり眠るだろう。迎えにもどってくればいい。あとで。

外に出ると、月の下で波がうねっている。霧雨が降るなか、ブライディは幽霊のように砂の上を漂う。体をあたたかくしておくために歩きつづけなければならないからだ。重荷はなくなった。だれかが見つけて連れていってくれるだろう。そうであってほしい。でも、もう関係のないことだ。すっかり身軽になったブライディの頭のなかで、なにかがぐるぐると奇妙なワルツを踊りだす。気がつくと近道をのぼり、風を抜け、道にもどって歩いている。赤ん坊の泣き声がするが、今度は頭のなかで聞こえるのだとわかり、歩みが速くなる。車が一台、後ろから迫ってくる。親指をあげると、その車がスピードを落とす。停まった車を振り返って、だれなのかたしかめると、ふざけたおんぼろ車に乗ったあの若い司祭だとわかる。首を振り、進むように手で合図すると、車は先に行く。ブライディは砂浜から遠く離れ、月からも離れ、未来へ向かっていく。つぎにやってきた黒いセダンは、あたたかそうで明るく、なかに見知らぬ男が乗っている。自分がはまった地獄の穴から遠ざけてくれるならだれでもいい。男は車を停め、なかに招く。火のついた煙草を差し出し、待っている。ヘッドライトを金色に光らせ、市内へ向かうところだ。そこまでずっと乗せていってもらえる。ラジオが大音量で「北から南へ渡ってキー・ラーゴへ」と曲を流しても、雨が激しく打ちつけても、赤ん坊はまだ頭のなかで泣き叫んでいる。だから車に乗りこみ、煙草を受け取ってドアを閉める。そうして車は走りだし、暗闇から暗闇へと去っていく。クールバーから離れて、永遠に去っていく……。

まぶたからこぶしを離すと、黄色い筋の模様が消えていった。頭のなかのおしゃべりも静かになった。太陽は砂浜をよりまぶしく照らしていた。シェルは立ちあがった。

犬を散歩させている人が通りかかる。おかしなほどはしゃぐテリアが波を追いかけている。

そういうことだったんだ、とシェルは思った。赤ん坊はそうやって洞窟に来たんだ。証明する手立てはない。けれど、そうだったとわかる。どこかで、アイルランドのどこかもっと遠いところで、ブライディはすわってニュースを聞いている。なにも言わず、黙ったまま。そして別のだれかが、ひょっとすると身近な人が、ブライディが赤ん坊を置いたまさにその場所に花束を置いたんだ。もしかしてミセス・クインが？　ちがうって言える？

モロイは正しかった。けれど、赤ん坊の泣き声に耐えられなかったのは、あたしじゃなくてブライディだ。いまでも泣き声が聞こえる？　夢のなかでは？　行く先々では？

怒りがシェルのなかでぐるぐると渦巻いて、傷んだバターのようになった。ブライディがしたこと、ミセス・クイン、デクラン、モロイ、村のほとんどの人に対する怒りだった。ダガンのおばさんに対してさえ怒りを感じた。おばさんは赤ん坊の心臓の穴を治してもらえたのだ。シェルは砂を蹴りあげた。それからローズ神父の最初の説教を思い出した。怒りのないところには愛もない、そう思ったことはありませんか？　風のせいで出た涙が頬を伝った。それをぬぐいながらローズ神父の声をかき消そうとした。けれど、むだだった。自転車を取りにもどったときも、ペダルをこいでその場から遠ざかるあいだも、ローズ神父は頭のなかで話しかけてきた。シェルは、車のボンネットをぎりぎりでよけて助かった運のいい羊を思い出した。ぼくに神のご加護があればこそだね、シェル。いや、きみにだ、シェル。いや、だれにでもだ、シェル。

タール舗装の道が自転車の下でパチパチ鳴るのを聞きながら、シェルはクールバーへ帰っていった。クイン家ではまだだれも起きていないようだった。ただ、向かい側の生け垣に、見覚えのある白い花や実をつけている低木があった。

せめてもの花束、岩棚、凍(こご)えた赤ん坊。この世の痛ましさ。

50

こじつけの双子

翌日の地方紙に、ふたりの赤ん坊の遺体に関する医師の最終報告書の記事が掲載された。

キャッスルロック町近くで男女の赤ん坊が遺体となって発見された事件で、ふたりが双子ではないことがダブリン市の病理医チームによって立証された。二卵性双生児は、このふたりのように血液型が異なる場合があるが、本件ではさらに在胎期間の相違も確認されたという。出生時期はほぼ同じながら、母親の妊娠時期には少なくとも五週間のずれがあると同チームは結論づけている。浜辺で発見された赤ん坊が約四十週（臨月）で生まれたのに対し、事件の中心人物とされる少女が出産した赤ん坊は約三十五週の早産だった。

また、後者の女児が死産だったことを示す証拠も見つかった。医師の報告書によれば、出産中にへその緒が赤ん坊の首に巻きついたようだ。資格を持つ助産婦がつきそい、その後に病院が適切な処置をしていれば、赤ん坊はおそらく生存していただろうという悲劇的な事実も報告書で明らかになっている。

警察は、クリスマス以来身柄を拘束している父親に対し、すべての起訴を取りさげるものと見られる。父親の虚偽の自白は、警察による本件の取り扱いに関して下院に深刻な懸念を引き起こしており、一部の議員が取り調べに対する独立調査を求める事態となっている。警視のダーモット・モロイからのコメントは現在のところ得られていない。

ニュースは村じゅうに広がった。最初からわかっていたとだれもが言った。噂によれば、ミセス・マグラーはこう話したという。あの洞窟の赤ん坊はおそらくティンカー（アイルランド系の移動生活者に対する差別的な呼び名）の子どもだね。何週間か前にティンカーたちが湿地の道で野営してるのを見たんだ。ああいった連中のやりそうなことだよ。

シェルは記事を何度も読み返した。最初は意味がわからなかった。在胎、虚偽、早産、悲劇的。それから、灰色のへその緒がくねくねとロージーの首に巻きついていたことを思い出した。ロージーの体がとても小さかったことも。洞窟にいた赤ん坊と自分の腕に抱いた赤ん坊、去っていくブライディ、そして、馬が別の場所に移動して草を食むように、復活祭を境にふたりのうちの一方からもう一方へ乗り換えるデクランを思い浮かべた。

男女の赤ん坊。

A型とO型。

臨月、早産。

これではっきりした。

シェルはダガン家の開き窓の前にすわり、冬の雑木林を見つめた。死んだ赤ん坊たちは双子ではなかったけれど、半分血のつながった兄と妹で、同じ「涙の谷」に生まれていた。

シェルはふたりの魂の安息を祈った。

51

起訴が取りさげられ、父さんはその日の午後に帰ることになった。シェルは自宅にもどって父さんを迎える準備をした。壁には寒さがしみついていた。マットに郵便物が散らばっていたので、それをテーブルにほうり投げた。部屋に三つ並んだベッドの上がけが乱れたままになっているのを見ると、それをはぎ取った。ピアノを開け、ウイスキーの瓶を取り出した。半分残っていた。その琥珀色の液体を流しに傾ける前に三口飲んだ。父さんの言うとおり三口目で体があたたかくなるのを待ったが、喉がひりひりして、くしゃみが出そうになっただけだった。自分のベッドの下の隠し場所からピンクのドレスを出して、ほこりを払い、父さんの洋服だんすにもどした。父さんの部屋は病んでいるかのようにどんよりしていた。ベッドは乱れ、カーテンは閉まったままで、悪夢のにおいがこもっていた。窓を開けると、風が流れこんできた。シェルはシーツやらなにやらをはぎ取った。疲れたので、椅子にすわって耳を澄ました。最初はなにも、風の音さえも聞こえなかったが、そのうち物音がしはじめた。なにかがかすかにきしむ音、ため息、どこか近いところで響くピアノの長い和音の最後の余韻。

　郵便物をつぎつぎ見ていった。請求書。覚えていない人からの遅れたクリスマスカードが二枚。遠くに住んでいる母さんの若いころの友だちで、母さんが死んだことを知らないのだろう。そのとき、見逃しそうになっていた白い封筒が飛び出した。エアメールの青いシールと見慣れない切手、雑な字で書いた住所があった。シェル宛てだ。驚いて目を見張った。あたし宛て？　外国から手紙なんてもらったことない。シェルは封を切った。
なかのカードには、雪の積もった枝にとまるコマドリが描かれていた。コマドリはくちばしに封筒をくわえ、翼を広げてウインクしていた。カードの内側には、端からもう一方の端へななめ上向きに綴(つづ)られた文字が並んでいた。

シェルへ。アメリカはイカれてる。ニューヨークはもっとイカれてる。おれはでっかいトラックでマンハッタンじゅうを行き来してるよ。空が綿あめみたいなんで、偽物じゃないかと思ってる。ビルをつくったり、酒を飲んだり、遊び歩いたりの毎日だ。おれたちを、おれとゲリーと仲間を止めるものはなにもない。クリスマスのボーナスを盗(と)られなけりゃ、おまえに新しいブラを送ってやれたのにな。寝床は十一番街の「地獄の台所(ヘルズ・キッチン)」ってところにある。おれにぴったりだって言われそうだな。夜はたいていアイリッシュ・バーのザ・シャムロックに行ってるよ（シャムロックはアイルランドの国花）。まったく、この名前、おやじのばかげた妖精よりひどいだろ。けど、スタウト（黒ビールの一種）はうまいんだ。ついさっき、ひもにつないだフェレットを連れた男が入ってきた。酒の席の冗談じゃない。女たちはどうかしてる。ジンが十ショットも入ったシンガポール・スリングを飲み干して、もっとよこせだとさ。きのう、エンパイア・ステート・ビルにのぼって、落っこちそうになった。黄色いタクシーがそろばんのちっこい珠(たま)みたいになって雲の下をちょこまか走ってた。めまいがしたけど、おまえにくらくらしたときほどじゃなかったよ、シェル。いまも覚えてる。あいつより愛をこめて。

デクランの姿が目に浮かんだ。黒ビールに向かって身をかがめているところ。ポケットから飛ぶように出ていくドル。待ちぶせしている強盗。散らかっているグラス。色目を使う女の子たち。煙草の吸い殻。口笛を吹いてフェレットに輪をくぐらせる男。前にぐらついたり後ろに倒れそうになったりするビル。タクシーのまたたくライト。デクランの薄汚れた見た目、建設現場の砂ぼこりをつけた髪、クールバー村出身者らしさの残る顔。星条旗みたいな目をした向かい側の女の子には目もくれず、西から東へボールペンを動かし、パンがふくらむように、あるいは飛行機がふるさとへ帰るようにすらすらとメッセージを書くデクラン。におうシェル、汚れる土間に、たまるノミ。そして、デクランが残していった破壊の跡。

電気ヒーターをつけてカードをエレメントに押しつけた。紙がゆがみ、まもなく炎に包まれた。それをタイルの上に置き、コマドリが、タクシーが、シンガポール・スリングが燃えていくのを見つめた。デクラン・ローナン、ずる賢い男。この世でまた会うことはある？　じゃーなー、シェル。タララー、デクラン。そんなの、気にすること？

シェルは燃えかすをごみ箱に捨て、ピアノや窓台のほこりを払った。それから、真新しいシーツでベッドをきれいに整えた。

52

寝室の空気を入れ替えて家のほこりを払い終えると、シェルはジミーとトリックスを学校から連れ帰った。

「なんで父さんは刑務所にいちゃだめなの？」家に入るとき、ジミーがぼやいた。

「ダガンさんちにいたい。テレビが見たいよ」トリックスも口をとがらせた。

「しっ、ふたりともやめて。黙っててくれたら、お菓子を買ってあげるから」

シェルはふたりを裏の野原に遊びにいかせた。

汚れていた窓をきれいにした。

スコーンをひと山焼いた。

予定より早く外に車が停まる音がして、はっとした。酒場の誘惑に負けないようにという厳しい指示のもと、ダガンのおじさんが父さんを車に乗せてキャッスルロックから連れ帰ることになっていた。父さんの手はまだ震えてる？　ピアノを開けたときにウイスキーがなかったら、父さんはあたしを叩く？　目玉焼きの卵の黄身を割ったら怒鳴る？　シェルは粉まみれの手とやつれた顔で窓の外をのぞいた。ところが、見えたのは父さんではなかった。停まっていたのはなじみのある紫色の車。ローズ神父とジェゼベルだ。

ローズ神父は「こんにちは。なかにいるかい？」というやさしい声といつもの笑顔でドアから入ってきた。シェルは椅子をすすめて手を洗った。「なにか飲み物をお持ちしますね、神父さま」

「長居はできないんだ」ローズ神父は、ピアノの鍵盤に背中を向けてスツールに腰かけた。ジャケットの前がはためいてハイネックのセーターがのぞき、司祭の服の詰め襟が隠れているのがわかった。小さな白い四角がのぞくあの襟がないと、ローズ神父はちがって見える。ささいなことに悩みながら、みんなと同じ土の上を歩く、ふつうの人のようだ。シェルは会話をはじめたものの言葉につまった。ローズ神父はすわったまま宙を見つめていた。父さんがよくやっていたしぐさに、どことなく似ている。

「ぼくは行くことになったよ、シェル」ローズ神父がようやく言った。「お別れを言いにきたんだ」

「お別れ？」

「呼ばれてね」

「どういう意味ですか？」

「教会に呼ばれたんだよ」

「別の教区に行かされるってことですか？　もう？」

ローズ神父は首を振り、笑みを浮かべた。

「いったい、どこに？　外国ですか？」シェルは、ローズ神父がアフリカの真ん中で貧しい人々のあいだを歩き、病気の子どもたちを神の慈悲のもとへ送り出すところを思い浮かべた。

「オファリー県」

「オファリー県？」

「そうだよ、シェル。そこに、使命に悩む司祭たちのための家があるんだ。天職への信念がゆらいでしまった者たちのための」

シェルはとまどって目を見開いた。

「疑いを抱く司祭が行く施設だよ」

「ローズ神父さまがその——疑いを抱く司祭？」

「ぼくは、信仰の危機に陥ってるんだ、シェル」

シェルは、暗い教会のなかにいたローズ神父を、苦悩がはじまったあの日を思い出した。避難しにきたのかな、シェル。教会には、少なくともそのくらいの使い道はある。「よくわかりません」シェルは顔をしかめながら言った。「なにを疑っているんですか？」

「ほんとに教えてほしい？」

「はい、神父さま」シェルはそっと答えた。「もし教えてくださるなら」

ローズ神父はピアノに寄りかかり、ほこりを払ったばかりの鍵盤を片手で静かになぞった。「教会に足を踏み入れるとね、シェル、どこの教会でも、なにかの存在を感じる。神聖なもののにおい、ただのレンガ以上のなにか。いつもそれを感じて、いつもうれしくなるんだ。でも、この一年、クールバーにいて、シェル、その感覚が薄れてしまった」

「薄れた？」自分の愚かな信心。「どういうことですか？」

「あの教会のなかに何時間もすわった。自分の心のなかをさぐり、アルコーブに入り、聖人像をめぐり、信徒席を渡り、聖櫃のそばまで行った。聖体ランプの不滅の光も見つめた。けれど、聞こえたのは風の音だけ、かいだのは木のつや出し剤のにおいだけだった。感じたのは、孤独な宇宙にひとりきりでいる自分自身だけだったんだ。それに、この教区のどの人の顔にも、見えるはずの神の姿が見えなかった。見えたのはもっともろいもの、もっとはかないものだった」

「神父さま——ローズ神父さま……」シェルは口ごもった。

ローズ神父は親しげに眉をあげた。

「あたしもそう感じていました。同じです。教会には木と風ばかりで、なにもないって。そんなとき、あなたが来て、変わったんです。あなたが変えてくれました。また信じられるようにしてくれました。イエスさまを。天国を。そしたら、母さんがやってきたんです。霊になって」

「ほんとかい、シェル」

シェルはうなずいた。「いまもたまに来ます。ピアノの前の、あなたがいまいるところにすわったり。ジミーがそこにいるときは、ジミーのなかに入って、ピアノを弾く指を動かしたり。あたし、わかるんです」

ローズ神父はシェルに笑いかけた。

「あなたのおかげです、神父さま。あなたが母さんを帰らせてくれたんです。だって、あなたが話すのを聞いてから、母さんがこのあたりにいるのを感じるようになったから」

ローズ神父は首を振った。「お母さんが帰ったとしたら、きみが連れてきたんだよ。ぼくじゃない」そして、ポケットから折りたたんだ紙を取り出した。「住所が書いてある、シェル。ぼくの母の家の。手紙をくれたら、いつでも届くよ。ぼくがどこにいてもね」

ローズ神父は紙を渡して立ち去ろうとした。

「神父さま」シェルは質問をさがした。引きとめられるなら、どんな質問だっていい。「オファリーにはいつまでいることになるんですか？」

「何日になるか、何週間になるか。何か月かもしれない。進むべき道がはっきりするまで。合意がないとね、ぼくと彼らとのあいだで。考えが一致しないと」ローズ神父は話しながらドアに向かった。シェルは追いかけ、庭に出て、ローズ神父が車に乗りこむのを見つめた。助手席を見ると、相変わらず散らかっていた。煙草、地図、免許証。ローズ神父が手回しの窓をおろした。

「神父さま……」シェルは口ごもった。エンジンがかかった。

「なんだい、シェル」

「神父さま、感じることはありますか……」出し抜けにきいた。「あたしが母さんを感じるように、マイケルを感じることはありますか？」

エンジンが咳きこむような音を立てて、止まった。「マイケル？」

「お兄さんの」

ローズ神父はハンドルに両手をのせ、なだらかな上り坂になっている裏の野原を見つめた。赤ん坊が掘り起こされた場所を示す黄色いテープの残骸が、そよ風になびいていた。てっぺんの木々のあいだには、身を寄せ合うトリックスとジミーの姿があった。「意外だな、そんなことをきかれるなんて。たしかに以前、ぼくも感じたことがあったよ。マイケルが死んだ直後に。マイケルは、ぼくとちがって、ずっと司祭になりたがっていた。ぼくはふざけた、いいかげんなやつだった。そんなぼくに、マイケルは自分が中断した使命を引き継いでくれと言いつづけているようだった。けど、ぼくが十代のうちに静かになったよ」

「そうなんですか？」

「ああ。ひょっとしたら、言うことがなくなったのかもしれない。ぼくがマイケルの望みどおりになって、聖職者の道を選んだから」

「もしかしたら、いまなら――もしかしたら――もどってくるかも」

ローズ神父はほほえんだ。「そうかもしれないね、シェル。助けてもらえれば、たしかにありがたい」

「オファリーにいるあいだ、神さまのかわりにお兄さんに祈るのはどうでしょう。お兄さんのほうが神さまより近く感じられるかも。どうすればいいのか教えてくれるかも」

　ローズ神父は考えた。「やってみてもいいね」けれど、確信は持てないようだった。ローズ神父がキーをまわすと、シェルは故障していますようにといつもとは反対のことを願った。そんなときにかぎって、エンジンがすぐ調子よくかかった。ローズ神父は、短く伸びてきたひげの暗さをかき消すように最後の笑みを浮かべた。「きっとまた会おう、シェル」ローズ神父の手のひらがハンドルの上で少しだけゆれ動き、タイヤが前にすべりだした。「この無知なる島のどこかで」

　車が草地の端から道路に出た。「さようなら、シェル。神のご加護を」言葉がエンジンの騒音にまぎれた。

「さようなら、ローズ神父さま」シェルは小声で返した。車が道を曲がるときに目をつぶった。野原が、お墓が、黄色いテープの残骸が見える。けれどその真ん中に、降り注ぐ光に囲まれたあの人が、というよりも、あの人がいなくなった大きな穴が見える。だれもかけられていない十字架像が風でうなるところも。シェルは目を開け、紫色の車が曲がって消えた場所を見つめた。ほんとうにいなくなったなんて信じられない。すると、かわりに別の車が、ステーションワゴンがさっそうと現れた。ダガンのおじさんが、隣に父さんを乗せていた。

「あの助任司祭のばかたれ」父さんが車からおりながら言った。「危うくぶつかるところだった」

車のドアを閉め、ほほえんだ。

　シェルは、引き結んだくちびるをぐっと嚙(か)んだ。それから父さんにうなずいた。「お帰り、父さん」

「シェル」父さんは両腕を広げながら近づいてきた。「おれの娘。うちに帰れてうれしいよ」

53

父さんは以前より静かになっただけで、別人のようになったわけではなかった。今度はお酒ではなく、賭けトランプに夢中になり、夜はたいてい集落へ行ってフォーティーファイブで遊んだ。毎週日曜には、相変わらず朗読台からイカれた預言者のように朗読した。夕食後には、夜を勢いよく駆け抜ける列車のように、ロザリオの祈りの神秘をまくしたてた。寄付金集めはやめて、農場の仕事にもどった。鎮痛剤を喉に流しこみながら、腰の具合のことで文句を言った。

父さんを動かすのはひと苦労だった。それでもシェルは説得し、母さんが使ったあと壊れたままになっていた古い二槽式洗濯機を新しい全自動型に変えさせた。春を前に、裏の野原に草の種をまき、新品の物干し台も取りつけた。それは傘のように折りたためて、風に吹かれるとくるくるまわるものだった。石塚はそのままにしておいた。いまでは雑草や苔(こけ)がついた標識塔のようになっていた。

ローズ神父が去ってすぐ、キャロル神父が葬儀のミサをおこなうと告げた。ポールと名づけられた赤ん坊とシェルの赤ん坊のためだ。娘をなんと呼んでいたかきかれたとき、シェルはうそをついた。これ以上のゴシップはごめんだった。だから、名前はローズではなく、メアリー・グレースだと答えた。赤ん坊たちは小さな棺(ひつぎ)に入れられて教会の墓地の片すみに埋められた。そこは洗礼を受けていない魂のために取ってある場所だった。ふたりはこの世が終わるまでの長いあいだ、辺獄で待つことになる。

ミサのあと、「気の毒にねえ」とミセス・マグラーが言い、帽子を横にぐらつかせた。「お気の毒さま」とファロン医師の奥さんも言い、しわの寄ったワニ革のバッグの上で両手を組んだ。ノラ・カンタヴィルは「そのうちコーヒーケーキを食べにきてちょうだいね」と誘った。シェルはそれぞれと握手をしてうなずきながら、頬をすぼめ、厚手の小麦色のストッキングが三人のでこぼこした足首をくるんでいるのを見つめた。受難の救世主よ、あんな足になるのはご勘弁を。

ミセス・クインもミサに来ていたが、ひとりきりだった。二階席にすわり、だれとも話をしなかった。教会の玄関口から埋葬を見守り、墓を囲んでの祈りが終わるとすぐに去った。シェルは、背中を丸めて丘をのぼるその姿を見送った。ふたりだけが、この日ミセス・クインの孫息子が埋められたということを知っていた。

つぎの日曜、キャロル神父から、復活祭までに新しい助任司祭が加わることが告げられた。事業を引退した男やもめで、人生の後半になってから聖職者の道に進んだとのことだった。クールバーの人々はローズ神父のことを決して口にしなかったが、シェルの頭のなかにあるローズ神父の記憶は薄れるどころか強まっていた。ローズ神父の言葉、ほほえみ、しぐさがシェルの毎日に織りこまれた。きっとまた会おう、この無知なる島のどこかで、シェル。シェルは、オファリー県で不滅の光を前にひざまずいているローズ神父を思い、進むべき道が開かれることを祈った。ローズ神父の母親の住所は、ミサ用の水色のバッグにたいせつにしまっておいた。

ある晩、小学生のときに教わったドノヒュー校長が立ち寄り、学校にもどってきてちょうだいとシェルに言った。「あなたはばかじゃない。昔からずっとね」シェルは断った。もう学校を終えたんですと答えた。しかし最後には、夕方の補習という申し出を受け入れた。お金はいらないと言い張られ、断ることができなかったのだ。そして、父さんがトランプ遊びを休む毎週火曜に通いはじめた。

冬の終わりのある晴れた週、移動遊園地が町にやってきた。去年、ジミーとトリックスは行くお金がなくてしょげかえっていた。今年はシェルが父さんにお金を出させ、乗り物にいくつか乗れるようにした。土曜の午後、三人はいっしょに町へ出かけた。

近づくと、桟橋のそばの公園全体がまぶしい光と騒がしい音にあふれているのがわかった。おもしろそうな乗り物が並び、出店がきらきらと輝き、ハードロックの音楽で空気が震えていた。シェルたちは、にぎわう人々のなかに飛びこんだ。

「あれ、食べていい?」トリックスが大声をあげて、綿あめの出店を指差した。大きくふくらんでいるのを三つ買って、みんなできれいになめた。それからバンパーカーとゴーストトレインに乗った。お金がすぐに残り少なくなった。乗り物を見てまわり、最後にどれに乗るか決めることにした。

ひとりの女性がすれちがいざまにシェルの袖をかすめた。シェルが振り返ると、遠ざかる背中しか見えなかった。ただ、髪をまとめているシフォンのスカーフが、砂浜を散歩するときに母さんがよく巻いていたオリーブグリーンのスカーフに似ていた。女性は両手をポケットに入れ、なじみのある軽い足取りで桟橋のほうへ向かった。はるか昔や遠い場所のことを考えているように頭を傾けている姿も、砂浜をのんびり歩いたりピアノでゆったりした曲を弾いたりするときの母さんにそっくりだった。まわりの人たちがあっちへこっちへと歩きまわっても、女性は止まることなく前へ前へと進んでいた。離れていくにつれて、シェルの頭のなかに女性の歌声が聞こえてきた。今度は、なんの歌かわかった。

彼女は離れていった
一番星といっしょに
夕暮れの湖を渡る
白鳥のように

歌声が小さくなっていく。母さん、行かないで。シェルはトリックスの手をつかんで駆けだし、人影を追いかけた。けれど、女性はもう人混みのなかに消えていた。いや、また女性の頭が、ひじが現れた。なめらかな革のコートを、あの黒いのを、いちばんいいのを着ている。

「シェル」ジミーが不満そうに言った。「どこに行くの？」

シェルは、席がむきだしの観覧車のそばまでふたりを連れてきていた。あの女性の姿はどこにもなかった。「さあ。ここかな。たぶん」目が人混みをさまよった。

「ビッグホイールだ」トリックスの目が輝いた。「あたし、これに乗るのに小さすぎないよね？」

見失った。ただの思い違いだったのかもしれない。

「ね？」トリックスの声が泣きそうになった。

「うん、トリックス。だから静かにね。みんなで乗ればいいから」

チケットを買うと、お金がすっかりなくなった。三人は同じ長椅子に乗せてもらった。スタッフが三人のひざの上にバーをおろしてロックすると、ホイールが回転し、ほかの人が乗るたびに席が少し後ろに傾いた。全員が乗り終わると、ホイールはスピードをあげた。どんどん速く後ろ向きにのぼりながらまわり、三人は息を弾ませた。片側でトリックスが、もう片側でジミーがシェルにしがみつき、六本の手と足首がごちゃまぜになった。後ろへ、上へ、ヒューッと移動する三人のあいだを風が吹き抜けた。

「マリアさま」シェルはあえいだ。胃がひっくり返りそうになった。

「見て、シェル。見て」

三人はビッグホイールのてっぺんに来ていた。太陽が白くはじけ、海がきらきらと輝いている。席が今度は前向きにおりはじめ、地上の遊園地がみるみる近づいてきた。すると桟橋の先のほうに、あの図書館員を見たときと同じく、黒と緑をまとった女性が歩いていくのが見えた。その姿は詩そのものだった。ぶらぶらと遠ざかるにつれ、スカーフがほどけていく。シェルは目をきつく閉じ、まばたきをして、もっとよく見ようとした。ヒューッ。ホイールが回転して、内臓がアイスクリームのようにすくいあげられそうになった。人影はますます遠ざかっていく。シェルが首を伸ばしたそのとき、女性が振り向いた。片手があがって、スカーフがふわふわと浮かんでいた。女性は炎のようにゆらめき、しだいに薄れ、おだやかな海の景色のなかを漂った。シフォンのスカーフが波のようにうねり、女性はとうとうマッチの火のように細くなった。もうほとんど見えない。母さん！ シェルは心のなかで思い切り叫んだ。最後のお別れだ。母さんが行ってしまう。今度は永遠に行ってしまう。もといた場所に帰っていくんだ。

かすかな火がついに消え、海だけになった。海のほかはなにもない。輝きながら休みなくうねるその巨大な塊（かたまり）が、空を食いつくすように広がり、別の大陸へと向かっていた。まわりつづけるビッグホイールの向こうには、海岸が、陸地が、遠くの暗い丘があった。人々も、家々も、いろんな音も。生者も、死者も。夢も、笑いも、涙も。いまこのときも、これからも。透明な傘で雨を振り払いながら丘をのぼっていく、青白い頬をしたブライディ。オファリー県で夕闇のなかにしゃがみ、海をさぐる灯台の光のように神をさがし求めるローズ神父。自分流の詩を口にしながら、ブルドーザーに乗って大都市を掘り起こしているデクラン。そして、母さん。霊の世界にいる母さん、記憶のなかの母さん、この体のなかにいる母さん。

　ジミーがアルプスの高原でヨーデルをうたうような声をあげ、シェルとトリックスの肩にさっと手をまわした。三人はまたてっぺんにのぼり、青空のなかを舞いおりた。トリックスとシェルの髪がいっしょに風になびき、絡(から)まった凧(たこ)のしっぽのようになった。一列に並んで石を拾いながら黙々と裏の野原をのぼるトリックスとジミーとシェル。いつもいっしょだ。自由だ。三人には母さんの不滅の光が降り注いでいる。イカれた三羽のフクロウのようにホーーーッと叫ぶにつれて、三人の未来が前へ、外へと、内側からあふれ出る。生きているというのは、なんて喜ばしいことだろう。
なんて喜ばしいことだろう。

謝辞

この物語は、作家仲間であり友人でもあるトニー・ブラッドマン、フィオナ・ダンバー、リー・ウェザリーの惜しみない協力がなければ書けませんでした。トニー・エマーソン、ヘレン・グレーヴズ、シーラ・ラーキン、ロザリー・オブライエン、キャロル・ピーカー、ベン・ユドキンにも心から感謝します。わたしのエージェントであるヒラリー・デラメアは、この上なく明確なビジョンで始終わたしを導いてくれました。また、編集チーム——デイヴィッド・フィックリング・ブックスのデイヴィッド・フィックリングとベラ・ピアソン、ランダムハウスのケリー・コールドウェルとアニー・イートンとソフィ・ネルソン——との仕事は喜びに満ちたものでした。これまでたくさんの石を拾ってきた愛する母と、賢明にやさしく批評してくれたジェフにも感謝します。

訳者あとがき

アイルランド南部の小さな村に住む十五歳のシェルは、鬱屈した毎日を送っていた。一年半ほど前に母親を病気で亡くして以来、酒浸りの父親、なまいきな弟、幼い妹の世話に明け暮れていたからだ。カトリックのクリスチャンで、日曜ごとに教会には行っていたが、信仰心をすっかり失い、ミサには形式的に参加するだけ。気がまぎれるのは、幼なじみのデクランとブライディといっしょに、くだらない話をしたり煙草を吸ったりしているときくらい。デクランはずる賢く、ブライディは口が悪かったが、シェルにとってはどちらもかけがえのない友だちだった。

そんなある日、助任司祭として新しく村にやってきたローズ神父の純粋な慈愛にふれ、シェルは少しずつまた神を信じるようになる。それと同時に、母親の霊が近くにいるのを感じはじめる。一方で、デクランにキスされ、それを目撃したブライディの怒りを買い、三人の友情は一瞬にして壊れる。そして必然か偶然か、シェルはデクランと深い関係になり、十六歳を目前に妊娠してしまう。

だれにも相談できず、ひとり思い悩むシェル。ときおり母親の霊が励ますように現れるものの、当然ながら問題の解決にはならない。家族には知られたくないし、村人たちの目もある。いつも自分を気にかけてくれるローズ神父にいっそ相談しようか……。そうやって時間だけが過ぎていくなか、シェルは思わぬ大事件に巻きこまれてしまう。

この作品は、一九八四年の春からの約一年間の出来事を描いているが、ペンギン・ランダムハウス社のウェブサイトにある作者のインタビュー記事によれば、じつは同年に実際にアイルランドで起こったふたつの事件が執筆のきっかけになっている。ひとつは、アン・ラヴェットという十五歳の少女が、聖母マリア像のある洞窟(どうくつ)で出産し、出血多量と低体温症で赤ん坊と共に亡くなったという事件。このときラヴェットが暮らしていたコミュニティの人々は、彼女の窮状(きゅうじょう)に気づいていなかったと自己弁護をしたという。もうひとつは、ケリー県ディングル半島の浜辺で赤ん坊が遺棄(いき)されているのが発見され、たまたま同じ時期に死産した婚外子(こんがいし)を畑に埋めていた二十代のジョアン・ヘイズが誤認逮捕されたという、いわゆる「ケリー・ベイビーズ事件」。このときは警察の不当な捜査や行き過ぎた取り調べが問題となり、全国的な騒動にまで発展した。作者のダウドは、「おそらく、これらの悲劇には解決されていないなにかがあるという感覚がつきまとっていたことが、わたしに*A Swift Pure Cry*を書かせたのでしょう。実際、ストーリーがひとりでにできあがっていった気がします。シェル・タレントと彼女の(完全にフィクションである)喪失と発見の物語は、二十年かけてわたしの頭の片隅で成長していたにちがいありません」と同記事で述べている。

作者のシヴォーン・ダウドは、一九六〇年、四人姉妹の末っ子としてアイルランド人の両親のもとに生まれ、イギリスのサウス・ロンドンの郊外で育った。カトリック系の学校に通いながら、七歳のころから詩や怪談やミステリを書きはじめ、九歳のときにすでに最初の小説を完成させている。その後、オックスフォード大学で古典学の学士号を、さらにグリニッジ大学でジェンダーおよび民族研究の分野の修士号を取得。一九八四年からは国際ペンクラブで人権擁護活動などに従事した。一九九〇年から一九九七年までニューヨークのペン・アメリカン・センターで「The Freedom to Write(書く自由)」プログラムを指揮し、その世界的な反検閲活動で、『アイリッシュ・アメリカ・マガジン』誌により「アイルランド系アメリカ人トップ100」にも選ばれている。イギリスの国際ペンクラブにもどってからは、学校、刑務所、少年院などに作家を派遣するプログラムを共同設立するかたわら、地方自治体と協力して子どもの権利や生活向上のために尽力した。

そうやって精力的に学び、働くあいだも、彼女は文章を書きつづけていた。甥や姪たちへの誕生日プレゼントとしての物語、新聞や雑誌に載せるための何百もの記事やレビュー、秘密の引き出しに保管していたという一般向けの大作……。そしてついに二〇〇四年、*Skin Deep* という短編集に自身の作品が収録され、作家としての第一歩を踏み出す。そのときのことを先ほどのインタビュー記事で彼女はこう述べている。

「人種差別をテーマにしたヤングアダルト向けの短編集 *Skin Deep*（パフィン刊行／二〇〇四年）に、アイリッシュ・トラベラー（アイルランド系の移動生活者）の少年のことを書いた短い物語を寄稿しました。載せてもらえたときは、ほんとうにうれしかったです！　勇気づけられ、二〇〇四年の秋に集中して *A Swift Pure Cry* を三か月で書きあげました」

こうして二〇〇六年に長編の *A Swift Pure Cry*（邦題『すばやい澄んだ叫び』）を刊行。十代の少女の妊娠というタブー視されがちな出来事をテーマに、若者の孤独、貧困、愛と憎しみ、保守的な社会、生と死などをリアルに描いた物語はたちまち大きな反響を呼び、カーネギー賞、ガーディアン賞、ドイツ児童文学賞など数々の名だたる賞にノミネートされたうえ、将来有望な新人児童文学作家にあたえられるイギリスのブランフォード・ボウズ賞や、アイルランドの児童文学を対象としたアイリーシュ・ディロン賞に見事輝いた。

そして翌年の二〇〇七年六月には *The London Eye Mystery*（邦題『ロンドン・アイの謎』）を刊行し、またもや大きな話題を呼んでビスト最優秀児童図書賞（現・KPMGアイルランド児童図書賞）を受賞。そのまた翌年の二〇〇八年には *Bog Child*（邦題『ボグ・チャイルド』）を発表し、ついにイギリスの児童文学賞の最高峰とされるカーネギー賞を受賞する。しかし、なんとも残念なことに、その受賞の知らせを待たずして二〇〇七年八月二十一日、四十七歳のときに乳がんで死去した。亡くなる直前、彼女は「シヴォーン・ダウド・トラスト」という基金を設立し、自分の本の印税のすべてが、児童養護施設にいる子どもたちや、恵まれない環境に不当に置かれている子どもたちに読書の楽しさや喜びを伝えるために使われるようにしている。

　死後もダウドの作品がいくつか出版されているが、それはひとえに書きためていた作品やアイデアがあったからにほかならない。二〇〇七年八月二十四日付けの『ガーディアン』紙の訃報記事によると、ダウドは二〇〇三年にすでにアスペルガー症候群の少年が謎を解く *The London Eye Mystery* に着手していたが、ちょうどそのころに同じようなテーマの *The Curious Incident of the Dog in the Night Time*（邦題『夜中に犬に起こった奇妙な事件』、マーク・ハッドン著、小尾芙佐訳、早川書房）が刊行されたため、途中まで書いていたものをいったんわきに置いて、*Bog Child* や *Solace of the Road*（邦題『サラスの旅』）に取りかかったという。つまり、同時に複数の物語を抱えていたことになるが、原書の刊行順に並べると、彼女の全作品はつぎのようになる。

二〇〇四年　"The Pavee and the Buffer Girl"（*Skin Deep* 所収の短編、未訳）
二〇〇六年　*A Swift Pure Cry*（『すばやい澄んだ叫び』東京創元社、本書）
二〇〇七年　*The London Eye Mystery*（『ロンドン・アイの謎』越前敏弥訳、東京創元社）
　　　　　　ダウド死去
二〇〇八年　*Bog Child*（『ボグ・チャイルド』千葉茂樹訳、ゴブリン書房）
二〇〇九年　*Solace of the Road*（『サラスの旅』尾高薫訳、ゴブリン書房）

二〇一三年　*The Ransom of Dond*（『十三番目の子』池田真紀子訳、小学館）

これ以外に、ダウドの原案をふくらませて別の作家が書いた作品もある。

二〇一一年　*A Monster Calls*（『怪物はささやく』パトリック・ネス著、池田真紀子訳、あすなろ書房／東京創元社）

二〇一七年　*The Guggenheim Mystery*（『グッゲンハイムの謎』ロビン・スティーヴンス著、越前敏弥訳、東京創元社）

本作の訳者である宮坂が所属する「やまねこ翻訳クラブ」では、初期のころからダウドに注目していた。二〇〇七年の七月にはすでに同クラブのメールマガジン「月刊児童文学翻訳」に*A Swift Pure Cry* のすばらしいレビューが掲載されている（いまでもクラブのウェブサイトで読むことができる）。それだけに、ダウドの訃報が入ったときには、クラブの会員たちと共にとても驚いたことを覚えている。その直後にわたしも*The London Eye Mystery* と*A Swift Pure Cry* の原書を読み、魅力的なキャラクター、展開の巧みさ、普遍的なテーマ、作品全体から伝わる作者の温かさなどに大いに感銘を受け、じつは二〇〇八年に両作品を東京創元社に紹介した。もう十五年以上も前のことなので、そのときの詳細な経緯は正直なところ覚えていないが、*A Swift Pure Cry* に関して言えば、当時シヴォーン・ダウドが日本の出版界でほとんど知られていなかったこと、十代の少女の妊娠というテーマが重すぎたこと、「ヤングケアラー」という言葉すら存在しない時代だったこと、日本人にはあまりなじみのないカトリックの習慣が数多く描かれていることなどが、邦訳出版に至らなかった主な理由だったのではないかと思う。そのうちわたしも別の児童書翻訳の仕事で忙しくなり、この件についてはそのままになってしまった。

　それから三年後の二〇一一年、カーネギー賞受賞作である『ボグ・チャイルド』と、のちに映画化もされる『怪物はささやく』が邦訳出版され、とうとうシヴォーン・ダウドの名が日本でも広く知られるようになった。その後も『サラスの旅』、『十三番目の子』とつづき、二〇二二年には『ロンドン・アイの謎』とその続編の『グッゲンハイムの謎』も刊行された。日本に紹介されないのはもったいないと思っていた*The London Eye Mystery*がついに邦訳されたことをうれしく思い、以前から存じあげていた訳者の越前敏弥さんに、同じ本を大昔に東京創元社に持ちこんでいたという話を冗談交じりに伝えたところ、親切にも越前さんが同社の担当編集者である佐々木日向子さんをわたしに紹介してくださり、トントン拍子に話が進んで、*A Swift Pure Cry*の邦訳も刊行することが決まった。十五年以上も前に持ちこんだ企画がこんな形で実現したことにとても驚くと同時に、このすばらしい作品をようやく、ほんとうにようやく日本のみなさんにお届けすることができて、心からよかったと思っている。

　残ったダウドの未訳作品は、二〇〇四年に発表された短編の"The Pavee and the Buffer Girl"のみ。これはのちにエマ・ショードが挿絵をつけて二〇一七年に単行本化され、優れた絵本にあたえられるケイト・グリーナウェイ賞にノミネートされている。アイルランドやイギリスには「アイリッシュ・トラベラー」という移動生活者たちがいるが、タイトルの「Pavee」は彼らが自分たちを指すときの呼び名、「Buffer」は定住者に対する呼び名で、パヴィーであるジムが地元の少年たちからいじめや差別を受ける様子、バッファーの少女と少しずつ心を通わせていく姿などが描かれており、*A Swift Pure Cry*との類似点も多い。二〇二五年にはこの作品の邦訳も東京創元社から刊行される予定なので、ぜひ楽しみにしていてほしい。

ダウドの全作品に共通しているのは、人間という複雑で多面的な生き物をまるごと受け止めようとする姿勢と、そんな人間の孤独や迷いに寄り添う温かい視点のように思える。ダウドは、謝辞にも登場する夫のジェフ（おそらく献辞の「G」も同じGeoff(ジェフ)を指していると思われる）とふたり暮らしで、自身の子どもはいなかったようだが、特に若者に対する目がとてもやさしい。決して品行方正ではないが懸命にひたむきに生きているシェル、なまいきだけれどじつは頼りになる弟のジミー、無邪気でかわいい妹のトリックス、シェルたちを心配するあまり思い悩む若いローズ神父。そういった人々を好意的に描くのは当然だろうが、周囲にいる一見どうしようもない人物たちに対しても、完全に否定するような扱いは決してしない。ブライディはもちろんのこと、自分勝手なデクランや酒浸りの父親さえも見捨ててはいないように感じる。その寛容(かんよう)さと温かさが、こんなにも多くの読者の心をつかんでいる所以(ゆえん)ではないだろうか。

一方で、閉鎖的かつ保守的な社会への痛烈な批判も読み取れる。本作は一九八〇年代のアイルランドが舞台だが、未婚の十代の妊娠をめぐる問題は現代の日本にも通じている。二〇二四年三月七日付けの毎日新聞の一面には「生後0日虐待死(ぎゃくたいし)　176人」という見出しのもと、「2003～22年に虐待で死亡した生後0日の赤ん坊は176人」「赤ん坊の母は最多が19歳以下の48人で、若年ほど多かった」「誰にも頼れずに赤ん坊を産んだ女性が、殺人や死体遺棄容疑で逮捕される事件は後を絶たない。一方、父親である男性が逮捕されることは、ほぼない」などと記されていた。その背景には、性教育の遅れ、支援体制の不備、劣悪な家庭環境、貧困、人権意識の低さなど、さまざまな問題があるのだろう。朝日新聞のウェブサイトに二〇二四年六月十一日付けで「処方箋(しょほうせん)なし緊急避妊薬、試験販売拡大へ　今月にも薬局２００以上追加」という記事が出ているのも見かけたが、こうして問題が少しずつでも改善され、シェルが経験したような、だれにでも起こり得る悲劇がいずれなくなることを心から願わずにはいられない。

最後に謝辞を。この悲しくも美しい詩的な作品を訳すにあたっては、たくさんの方にお世話になりました。出版のきっかけをつくってくださった翻訳者の越前敏弥さん、わたしのレジュメを読んで刊行を即決し、的確な助言をくださった編集者の佐々木日向子さん、百以上もの質問に丁寧に答えてくださったアイルランド出身の英文校正者ブレンダン・ドイルさん、原文と訳文の突き合わせをしてくださった、やまねこ翻訳クラブの仲間の中村久里子さんと池上小湖さんに、心から感謝いたします。

二〇二四年秋

すばやい澄んだ叫び

著　者　シヴォーン・ダウド
訳　者　宮坂宏美

2024年12月27日　初版

発行者　渋谷健太郎
発行所　(株)東京創元社
　　　　〒162-0814　東京都新宿区新小川町1-5
　　　　電話　03-3268-8231(代)
　　　　URL　https://www.tsogen.co.jp
装　画　船津真琴
装　幀　中村聡
ＤＴＰ　キャップス
印　刷　萩原印刷
製　本　加藤製本

乱丁・落丁本は、ご面倒ですが小社までご送付ください。
送料小社負担にてお取替えいたします。

ISBN978-4-488-01143-7 C0097

四六判上製

カーネギー賞受賞作家が贈る謎解き長編！

THE LONDON EYE MYSTERY◆Siobhan Dowd

ロンドン・アイの謎

シヴォーン・ダウド 越前敏弥 訳

◆

12歳のテッドは、姉といとこのサリムと巨大な観覧車ロンドン・アイにのりにでかけた。チケット売り場の長い行列に並んでいたところ、見知らぬ男がチケットを１枚だけくれたので、サリムが大勢の乗客と一緒に大きな観覧車のカプセルに乗りこんだ。だが一周しておりてきたカプセルに、サリムの姿はなかった。閉ざされた場所からなぜ、どうやって消えてしまったのか？　「ほかの人とはちがう」、優秀な頭脳を持つ少年テッドが謎に挑む！

Moon Cake and Other Stories Joan Aiken

ガーディアン賞、
エドガー賞受賞の名手の短編集

月のケーキ

ジョーン・エイキン　三辺律子＝訳

四六判上製

月のケーキの材料は、桃にブランディにクリーム。タツノオトシゴの粉、グリーングラスツリー・カタツムリ、そして月の満ちる夜につくらなければならない……祖父の住む村を訪ねた少年の不思議な体験を描く「月のケーキ」、〈この食品には、バームキンは含まれておりません〉幼い娘が想像した存在バームキンを宣伝に使ったスーパーマーケットの社長、だが実体のないバームキンがひとり歩きしてしまう「バームキンがいちばん」など、ガーディアン賞・エドガー賞受賞の名手によるちょっぴり怖くて、可愛くて、奇妙な味わいの13編を収めた短編集。